台灣作家全集

2 珍貴的圖片

台灣文學作家的精彩寫眞，首次全面展現，讓我們不但欣賞小說，也可以一睹作家眞跡。

1 豐富的內容

涵蓋1920年到1990年代的台灣重要文學作家的短篇小說以作家個人爲單位，一人以一册爲原則。

縫合戰前與戰後的歷史斷層，有系統地呈現台灣文學的風貌。

榮譽出版發行／
前衛出版社

施明正集

台灣作家全集

短篇小說卷

出版説明

《臺灣作家全集》是臺灣新文學運動以來最有意義的選輯，也是臺灣文學出版上最具示範的創舉。全集係以短篇小說爲主體，以作家個人爲單位，涵蓋一九二〇年至九〇年代的重要作家，縫合戰前與戰後的歷史斷層，有系統地呈現了現代文學史上臺灣作家的精神面貌。

在內容上，包括日據時代，由張恆豪編輯；戰後第一代，由彭瑞金編選；戰後第二代，由林瑞明、陳萬益編選；戰後第三代，由施淑、高天生編選。全集計劃出版五十册，後每隔三年或五年，續有增編，一人以一册爲原則，戰前部分則因篇幅不足，有二人或三人合爲一集。

在體例上，每册前由召集人鍾肇政撰述總序（文長兩萬字，首册爲全文，其它則爲濃縮），精扼鈎畫出臺灣新文學發展的歷程、脈絡與精神；並由各集編選人執筆序言，簡要介紹作家生平及作品特色；正文之後，則附有研析性質的作家論，及作家生平寫作年表、小說評論引得，期能提供讀者參考。臺灣面臨歷史的轉捩點，瞻前顧往之際，本社誠摯希望能對臺灣文學的出版、推廣、教育及研究上有所貢獻。

台灣作家全集

短篇小說卷

一九八二年元旦于阿里山

台東泰源，與三弟明雄（右）三十歲。

與詩人趙天儀（中）李敏勇（左）

一九八四年十一月東南亞之遊，與妻兒于泰國柏泰雅海邊。

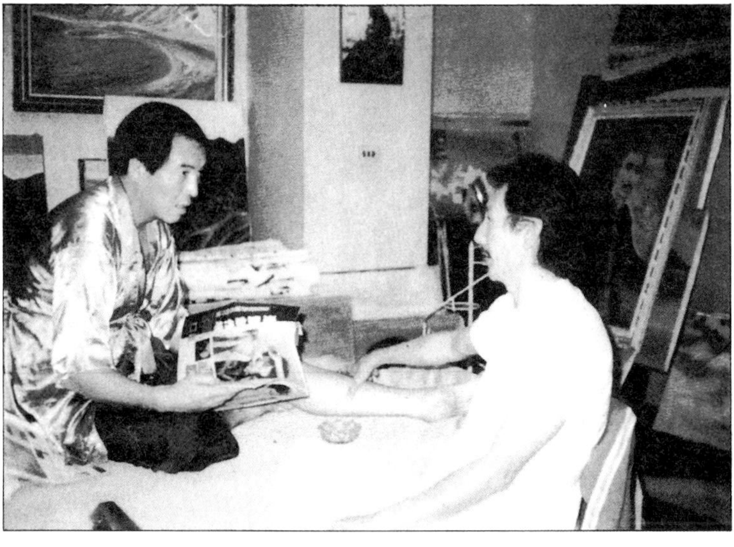

與影帝柯俊雄

慶祝李喬獲吳三連文學獎餐會，為李喬速寫。

一九八三年于陽明山白雲山莊

為詩人巫永福速寫

一九八四年與楊逵（左）
于楊資生花園

台灣作家全集

短篇小說卷

緒　言

鍾肇政

時代的巨輪轟然輾過了八十年代，迎來了嶄新的另一個年代——九十年代。發軔於二十年代的台灣文學，至此也在時代潮流的沖激下，進入了一個極可能不同於以往的文學年代。

然則這九十年代的台灣文學，究竟會是怎樣的一種文學？

在試圖回答這個問題之前，我們似乎更應該先問問：台灣文學又是怎樣一種文學？

曰：台灣文學是台灣本土的文學、台灣人的文學。

曰：台灣文學是世界文學的一支。

倘就歷史層面予以考察，則台灣文學是「後進」的文學：比諸先進國的文學，即使是近鄰如日本，她的萌芽時期亦屬瞠乎其後，比諸中國五四後之有新文學，亦略遲數年。只因是後進的，故而自然而然承襲了先進的餘緒，歐美諸國文學的影響固毋論矣，即日本文學、中國文學等也給她帶來了諸多影響。易言之，先天上她就具備了多種特色集於一身，因而可能成爲人類文學裏新穎而富特色的一支——當然這種說法恐難免落入過分單純化機械化的發展論，未必完全接近實際情形。事實上，一種藝術的發芽與成長，土地本身的人文條件與夫時代社經政治等的變易更動，在在可能促進或阻礙她的發展。證諸七十年來台灣文學的成長過程，堪稱充滿血淚，一路在荊棘與險阻的路途上踽踽而行，備嘗艱辛。

職是之故，若就其內涵以言，台灣文學是血淚的文學，是民族掙扎的文學。四百年台灣史，是台灣居民被迫虐的歷史。隨著不同的統治者不同的統治，歷史上每一個不同階段雖然也都有過不同的社會樣相與居民的不同生活情形，而統治者之剝削欺凌則始終如一。七十年台灣文學發展軌跡，時間上雖然不算多麼長，展現出來的自然也不外是被迫虐被欺凌者的心靈呼喊之連續。

台灣文學創建伊始之際，我們看到台灣文學之父賴和以文學做爲抗爭手段之一的筆跡。他反抗日閥強權，他也向台灣人民的落伍、封建、愚昧宣戰。他身體力行，諸凡當時的抗日社團如文化協會、民衆黨和其後的新文協等，以及它們的種種活動，他幾乎是每役必與，並驅其如椽之筆發而爲〈一桿稱子〉、〈不如意的過年〉、〈善訟的人的故事〉等小說與〈覺悟下的犧牲〉、〈南國哀歌〉等詩篇，爲台灣文學開創了一片天空，樹立了不朽典範。

中期，我們又有幸目睹了台灣文學巨人吳濁流之出現。第二次世界大戰進入最慘烈階段之際，在日本憲警虎視眈眈下，吳氏冒死寫下《亞細亞的孤兒》，戰後更在外來政權戒嚴體制的獨裁統治下，他復以《無花果》、《台灣連翹》等長篇突破了統治者最大的禁忌。他不但爲台灣文學建構了巍峨高峰，還創辦《台灣文藝》雜誌，創設台灣第一個文學獎「吳濁流文學獎」，培養、獎掖後進，傾注了其後半生心血，成爲台灣文學的中流砥柱。

七十星霜的台灣文學史上，傑出作家爲數不少，尤其在時代的轉折點上，每見引領風騷的人物出現，各各留下可觀作品。此處暫不擬再列舉大名，但我們都知道，在統治者鐵蹄下，其中尙不乏以筆賈禍而身繫囹圄，備嘗鐵窗之苦者，甚或在二二八悲劇裏飮恨以終者。以所驅用的文學工具言，有台灣話文、白話文、日文、中文等等不一而足，蔚爲世界文壇上罕見奇觀，此殆亦爲台灣文學之一特色。日據時，曾有「外地文學」之稱，輓近亦有人以「邊疆文學」視之，唯她既立足本土，不論使用工具爲何，其爲台灣文學則無庸否定，且始終如一。

不錯，七十年來她的轉折多矣。其中還甚至有兩度陷入完全斷絕的眞空期，其一爲戰爭末期所謂「決戰下的台灣文學」乃至「皇民文學」的年代，以及戰後二二八之後迄國府遷台實施恐怖統治、必需俟「戰後第一代」作家掙扎著試圖以「中文」驅筆創作、接續斷層爲止的年代。一言以蔽之，台灣文學本身的步履一直都是顚躓的、蹣跚的。到了七十年代，鄉土之呼聲漸起，雖有鄉土文學論戰的壓抑，反倒造成台灣文學的欣欣向榮，入了八十年代，鄉土文學不僅成爲文壇主流，益以美麗島軍法大審之激盪，衝破文學禁忌成了不可遏止之勢，於是有覺醒後之政治文學大批出籠，使台灣文學的風貌又有了一變。

八十年代已矣。在年代與年代接續更替之際，正如若干年來每屆歲尾年始，報章上總會出現不少檢討與前瞻的論評文學，也一如往例悲觀與樂觀並陳，絕望與期許互見。有一明顯的跡象是嚴肅的台灣文學，讀者一直都極少極少，在八十年代末期的消費社會、資訊多元化社會以及功利主義社會裏，文學的商品化及大衆化傾向已是莫之能禦的趨勢，於是當市場裏正如某些論者所指摘，充斥著通俗文學、輕薄文學一類作品，純正的文學乃又一次陷入危殆裏。

然而我們也欣幸地看到，八十年代末尾的一九八九年裏民主潮流驟起，舉世爲之震動。繼六四天安門事件被血腥彈壓之後，卻有東歐的改革之風席捲諸多社會主義共產國家，連蘇聯竟也大地撼動，專制統治漸見趨於鬆動的跡象。（草此文之際，世人均看到蘇俄首任總統終告產生。）這該也是樂觀論者之所以樂觀之憑藉吧。

不錯，新的人類世界確已隨九十年代以俱來。即令不是樂觀者，不免也會睜大眼睛看著世局之演變並對它有所期待才是。而九十年代台灣文學，自然也已是呼之欲出！君不見繼八九年年尾大選、國民黨挫敗之後，台灣的民主又向前跨了一步，即令有第八任總統選舉的權力鬥爭以及國大代表之挾選票以自重、肆意敲詐勒索等醜劇相繼上演於國人眼睜睜的視野裏，但其爲獨大而專權了數十年之久的國民黨眞正改革前的垂死掙扎，彰彰在吾人耳目。

在九十年代台灣文學即將展現於二千萬國人眼前之際，《台灣作家全集》（以下稱「本全集」）的問世是有其重大意義的。過去我們已看到幾種類似的集體展示，計有《日據下台灣新文學》（明集，共五卷，明潭出版社，一九七九年三月）、《光復前台灣文學全集》（八卷，後再追加四卷，遠景出版社，一九七九年七月）、《本省籍作家作品選集》（十卷，文壇社，一九六五年十月）、《台灣省青年文學叢書》（十卷，幼獅書店，一九六五年十月）等四種。無獨有偶，前兩者均爲戰前台灣文學，後兩者則爲清一色戰後台灣作家作品。而其中，除最後一種爲個人結集之外，餘皆爲多人合集。值得一提的是後兩者出版時，白色恐怖仍在餘燼未熄之際，前兩者則是鄉土文學論戰戰火甫戢、鄉土文學普遍受到肯定之後，因此可以說各盡了其時代使命。

本全集可以說是集以上四種叢書之大成者。其一，是時間上貫穿台灣新文學發軔到晚近的全局；其二，是選有代表性作家，每家一卷，因而總數達數十卷之鉅，堪稱自有台灣新文學以來之創舉。是對血漬斑斑的台灣文學之路途上，披荆斬棘，蹣跚走過的前輩們，以及現今仍在孜孜矻矻舉其沉重步伐奮勇前進的當代作家們之獻禮，也是對關心本土文學發展的廣大海內外讀者們的最大禮物。

（註：本文爲《台灣作家全集》〈總序〉的緒言，全文請看《賴和集》和《別冊》。）

目錄

以生命撞擊藝術的「魔鬼」

——施明正集序

林瑞明

施明正本名施明秀，一九三五年生，高雄市人。高雄中學畢業，最高「學歷」，曾於一九六一年受其四弟施明德之影響，而以「叛亂犯」三兄弟同時繫身台東泰源監獄。一九六七年於泰源監獄寫了第一篇小說〈大衣與淚〉，發表於《台灣文藝》十六期，展開了他的文學生涯。七〇年代初迭有詩作、小說發表，亦狂熱於繪畫、雕塑，具有多方面的藝術才能。一度蟄伏停筆多年，八〇年代再度出發，猶如火山爆發。一九八一年以〈渴死者〉獲吳濁流文學獎小說佳作獎；接著再於一九八三年以〈喝尿者〉獲吳濁流文學獎正獎。這一系列的監獄文學，宋澤萊曾在〈人權文學巡禮——並試介台灣作家施明正〉一文中，肯定其作品「刷雪了三十年來文學遠離護衛人權的恥辱」。施明正在台灣現代文學史上，具有無人可以取代的重要位置。

施明正於第一篇發表的小說〈大衣與淚〉，已充分展現了文學才情，並且預示了未來的創作方向。在這篇三千字左右的短文中，他借著在南下列車的假寐中，一對六十出頭的老夫婦，擔心他凍壞了，而爲他披了件黑大衣；回想起自己的父親生前的種種，喪禮中的情形以及自己的狂熱於繪畫、自陷於情慾狂的深淵。施家一族的形貌已隱約浮現，〈魔鬼的自畫像〉系列作品在一九七〇年以後發表，我們看到了施明正風格的私小說。和先前的〈大衣與淚〉不同的是，不再謹守以最少的文字做最大的表現之傳統寫作方式，而是以內在成長經驗和外部生存環境的變化，做盡情的表達，以「魔鬼」自況，得以深入情慾的世界，勇於解剖自己的內在，實則是剖析了人性最爲矛盾、複雜的一面。家族成員亦一一出現在他的作品中，個個具有叛逆性。在〈遲來的初戀及其聯想〉中，施明正追述了自己的家族史，中有一段提及「如果沒有先父的要求，和先母的力行，也許我們兄弟不致於如此多災多難，我們不也可以像平凡的芸芸衆生，過其平凡無懼的一生，不必追求，嚮往、執著於改善人類良知的諸多波濤裏。」施明正夾敍、夾議的文體，意識流的天馬行空打破了時空的次序，卻又在〈魔鬼的自畫像〉系列作品中，建構了施家家族史。在戰後台灣文學的大河小說中，鍾肇政的《台灣人三部曲》以龍潭陸家，李喬的《寒夜三部曲》以蕃仔林的彭家、劉家，來象徵台灣人近百年來的命運；而施明正在他的短篇小說中則寫活了影響現代台灣深遠的施明德家族，而且不加虛飾，呈現了有血有肉，有優點有弱點的傳奇性家族。

〈島嶼上的蟹〉，則是一九七九年美麗島事件之後，施明德成爲全國通緝的江洋大盜以及美麗島大審之後的作品，追溯了因收留施明德而亦入獄的許晴富(Long)及施家兄弟年輕時代的青春歲月，血淚的作品而夾著自己的私生活、戀愛史。第一節中「苦戀劫」，我們看到了自稱具有「魔性」的施明德，其實深富人性，在這裏並且昇華爲「神性」。「魔性」與「神性」之中，我們看到了活生生的施明正。掌握眞實的生命，是施明正文學創作與藝術的原動力。

施明正少年時代即喜歡文學藝術，曾自言「窮我十生，逃也逃不出地深陷於如此迷人的文學藝術酒池那般，樂此不疲……」，但做爲一個政治受害者，使他自認是「天生怕死」的人，每每需要以酒精痲痹自己；他的佯狂，其實含有自保之道。而這樣的「天生怕死」的人，在文壇前輩鍾肇政的鼓勵之下，也寫了〈指導官與我〉、〈喝尿者〉、〈渴死者〉……等系列。這是不在其境無法寫出，在其境而不具文學才情也無法表現的震撼人心的作品！

〈渴死者〉以大陸人爲主角，年輕時代曾參軍抵抗日本的侵略，來到台灣之後，在中學當教官，有天在台北火車站前，高唱某些口號，被以七條起訴，關入監獄，而成爲「金屬哀鳴下的白鼠」。施明正在文中描寫這個對生命絕望的人：「可是，我總覺得這個人，像極了文學名著裏的悲劇人物。我注意到他在接到起訴書後，一直沒有打開過。他幾乎是我所看過的犯人中，東西最少的。沒有筆、沒有紙、沒有顯示他坐牢以前帶在身上的任何東西。」雖然只被判七年，但他決心尋死，嘗試以各種方式結束自己的生命，以鐵栅擊頭、以發霉變硬的十多個饅頭和不知幾加侖的水，好讓自己脹死。嘗試過各種方法不成之後，「就像蠟燭即將燃盡那樣，一匹壯年的困獸，在無眠無日地揮霍他有限的精力下，終於變爲疲憊、無力、失神和虛腫。」令人驚心的是在這種情況下，這個囚犯，「脫掉沒褲帶的藍色囚褲，用褲管套在脖子上，結在常人肚臍那麼高的鐵門把手中，如蹲如坐，雙腿伸直，屁股離地幾寸，執著而堅毅地把自己吊死。」施明正以平淡的手法，精準的用字，寫活了〈渴死者〉。

〈喝尿者〉則以一姓陳的金門人爲主角，因匪諜罪被捕，面對死亡的威脅，以告發獄友來獲取減刑，而以每天喝著自己的尿液來治療自己的「內傷」（贖罪感）。在這篇小說中成功地描繪了監獄世界，人性在牢獄中的扭曲。當施明正將各種不同的放屁聲響文化字，以型構監獄中的各色人等的特色，我們看到了他細緻的寫實能力，這樣的表現方式也是前所未見的。

施明正，這位自稱「魔性遠比神性多了三分之一」的現代傳奇者，於一九八八年八月二十二日因肺衰竭而死於醫院。當時他的四弟施明德正在長年監禁中又一次進行絕食抗議。稍後家屬及各界以天主教儀式爲他舉行了葬禮。生前結集出版的作品，依序是《魔鬼的自畫像》（文華，一九八〇年八月）、《島上愛與死》（前衛，一九八三年十月，旋遭查禁）、《施明正詩畫集》（前衛，一九八五年十二月）以及《施明正短篇小說精選集》（前衛，一九八七年八月）。

大衣與淚

那年台北來了一道罕見的寒流，二十歲的他卻匆匆當掉爸給他的毛大衣，買了張快車票，冒寒搭上南下的夜快車。當時他在師大廖繼春教授的畫室畫西洋畫，寫寫現代詩。寂寞和寒流把他趕向媽的懷抱，使他像向日葵般面向太陽。

他蜷縮在冷清清的火車廂沒人的角落。他無聊地翻閱爲了要給媽驚喜，昨晚窮摸記憶裏爸的形象畫了一整夜的好幾張素描。不久，疲倦像一團濃沙捲沒了他，加上當他看到車廂的冷落，他便微帶歉疚地躺下去。他豎起的西裝領擋不住無孔不入的寒流，但是倦意迷茫的他在一再反覆的單調的車輪「卡答，卡答」催眠下沉入夢鄉。

那是奇異的假寐。他陷入雪那樣柔軟寒冷的車座。他在昏昏沉沉的瞌睡中深深地意識到咬緊牙根當掉大衣的寒意已變成一種酷刑。他在酷寒裏做了個破碎的大衣夢。

當他朦朧地愈來愈恨車窗的隙縫射進來的冷風像一支支利箭穿透他手背鑽入他袖口

時，他無意識地抓緊領口的指爪卻微微溫暖了。他想睜開眼來看看，但是澀滯沉重的眼皮卻又懶懶地癱瘓著。不久人的惰性也就戰勝了好奇心，他又繼續做他無頭無尾的大衣夢。

良久，他僵硬的手指頭竟如烤熱了的冰凍麥牙糖那樣由抓牢的領叉滑下來。車廂和包裹著他的空氣彷彿暖和了些。這時他自以爲做的是個「溫暖的夢」。

可是他垂下來的手指碰到光滑的綢緞令人欣喜的衣料的感覺，使他清醒了一大半。他意識到對面的車座發出和藹低沉蒼老的男女對白。那些慈祥的聲調眞像他迫切需要的陽光或溫泉。他決定繼續假眠下去，不去理會剛剛想到年輕的自己可恥地佔用兩個座位和可能有的不雅睡姿的不安。他不想由於移動身體打斷他們的對白。那是奇妙非凡的對白。

他偷偷地睜開一張眼皮，對話的是一對六十出頭的老夫婦，他們顯然是在他身上披了黑大衣的人。

「我剛才不是說過他沒病嗎？妳看他蒼白的臉紅起來了。他是凍壞了。」老紳士壓低激動的聲調。

「我們阿雄要是還活著也該有他這麼大了！」老夫人嗟歎著。

「妳又提起他了。不過要是阿雄在這麼冷的車廂像他那樣縮成一團，那該多痛心呀！」

「不曉得這是哪家的孩子，衣服穿得滿體面就是沒穿大衣。」

「噢，妳看他放在桌上的這本速寫薄，裏面畫滿了同一個老人……哦，這裏寫著獻給先父……」

「聲音低點，別吵醒他，你看他在動了。」

不錯，他是新近才成爲孤兒的。但在今夜以前，他從沒因自己是孤兒痛苦過。現在他卻打從一對陌生人充滿慈愛的對白，和披在他身上的毛大衣那短暫可貴的溫暖感到孤兒的「自由」——失棄父親督促的輕鬆——竟是如此空虛淒涼。爲了羞於讓人看到「男人的淚」，他翻了一個身把發燙的頭額抵住椅背，懷念起他父親來了……

前年春天，他爸的食量逐漸減少。在他爸六十九年的生涯裏已有過好幾次胃出血。所以他爸在自己抓了幾服中藥沒有吃好後，便決定到他朋友開的醫院去接受診療。

拍完X光，隔離室再度打開時，慇懃的王院長不必要地把他推出診療室返身和他爸談了許久許久。其實他覺得非常長的「許久」只不過在他腕錶上走了十幾分鐘。

爸出現後便一直深沉地盯著他，輕輕地帶著擠出來的疲倦的苦笑說：「沒什麼，老毛病——胃下垂。」

在他爸經常光顧的「擔仔麵」攤，他爸只淺嚐了一口精巧的麵就怠倦地放下筷子說：「味道全變了。近來吃東西都沒味道了。」

過了幾天，他爸帶他上阿里山去撫摸長壽的神木，和迎接永遠燃燒不盡的不朽的日出。

他們冒著初春的寒意趕往觀日崖看日出。他爸的矯健看不出是個老人。眞的，他爸仍像壯年的拳師。這使他黯淡的心露出一絲僥倖的希望。他默禱著：但願爸的病只是不關緊要的胃下垂。

他卸下沉重的擔憂在山上玩了幾天。記得是將離山那天，他在山風吹斜樹梢的山崖，陶醉在雲海和迷霧的縹渺裏窮搜空腦，伸出無形的觸手亂抓滑溜溜的詩的靈感，這時他右肩突被熟悉的巨掌輕按了一下，他爸低微的嗓門像雲霧飄入他空靈靈的心谷：「我做了一輩子中醫，原巴望有個讀西醫的兒子好綜合中西醫理，現在我知道這個希望已經落空，這是很大的打擊。好在你還有四個弟弟。我已無法勉強你放棄繪畫、寫詩的志趣。以後你雖然無法治療人們的肉體，但是我希望你能善用詩畫解剖人類的心靈，是的，解剖和治療人類的劣根性——愚蠢、憎恨、殘殺、猜忌。我知道那是更沉重的工作！可惜我已不再有多久的時間可以扶持你們了……」

驟然他覺得既酸又冷的心和模糊的眼睛像陣陣輕移的濃霧，他流下眼淚。這種淒絕絕對不是「老父少子」的局外人所能體會的。

打從山上回到家裏，他拚命創作。他咬著牙讓他的詩畫投入好像永遠也塡不滿的張大了口的字紙簍。他深感「眼高手低」的痛苦。但他從不氣餒，他知道所有偉大的藝術家都曾嚴酷地錘鍊過他們自己和他們自己的作品。他從許許多多藝術家的傳記裏看出一個成功的通則。他決定先在自己空空蕩蕩的生活面塗抹各種強烈的色彩。從此他自陷於情慾狂的深淵。直到有一天他由那些自己沉陷的探險中脫身出來，再往升騰到淳樸之境掙扎時，他才知道他所淪落的陷阱是個多危險的過渡時期。

上述狂妄的性格突變，加上他爸的病一拖半年，竟使他扮演了「久病無孝子」的醜角。他一變而爲可恥的不肖子。因此他十三歲的四弟表現的孝行便永遠使他忘不了自己的無恥。四弟代他做了他應替他爸做的許多事。譬如，按摩、讀報……

終於他爸在讓全家失眠了一整夜的紛亂的一個凌晨跟世上的一切切斷了溝通。

可惡的他好像喘了一口長氣似地把幾個月來的煩躁緊張鬆弛下來。他爲自己的不孝內疚著。雖然沒人知道他有多不孝，但是內疚沖不淡他的罪惡感。他看到紅腫眼睛的四弟那樣悲淒早熟的痛不欲生，竟著急地感到自己不如一條笨牛，他惶惑地找不到刺激眼淚的悲傷。說不定可笑的他猶在觀察一切、感覺一切、默記一切，據說那是日後寫作需要的經驗。

翌日，布好靈堂他爸入了殮。麻木的他在親友的哭聲和檀香的裊裊中一面觀察感覺默記，一面不得不焦急地找尋給他淚水的情緒。當他氣急敗壞地反芻無淚的孝男可怕的可恥，而又不願借助有些人用過的生薑萬金油催淚時，靈前突然闖進一個悲悽的中年人。他依稀記得這個人是幾年前給爸爸醫好的病患者。

這個人凝視他爸的相片良久良久，他後面等著許多拈香的人，五分鐘、十分鐘過去了，這個人凝結不動的悲切像靈位上的蠟燭那樣呆立著，可是沒有人敢催這個人趕快走開，站在後面等著拈香的人愈來愈多，他們不安地互相看看，然後看看孝男好像要他去催這個人，於是他輕輕地走向這個人的面前，他這才看清這個瘦子變成一根慢慢在腐蝕融解著的大蠟燭。這個人的胸前已溼了一大片，眼淚像透明的燭淚打從乾癟的雙頰垂下震顫著的脖子墜入領口，這一切像冰針直刺不孝的孝男的眼睛，直下他麻痺的心淵。於是遲來的眼淚流下他的胸口，敲響他脚下的地面，他像颱風眼中巨木哆嗦著……他終於陪著吃力地彎身下去的那個人跪下去抽搐起來。

他倦於回憶和流淚，再度沉入夢睡，然後在一次鈍重的煞車中醒過來。對面的空位上放著攤開的速寫薄，上面寫著：「孩子！請收下我的大衣。並恕我撕走令尊一張畫像。內人說：這張畫很像我。我倒覺得你畫出了一切暮年的寂寞。」

——原載一九六七年七月《台灣文藝》第十六期

白線

一

我騎著本田一五〇的機車奔馳於縱貫公路。炙熱的陽光，從天上，也從地下夾攻著我。我變成太陽明正柏油三明治。我猛按喇叭。打從老遠，當我看到一羣鴨子從水中爬上來，慢吞吞地想越過公路，卻在柏油路上烘乾羽毛，我禁不住怒火中燒。要不是據說汽車或機車壓死動物，如雞、鴨、貓、狗，不出三天一定會出車禍，我眞想開足全速猛衝過去。好讓那個只顧跟蒙臉小姐在樹下聊天的趕鴨人在我背後大罵特罵。

背上沉重的雙管獵槍經常咬痛我的耳朵，用它白熱的槍管。媽的，如果老林不帶那隻初出茅廬的獵狗一塊到台東去多好。回高雄，我得在電話中好好罵他一頓，我將告訴他，爲了他沒好好訓練那隻中看不中用的狗，我的槍袋給牠咬碎（三天前老林還得意地說：牠在磨牙。）我只好上受日炙下受地煎，耳後還得忍受我第二生命的槍燙。

我的槍櫥放著兩把槍，和一些空氣槍，要是我還保有那把自衛手槍，那該多好。不過台灣是全世界最安定的地方，所以手槍沒有獵槍管用。我既沒有敵人，也沒有仇人，因此手槍對我沒什麼用。即使我有敵人、仇人，我也不會笨到動用刀槍。世界雖然對我來說，並不是一個很愉快的地方——因爲我的收入老是不夠支出，但是我還捨不得離開它。因之我如果要謀殺人，我不會使用刀槍（我想起這一週在台東打獵時，有一次我跟老林他們閒聊的話來）。我不想坐牢。

我又按了一下喇叭。這次不是鴨子，是一部開得很快載著很重的卡車。我不想老跟在它尾巴聞那股煙味。他媽的，當我正想超車時，迎面飛來一輛小轎車，我只好又退回卡車的屁股吃油煙。我恨恨地從反射鏡瞪著那輛帶著一個美女的小白臉。你神氣。要是我買轎車，我非買福特八汽缸的不過癮。那時，要是一下子我火大了，我跟你拚，才拚得過你。你只是一隻脆弱的青鳥，你只會躲在關稅的大翅膀下偷生。（我們住的是個自由的社會，有時可以埋怨，要不然人會變成白痴，或瘋子。）

我的瞳孔大約已久久靠攏在鼻樑邊。我覺得在我雙眼間無限伸長的白線，舉起來像根通往太空的梯階從發昏的頭上伸延上去。但是我的心卻由這根白線通往台南一個蕩婦的子宮。我咀咒老林那一夥人，要不是他們再三邀我去台東，三天前我已擠在那個淫婦的白沙灘，享受日暮後無窮無盡的沉陷。現在我只得面對白線，像有些人在廟裏抽籤，向它問我宿命：要是我能繼續在柏油路的這條白線上筆直地走五分鐘，汝汝一定還在台南等著我的那張床上等著我。我將不會空跑一趟。

我再看一下錶，只過了二分半。但是已有兩次，我幾乎喪生在想越過我的公路局直達車的輪下，我當然不會讓它越過我，我不理它一再的鬼叫。我已不能離開白線。我無法離開希望，車胎緊緊地咬著白線，像我緊緊地咬著渴望，也像我的記憶頑固地咬著離婚四年的妻子，那些抹也抹不掉的淫蕩無比的狂歡。

「像我現在迷失在白線上，幾年前我的親朋全以爲我已迷失在海上。因爲我的漁船被颱風吹近一所無人島。不久我們又把命運，交給海上另一個風暴，他們選的總是颱風季節的另一個颱風。不幸我們生活的時間和空間，原是一個多風暴的颱風季節。於是我們在颱風中受盡恐怖與折磨。誰叫我們是海員。誰叫我們爲了人們身上的蛋白質去冒那麼大的險。」

誰在擺布我們？誰在惡作劇？只差三、五秒。一個破碎的酒瓶倒在白線上，再過去是些致命的釘子。我放慢車速，但是這段距離太短，我無法拖過三、五秒，這是宿命嗎？他媽的，想到命運令人火大，記得看相、算命的都預言過我在二十八歲會有一次大災厄，當時我不信，不是因爲我是半個天主教徒（我接近繆斯之後，已在本質上叛了教。因此只到過教堂兩、三次，那是爲了安慰先母，在她未去世之前去的。奇怪的是每次都在教堂裏淚水橫流，激動至極。可笑。起碼有一次我知道原因，那是聽到一羣把災難、痛苦，交託給一個動不動就生氣、一生氣就殺人、放火燒城、放水淹沒世界、自大小氣得自認爲只有牠才是唯一的神、沒別的神可以憐憫、拯救這羣自賤自卑、時常愁眉苦臉地跪下來哀求降福的奴隸們唱出的哀歌感動了我，也欺騙了我，像一齣上乘的戲劇。不過看戲卻沒有受騙的感覺，因爲他們明白地告訴你，這是戲。而教堂的人們叫你深信不疑，疑者下地獄。眞是可怕又可惡。）

我的技術面臨考驗，我不敢看錶，我在心裏計算著時間。空間已逼近，我的命運操在輪胎上，先是細細的玻璃碎片輾過去，我的希望在輪胎上哆嗦，也在我的手中哆嗦。（我們這羣海員，無法躲在銳利如牙龐大如山的海浪牙中，但是我們究竟逃過海浪的銳齒，於是我們不得不在風平浪靜中回到現實。回到檢疫室。像太空人從月球回來之後，必須隔離，必須讓他們研究有沒有從月球帶回細菌。我們接受了應有的消毒與檢驗，因爲我與船長像阿姆斯壯與愛德琳。）淺薄的汝汝遂向法院提出離婚要求。（我不埋怨她，我不是僞善者，我知道她是人，是動物，她有情慾，正像我與你們。我的確自私到希望她能爲我守節。我畢竟也有過無人道的渴望。但是我的信仰，讓我了解她離婚的必須；我的經驗，叫我看清她離婚前後跟我在一起養成的性格和需要。她是正常的人，她有慾望。不像那些反常的人要禁慾。）

奇蹟似地輪胎又輾碎幾片銳利的玻璃，車子已到脫速狀態，機車和我搖搖欲墜（汝汝終於離婚了。當時我猶在檢疫室無法出庭），爲了免於脫離白線，免於人車皆倒，我微微開了油門（這些好像電影中的慢動作，時間在我的手中一秒變成一分，或者成爲別人的一時，甚至一天）。

上午我剛從台東趕回高雄，家人告訴我有一封匿名限時信（那是三天前寄到的），等不及卸下獵槍，我已撕開這封被命運吃掉了三天的限時信（我從信封一眼就看出那手漂亮的字跡是汝汝的）。怎麼搞的，汝汝在台南等著，我卻在半途被囚於我想像的白線與宿命論的牢獄裏（她的信說，她早已收到我託她的同學送給她的信，她願意離開跟她同居的半百富翁，回到我身邊，但是爲了要先了解我對她的情感，她將在台南××大飯店等我三天。三天一過，她將仍回那個胖子身邊，混過此生）。我一定原諒她，其實我又不是神，她沒有罪，她只是爲了想過舒服些，誰不想過得舒服些。她沒錯，一點也沒錯，何況我早就料到會這樣，所以我將接她回來。我要先帶她去打獵。

汗從我髮鬚間慢慢地爬下我的脖子。好癢。白線在擴大，擴大。而我，一個無神論的知識分子，只因算命的算中了我的災厄就相信虛無玄妙的宿命。去他媽的。任何災厄當事過境遷，恐怖褪色，都比停在這條白線上舒服（當我看完信，下女跑來告訴我半小時以前，台南××大飯店來過電話，問你在不在。我一手把信封和信紙塞進口袋，奔出門口，跳上機車，瘋狂地走入這條白線）。

誰叫我被命運的白線，這條又粗又熱的繩子絆住，我得掙脫它的擺布。我開全速猛進，我要像那批太空人突破地心引力，我要突破命運的藩籬。但是……糟糕……釘子刺破了後輪胎……

二

用不到四十分鐘可以到的路程，我竟費了一個半小時。當我趕到台南××大飯店，下女領我走過一間開著門的房間，一個禿頭的老漢帶著一個十六、七歲的少女，從那間鋪著厚地毯的房間走出來，一陣令人亢奮得自動抖擻起來的音樂傳出來。我想，這也許是旅社專爲房裏的人播放的背景音樂吧！下女用鑰匙開了汝汝的房門，走了。我爲了緩和呼吸，靜靜地推開門。夠刺激的音樂雷鳴似的從房裏湧出來。

我看到一個赤裸裸的年輕男人壓在同樣赤裸的汝汝身上。她的臉向著我，眼睛閉著。看不見男人的臉，只看到一頭長長的，流行的嬉皮似的頭髮。床在動。我的眼睛不動。我的心和呼吸激烈地壓著血液。像在打槍，是連環槍吧！我的手不由自主地抓住背上的獵槍，我是個好槍手，敏捷又沉靜。現在子彈已裝在槍膛裏，我瞄準這對瘋狂的男女。

汝汝仍然閉著眼睛，好一副沉醉的相貌。不過，我眞想不透，妳又何必叫我來欣賞妳的淫蕩。雖然她是我訓練出來的一級淫婦（我曾告訴她，男人嚮往的妻子，在外是貴婦，在內是主婦，在床上是蕩婦。她是合格的，因爲她比我那隻沒帶來的獵狗多接受我三年的訓練。那隻狗我只養了一年半），但也不必在我面前炫耀妳由我得到的技巧。不！也許她在離開了我的五年中，從別人也學到不少經驗。好，等著我來收拾妳們，用槍解決豈不太快了些，同時槍聲會爲我帶來無窮無盡的麻煩。

像進去那樣，我輕輕地退出汝汝的戰場。我告訴下女，我要去買一瓶荷爾蒙。她們笑了。也許她們覺得我好幽默。

我走進旅社隔壁的西藥房，告訴老闆，我要買洗廁所用的鹽酸。

我回到旅社，下女們問我買到了沒有？我說：「足夠兩個人大喚大叫。」她們掩嘴哄笑。我向她們要了一張報紙。我到樓下的洗手間，解了手（獵人的感覺的確不像獵禽獵獸，我一直內急著），報紙平坦地跟我進去，鼓鼓地出來。

我從皮夾裏掏出一張百元鈔，告訴下女們：「替我放幾張更強烈的殺人（做愛的流行語）唱片。」然後我又說：「我請客，在這大熱天，應該喝些啤酒，算爲我們慶祝。」她們高興的道謝聲把我衝向二樓。剛才那個下女又替我開了鎖。

我悄悄地進入二〇五房。他媽的，這小子眞能幹，也許不遜於我。然後把門從裏面鎖住。把右手的鹽酸交給左手，讓鹽酸和報紙中的大便在一塊。右手解下獵槍。不過當我覺得一手執槍不太穩當時，我便把左手的東西放到脚下的鞋邊，雙手執槍瞄準著床上的人。我大聲猛喊：

「喂！」

「喨！」嬉皮叫著。

三

我又騎在本田機車上奔馳於縱貫公路，這次是往回走。身上充滿輕鬆。我不再被囚於熱衷，被囚於渴望，和理想，不再被困於白線（當那個嬉皮似的男人聽到我的吆喝聲：「喂！」他敏捷的從汝汝的雙腿間拔起身跳下床。多年輕的動作。他一下子變成一隻警戒的獸。人原來還存留著原始動物的本能。那就是在腦筋無法及時使用的那一刹那，他會迴避進攻他的侵害物。這個小子現在正處於這種狀態。我想第二步他會使用腦子了。果然，他在尋找武器，他的眼睛看到床邊桌上的電話和半瓶啤酒。他猶疑，到底求救好，或是用酒瓶攻擊好。結果，他發現，不，他判斷這兩樣東西都不比我手中的槍快而有力。於是他開始無助地哆嗦起來。哈哈！我到現在才笑出聲來。）

人眞是奇妙的動物，當你放棄一個希望，你竟會如此輕鬆，如此自由自在，像我頭上的浮雲，也像我剛經過的橋下那些浮萍，它們有些被流水流到水草間停在那兒，有些被羣鴨吞到肚裏，變成鴨肉，滋養人們。但是，我不會當傻瓜，我看歷史、小說看得太多了，我還有坐過兩次牢的經驗，我不會用我的身體去滋養腦滿腸肥的任何人，我不會讓那些禿頭的大胖，用我的肌肉變成的子彈去射擊反對他的人，或年輕女人（當我笑完後，我才有空去看看躺在床上的汝汝，這個淫婦，倒是幸福，我不曉得她到底醉倒於情慾，或酒精，或是兩者前因後果的混合，噢！她的眼睛在動了，動得好奇妙，她無力地舉起手臂不聽話地又垂下來癱在身邊。我告訴那個像蜥蜴的男人說：「喂！用水澆她的臉。」那傢伙伸手要抓啤酒瓶。我大喊：「停！你一碰到酒瓶，我的槍馬上打穿你的頭。」我把皮夾抛給他。跟著說：「你看看我皮夾裏的相片，你就知道我打飛鳥打得多好。」他的哆嗦變成震顫，一副十足的可憐相。這不應該是人有的。不過，這些對我倒是非常熟悉，因爲執槍的人到底強而有力，現在我是他的主宰，是他的神。）

柏油路在南風中顯出一副可人的相貌，頭上的浮雲被一陣從後頭趕上的烏雲所吞噬。我想，會下一陣驟雨吧！我將在雨中洗滌我剛才的憤怒（我的槍口命令他用痰盂的水澆汝汝的臉。這個傢伙倒是做得滿俐落。噢！這個自私的惡棍，如果床上的人是他媽，或是他自己，或是他的妻子，他大概不會做得這麼毫不猶疑吧。這樣看來，可見汝汝的可憐。這叫擇人不當，正像她嫁給我，如果她嫁的不是我，一個海員，這個宿命中犯災厄的人，她也不致如此淒慘。他媽的，她還淒慘，既有酒，又有男人。你看她那副狂得脫了勁的姿態，你還能說她淒慘。他媽的先幹掉她。）

剛才來的時候車頭撞碎的卡車和計程車還留在路邊。那些人呢？大約都送到醫院去了吧！聽說出了車禍，車主對重傷者的處理遠比對亡者的處理麻煩而昂貴。據說因此有人輾傷了人爲了省得多花錢，或怕麻煩，故意把傷者壓死的。這是什麼世界！人類最大的敵人還是人類（汝汝稍稍醒過來，她看到，這一次的神志比上次清爽了些吧！她臉上出現了回憶什麼的茫然之色。她的手舉起來了，不過又掉下去，這次掉在肚皮上停了停，她突然尖叫起來。不！是哀鳴。然後用盡力氣翻身爬起來。她看到萎縮在床下哆嗦的嬉皮，憎恨充滿她的眼睛。可是她又乏力地躺向床上，她的裸體在彈簧床上顛了三、五下。好性感。別假腥腥，也許在埋怨。她們選錯了時間，不該在我要來的時候做出這些丟人的勾當。這樣說來。她也許不是有意要屈辱我的。我的怒火平熄了些，我走近一張沙發。邊走邊小心地用脚帶走地毯上那兩樣東西，就像我當年在足球場上一樣。我在沙發上以坐姿執槍活像被人冒犯了的上帝準備毀滅這兩個人。）

四

不喜歡管閒事的我，竟破例放慢車速，騎近圍在碎車邊談個不休的人羣。我沒停下來，我又走了。能聽話的人不必聽得太多。他們之中有人說：「眞巧，聽說卡車和計程車的司機就是車主，他們都只有一部車，他們都死掉了。」（我把脚邊兩樣東西摔到嬉皮脚邊說：「喂！你想不想死？」嬉皮跪下來無助地望著我，嚅囁著：「不……不想死。」我痛快地大笑著說：「誰想死，是嗎？好，不想死的話，很簡單，你脚下有一瓶鹽酸和一包大便。你吃大便，用鹽酸消毒她雙腿間的髒嘴！」汝汝邊叫邊無力掙扎著，嬉皮蒼白地看著她。我說：「不過如果你先吃掉大便，我便饒了她。」你們看！他停止了哆嗦，他由懦夫變成強者，他一下抓起鹽酸拔掉瓶塞跳上床，他一手壓著汝汝的嘴巴。我想，他大約怕她大喊吧！一手向……）

不知不覺的我又走在白線上。這是無意識的，雖沒有特別指望什麼，可是我總是走在白線上，當我發現我走在白線的一剎那，我想抗拒這條白線。但是另一個意念叫我不必多此一舉，既然我不再被白線所囚，我又何必一定要怕它，我何必迴避它（看到這個不如野獸的嬉皮，我突然可憐起汝汝。也厭惡起這個不吃大便來救他情人的傢伙。開頭我假定他是汝汝的情人，現在我幾乎可以斷定他不是她的情人。我大聲喊著：「喂！嬉皮，放了她，把鹽酸蓋起來，你下來跪著。」起勁的嬉皮莫名奇妙地下了床。他的動作已不像剛才那樣敏捷，他又開始不停地哆嗦，他一定意識到再度面臨新的危機。這時，汝汝坐起來，雖然蒼白無力，但是她憤怒地流著淚，她說話了……。）

果然不錯，驟雨來了。剛才那片自由自在的浮雲被那羣烏雲吞噬之後，馬上失掉他的本性，失掉他做爲一個人存在的特性，現在他不得不用他自己的身體化成陣雨，跟許多像他一樣歸了隊就變得沒個性的浮雲集成的烏雲，像槍彈似的襲擊我（汝汝說：「我想死，你開槍好啦。」她瘋狂地掙扎著跳下床，一手猛拉嬉皮的長髮，一手狠打他的耳光。我說：「妳怎麼可以打妳的小公雞？求生是人的本能。不過現在我知道他不愛妳，妳又選錯了人？但是妳又何必愚弄我呢？」）

當你什麼都不指望時，你會不在乎全身給雨淋溼了。甚至於也會忽視雨中路滑，機車不能開得太快的經驗，反正你什麼都不在乎了（汝汝轉身面對我，也面對獵槍，毫不悸怕。女人有時反比男人勇敢。奇怪！也許她是什麼都不指望了吧！汝汝說：「我愚弄你什麼？我給強姦了。」）

我不由自主地加了全速，機車在水中飛也似地奔騰著。強姦，是的強姦。被強姦的人有罪嗎？沒有……她們沒罪。她們不是在暴力威脅之下，就是在藥物迷醉之下，失去了防衛自己的能力。可怕的遭遇，在極權控制下的世界裏，不是也有表面上清醒的人被握槍的用暴力所強姦的嗎！因此那些看起來外表清醒的人，做出的愚行，豈不是人類共同的悲哀（「我在這裏等你三天，我等得很無聊，他是老闆的兒子，他經常代替帳房招待客人，他問我要不要看書，他借我幾本書。上午十一點，我打完電話，那是給你的，他叫下女送了一瓶啤酒上來，因爲天熱，我喝了半瓶，覺得愛睏就睡著了……醒來就是這樣……」）

我就這樣離開她，離開剛剛遭受大難的不幸者，像懦夫逃避拯救同是人類的傷患。不行，暴怒經常蒙蔽人們的眼睛，爲什麼我剛才沒想到我應該伸出溫柔的手，去撫慰汝汝被蹂躪的身體!?爲什麼我充滿憎恨!?爲什麼我只懂得使用報復和冷淡的髒足，踩碎她的心（汝汝好像到現在才意識到，在兩個男人之間赤裸著是件羞恥的事，她停止攻擊那隻蜥蜴，當她匆匆地穿衣時，我冷冷地用冰冷的槍口指著蜥蜴說：「乖乖的打開地下的報紙，不許用手拿，低頭用你的嘴巴把裏面的大便全部吃掉，我就放你……」）

人在槍口下什麼都做得出來。蜥蜴似的男人吃掉了大便，我想實行我的諾言放他走，但是汝汝不肯。她突然拿起鹽酸向他的雙腿間潑去，一陣哀鳴。蜥蜴衝入套房的浴室打開水龍頭，我頭也不回地走出汝汝的房間。我已記不起汝汝的表情，因爲我已不關心她，不，也許我故意做出不關心的姿態。現在我覺得我是殘忍的，我應該留下來替她處理善後，的確有很多善後問題已經纏住她，要是她沒收到我給她的信：，要是她完全忘了我，不理那封信，我相信她不會惹出這麼多麻煩，而我，替她找來這許多麻煩的人竟一走了之。不！我要回去，我要用我的愛洗滌她的創傷。我的機車向左轉，啊！糟糕！路面太滑……我的身體在失重摔到地面之前，我看到一部紅色的計程車飛也似地向我飛馳過來……（汝汝，要是我沒死，我會讓全世界的女人都妒忌妳，因爲我會對妳非常非常好……）

——原載一九六九年十月《台灣文藝》第二十五期

魔鬼的自畫像

導　演

一

當我們的話題由男女間的事情不知不覺地談到玲妮時，表姐感歎地說：

「她的確是個奇妙的女郎。沒人能像她那樣幸運的，她想要的總拿得到。」

「妳不也很幸運嗎？說眞的，要是我生爲女人，我也會像妳們那樣幸運，女人想談戀愛遠比男人簡單得多啦。」

「不！我才沒有她那種本領。誰都喜歡英俊的男人，奇怪的是不曉得爲什麼她總有辦法抓到那種男人。」

「我看就因爲她喜歡那種男人，才會造成她的不幸。英俊的男人，大多數不會有輝煌的前途，他們不像女人，只要漂亮，就可以談戀愛，只要漂亮，和擅於談戀愛，就可以創造她們一大半人生，男人英俊只有誤了他們的前途，使他們整天把精力和時間浪費在戀愛裏，我們這幾個朋友就是很好的例子，好在我身上的英俊已經磨損了，要不然，我這一生只有死在女人堆裏。」

「我倒願意死在她們身上。可惜，我結了婚就不再有豔遇啦！」表弟說。

「誰說玲妮不幸，她最近抓到一個又年輕又英俊的丈夫，生活過得滿好的。」表姐頗感羨慕地說。

「前些日子她就帶了一個滿不錯的男人來過店裏，還買了許多餅乾、糖果，其目的好像在展覽她的俘虜。」表弟大表不滿地說。

「紋鐘，七、八年前，你跟她不是也有過一手，何必這樣挖苦她！」我心裏突然又升起一陣久已消失的自責，因爲比起他來，我雖然跟她有過一手，可是那一手委實下得太狠了些，在表姐提到她結婚之前，我一直以爲她的一生早已毀在我加在她身上那毒辣的導演手法裏。

二

認識她的過程自然近乎平凡。

我二十七歲那年，雖然兩個女兒的媽媽已經跟我同居了三年，身分上是我的妻，可是在戶籍上，我還是獨身漢。不幸的是人們並不把我當做未婚的人，因此固然那時正是我肉體與精神的黃金時代，但是我的意識裏已經微露青春不再屬於我的沉悶。

那天我趁著病人稀少，在診療室隔壁的書房擺了一個輕便畫架，從樓上的畫室裏把那張費了一瓶橘子酒和大半個昨夜畫成的畫拿下來，端詳著。這幾乎已成為我創作的習慣。把酒精灌進血液，讓沸騰著的血液闖入那吸取了大自然和人生諸樣給予我感受的點點滴滴所塑造的意識裏，然後再通過思維的壓擠，把經過酒精發酵的意識，藉熟練的技巧和全身肌肉的運動，猛攻空白的畫面，那是一種艱苦的耕耘，由什麼都沒有的空白，逐漸有了點、線、面。由一種簡單的形，和單純的平衡構成，直到即刻著手破壞這種猶不能令人滿足的單調的完整，以形成另一種更加豐富的殘缺的形象，再由直覺和全身的既有經驗透過技巧去經營它，使它形成較複雜的均衡，用這種方式，我整夜奔馳於那個經由有限的時間加予有限空間的拓荒，企圖嘗試通往確定的無限時間和空間的畫面上，直到自以為完成，或者在還沒失掉知性必須的清醒以前，我就得停筆，要不然在酒精浸蝕下多畫一筆，翌日看到的將會是畫過了頭的一幅硬綳綳的畫。

今天我坐在這幅昨夜畫成的畫前，我批判它，就像我看到一個女人慣於使用一種批判的眼光去尋找她的缺陷一樣。

當我坐在畫面之前收起沉思，站起來舒一口氣時，我覺得我的眉頭隱隱痠痛，我知道用腦，也用眼過度，我點了根香菸走出書房，經過診療室，步出門口。

三

冷洌的北風從火車站前的廣場猛然撲入我的懷抱，把她冰冷的面頰靠在我發熨的臉上，我閉了一下眼，感受這陣官能感觸的冷冷詩意。對於我，風是詩的搖籃。她一年到頭都會用她多毛的觸手給我不同的詩素。

一陣輕笑挑開我的眼瞼，我第一次正式看到她。以前她到隔壁找我表姐時雖曾匆促看過幾次，但那時總由於她的匆忙，我不曾仔細打量過她。

笑聲是我熟悉的，它是表姐的。可是不知道爲什麼我卻一眼就看到她，好像那陣笑聲是她的。雖然她大眼睛含滿笑意，豐滿的嘴唇也漾著微笑。

「我們的狂人大概剛從詩畫的瘋狂世界跌進現實。」表姐卡斯蜜用她那種善意的諷刺語調說著。

「卡斯蜜」是日語「霞」的意思，正像「霉朽」是我的名字「明正」的日語一樣，由於從小就以卡斯蜜或霉朽叫慣了，所以聽到人家這樣叫的時候會產生一種親切感。這也許跟乳名和我們的童年密切地聯結在一起，使我們一聽到那種聲調就會在下意識裏聯想到無憂無慮的童年給予我們所有難得的感受似的。

表姐卡斯蜜在婚姻上是個敗北者，在戀愛上更慘，初入戀場便失身於高我三年的同校英俊的太保，這個打擊註定她坎坷的一生，開頭她把要對男性復仇的低劣觀念（也許是中了流行歌歌詞的毒）老掛在嘴上，結果不但報不了什麼，仇反而使她繼承了外祖母風流一世的芳名，但是她比起武則天式的外祖母來，無疑是萎弱的典型，這種典型的確跟高舉復仇的旗幟剛好相反，於是我便在心裏武斷地判定她只不過假借那個疤痕來逞其縱慾和亂愛的藉口，一如我用文藝的招牌做出同樣的行爲一樣。

我把眼裏無言的笑意從她臉上轉到卡斯蜜臉上。表姐的臉是她們兄妹當中最平庸的，這張臉應負一部分她命途坎坷的責任。要不然，以她那種雖說要向男人復仇，結果總是自陷情網，毫無保留地奉獻出她的一切的性格，再加上她妹妹（我曾跟她二妹訂過婚，爲了一句話又退了婚），或弟弟的臉型，她的生活一定會大爲改觀。

「我的狂人表弟霉朽（明正），寫詩的畫畫的藝術家。這位是謝小姐，玲妮。」從表姐的介紹，我意識到表姐是把我介紹給她，那麼她一定早已聽夠了表姐對我的胡謅。我牽動左嘴角的笑紋肌（當年還沒形成皺紋）笑了笑。

「妳好！裏面坐吧。」

「施先生好，聽卡斯蜜說你畫得很好，是畫家又是詩人，早就想來討教。」

「玲妮，別那麼客氣，他的畫只有瘋子才看得懂，不信妳等一等看就曉得。」

她笑了笑。這個女人的笑，非常特別，也許年紀輕，臉皮厚，脂肪多，臉上一點皺紋也沒有，要不然以她這動不動就以笑來表達意念的性格，她的臉不會那麼光滑，何況不施一點點脂粉。

「請裏面坐吧。我昨晚剛畫好一張畫。」我隨便攤手向門裏讓一讓。就在這時，表弟紋鐘從火車站那邊用他那種做作的，有點像稻草人跳舞似的步子跑來（當時車輛不多，馬路還不大像虎口），他邊跑邊喊：

「謝小姐，那封信我寄了。」

「謝謝你。」玲妮聽到聲音返身向他道謝。

「不謝，不謝。謝小姐的字寫得好漂亮。」表弟做作地笑著，他比我少三歲，自認爲是個美男子，不過如果他沒那種老是想在舉止談吐裏表現得更漂亮的意識，反而造成相反的效果的話，他長得的確很俊。只是看書不多，電影也看得很少（電影的發達的確教育了許多沒有讀過什麼書的男女，使他們漂亮起來），以致拚命的把看過的幾部片子的男主角的風度，和諸如《茶花女》，《少年維特的煩惱》等小說中浪漫的男主角的動作，和他自以爲是那樣的談吐表現出來。於是便非常不幸地形成這種扭扭怩怩的，不男不女的猥褻的風度。

「紋鐘，你替我看店，謝小姐不會跑掉。我帶她去看狂人的畫。」顯然表姐也看不慣她弟弟的那副甜得過分的「風度」，好像逃避觀賞一幕醜劇似的，拉著玲妮一脚踩進醫院。留下表弟聳肩攤手，扮了個無可奈何的動作和苦笑。

四

看完畫，她還在問東問西時，女兒的媽走進書房。空氣馬上顯出異樣的沉重。表姐看不懂也不想學看我的畫，我們的關係已經使她不必爲了禮貌做出一點點敷衍的興趣，更沒有必要以沉默和種種模稜兩可的、神秘的笑假裝懂得很多，就像許多人，也像剛才玲怩一直使用的表達方式一般。

玲妮微轉了一下脖子看著剛進來的汝汝。沒有招呼，也沒有微笑，雖然我看出她一定知道進來的女人跟我有什麼關係。

「今天媽會來拿這個月的錢，我這裏不夠，你告訴她先給她一半，過幾天再把剩下的給她好嗎？」我知道她不必要在這時候提這些瑣碎的家務事，何況對錢一點也不喜歡，更不想費一點心思去碰它的我，早已把經濟大權交給她去處理，總算她還處理得滿像一回事，可是她的確不必要當著客人的面前提這些，唯一的理由，就在表示她是我的人，企圖把一張無形的所有權狀往我額上一貼，以嚇阻任何想接近我的女人。

「看你的畫很難看得懂，不像有些畫很容易看，過幾天有空再請你多講點美術史，和抽象畫的理論給我聽。我走了。再見。」玲妮在離去之前，只用眼角輕掃了一下汝汝，像逃也似地帶著微微的情意，經由書房走出診療室。留下滿臉惱怒和不屑一顧的汝汝低低哼著：

「她懂什麼畫，恐怕她的醉翁之意不在畫吧！」

我緊綳著臉，用力瞪直怒眼，猛吮了一口香菸，熾烈的香菸發出憤怒的叭叭聲，坐在沙發上的臀部往前一挪，雙腿架上書桌，把身體埋得更深，閉眼不再理她。

我知道她除了受不了我有別的女人這一點外，她是個很難得的女人，她不是喜歡嚕嗦的女人，平常她最可取之處，就是溫馴、沉默，和頗有耐性，雖然她不頂美，可是她有很好的風度，固然她是我所有的女人當中最不漂亮的一個，但是她已替我生下兩個人人讚美的女兒，何況能跟我這種魔鬼似的性格的人相處的恐怕也只有她吧！

五

由於汝汝監視得頗嚴，雖然玲妮經常到隔壁的糖果店來找我表姐，並接受表弟獻不盡的慇懃，我卻從沒跟她單獨談過話。因此她那種渾身是勁的豐滿和神秘的眼神與微笑，便只有在我湊巧步出門口時偶然飄來，可是我從沒走近她們的談話圈裏，也許那是一種對自己已在額上被貼了「所有權狀」，因而失棄談情說愛的資格，產生的氣餒。

玲妮好像也不想多惹麻煩，只在遠處偶爾送來那種令人想入非非的神色。

六

有一夜我照樣用報紙包了一瓶橘子酒，準備獨自到××百貨公司七樓的冷飲部去喝酒、看人，和去看一個只用眼睛互相談了幾年的情話，卻從沒正式談過一次話的女人。

從火車站上了巴士，過了兩站，偶然碰到玲妮也上了車。那天已離我們初見面好幾個禮拜了。我把座位讓給她。

「上哪兒去？」她問。

「悶得慌，準備出去走走。」

「我也老是覺得悶，想去看場電影。你呢？」

「好片子全看過了。我的生活好像盡在窮等好片子。」

「那你跟我一樣是一個標準影迷！」

「嗯，在這麼窄的地方，也只有電影和小說可以把我們帶到廣大的世界去。」

「對啦，報紙上的國家大事和國際新聞，好像離我們的生活很遠，除了社會版那些，情殺、兇殺、貪汚，總是刊不盡之外，的確沒有啥可看。」

「想不到妳還懂得這麼多。可惜這裏的好片子我全看過了，要不然跟妳這個標準影迷一塊去看場電影，然後共同討論看過的電影和演員一定很過癮。」我幾乎說出造成我與汝汝同居也起因於我們彼此對電影的嗜好，和演員的選擇和喜愛頗爲接近。但是我不能在玲妮跟前提到另一個女人。

「看著你，和聽你談話，也不遜於看電影。你要到哪裏去？」她看著我手裏的酒瓶，也許她已從表姐處知我是個酒徒，不過她沒有問出口來。

「我經常找個有音樂，也可以看到許多人的地方坐下來胡思亂想，如果妳不怕跟酒鬼打交道，我們找個地方聊聊怎樣？」

「也好。不過我可不能，也不會喝酒。」

「這瓶酒我一個人喝還不夠呢！」我們全笑起來。

七

當然，我不會傻到把玲妮帶到××百貨公司的冷飲部去，讓那會破壞了我與汝汝同居生活的女人阿蘭娜看到。

我們在「南風」純吃茶選個幽靜的角落坐下來。緩慢的背景音樂正好給初見面的男女，從容地獻出彼此想讓對方了解的性格和嗜好、抱負等等經過虛飾了的自我。

喝著酒，我狂熱的眼神披上痴痴的外衣，像對鴿翅飛向近在咫尺的玲妮，她也喝了一點滲著酒的咖啡，我知道對於台灣的女孩子來說，當時的我頗像個異國來的陌生人，我這種人只會在小說裏，或者在電影上才會有的。

我談著我應該早就把它寫進小說裏的東西，也談著早已嘗試畫進畫裏的東西，更談了不少發表過的現代詩，雖然我很滿意我有一個用心欣賞我的觀衆，可是我也爲自己下不了決心提筆寫下我經常在腦裏組織的小說而沮喪。這種複雜的感受老是像潮水似的泝擊著我的心。

副產品終於來了。我的手就像水，更像許多男人的手那樣，流到應該流去的地方。我的手停在令我吃驚的地方。

令我吃驚的並不是那個地方，而是我發現她的乳房竟如此巨大。雖然我在二十一歲時曾經碰到過一個大乳房的女人，後來一個畫畫的朋友送給她一個外號「乳房姑娘」，於是朋友們提她都用這個名字，碰到要批判女人的乳房時，也用她的乳房來做標準，可見那個「乳房姑娘」除了乳房之外，就看不到什麼，好有些人的臉除了一個大鼻子以外，幾乎不會留給別人什麼印象似的。可是我現在觸到的乳房卻遠非「乳房姑娘」的乳房可以相比。除了巨大，她的彈性更是非凡的。不知道爲什麼，我竟抽手離開那裏。之後，很自然地我們的嘴唇便互相尋找著。先前的談話已經結束。如像嘴唇的性能只有相吻一途，不再是說話的器官了。

也不知道我們的嘴唇吃掉了多少時間她終於清醒過來似地說：

「我不能回去太晚。太晚房東會講話。」

我一下子喝掉其餘的酒，看著清醒的她，懷疑著她是不是我剛才吻過的女人。

「妳今年幾歲？」我想她不會超過十八歲。

「多不禮貌。看你那麼洋，想不到問得這麼土。」吻過她，好像我就失棄了尊嚴，她的話已經變得不把我看在眼裏，也許她在心裏想著，我，一個畫畫的，寫詩的傢伙，所謂狂人也只不過跟千萬個其他的男人一樣，跟女人在一塊只會動手撫摸，動嘴亂吻。

「對不起，我不問了。明天請妳和表姐一塊來吃頓便飯。」

「哦，我才不會去惹麻煩。」

「不，我會告訴汝汝——我女兒的媽媽——要把妳介紹給我的三弟鳴熊。我三弟的學校放寒假，他明天會從台北回來。我會請表姐帶妳來吃中飯。」

「那怎麼好意思。你弟弟在哪個學校讀？」

「國防醫學院，他也長得很帥。不過你可別見異思遷，假戲真做。」

「我又不是你什麼人，我才管不了那麼多。」

走進夜空下，我們擁坐三輪車上，讓路人的眼光和冬風投向我們。我覺得我一下子遺失了沉悶。慾火蒸脹了褲子。可是我不得不送她回家。

八

幾個月不見的三弟穿上呢軍服顯得很瀟灑，我們兄弟有兩種不同的臉型，他跟我是屬於長方型的（有點像希臘式的），另一種是老二那種橢圓型的（純屬東方式的）。雖然他一心一意地專攻小說，可是他幾乎沒有染上文藝家的壞習慣——孤獨、怪僻、酗酒啦，也許他看到施家出了一個明正已經夠瞧的，以至於無形地影響他，使他避免養成我既有的一切壞習性。因此跟我剛好相反，他具有非常隨和的性格，有他在家，滿屋裏總會瀰漫活潑的笑聲，我懷疑那些笑聲的主人們，怎會那麼快就知道他回家啦。

本來說好要請玲妮來吃中飯，結果，她叫表姐來說她已吃過。於是便待在表姐處，老三鳴熊沒經過我的介紹便自然地和表姐、表弟、玲妮聊起來。來找他的那些年輕的同學，有些看到女孩子就臉紅的，便只好以崇拜和羨慕的態度旁觀著三弟詼諧百出地與玲妮和表姐輕鬆的談著。

一頓煞費苦心準備的午飯，在三弟和那些朋友不分好壞的胃口下，一掃而光。然後他只說一聲：我們出去走走。便帶走了玲妮，也帶走了滿堂的歡笑。我又沉入滿膛無處發洩的充滿慾望的孤獨裏。

九

由於家務和兩個小女兒纏得汝汝失去了女性的嫵媚。午睡時，我迫不急待的靠近她。

「……」她躺在床上，看著報紙，右手彎裏挾著半睜朦朧的眼睛吮乳的蘊蘊，左手邊睡著以愛哭出名的雪郁。當我靠近汝汝的小腹，她伸出被報紙遮住的臉，用那種「又來了」的眼色看著我。然後一下子又只看到報紙，意料得到的，她的臉色已被隔離在報紙的那邊。

不曉得爲什麼，也許一陣突來的憤恨，我猛然解開她的裙鈕，脫掉它，然後剝掉她的一切，除了無法剝掉她臉上重重的冷漠。

我坐在她的雙腿間，用我彈奏過無數名琴的魔指，彈奏了她的性感帶，以往必然發出妙音的肉筋，竟寂然無聲，彈著、彈著，只見報紙發出了不耐煩的、厭惡的、斷續的噪音。然後一盆冷水也似的反應從看不見臉的報紙背後傳來：

「我不想要的時候，你怎麼搞都沒用。」

這句話雖然她很少說過，但是它已深印在我的腦膜上，除了使用所有的態度，表現著勢非當上我的妻子，不僅在床上，也必須在戶籍上，在名義上要做我的妻子這一點惹我無可奈何地憤怒之外，這種無法滿足我強烈情慾的事實，也的確苦煞了我，可是我又能對她怎樣，世上再也找不到能這麼遷就我的女人。

十

青出於藍勝於藍。老三與玲妮的關係，也許出於現代人普遍追求高速，或互相吸引，不到幾天，他已帶她到我們廣濶的大房子裏的許多房間中的一間去度他們床上的蜜月。

汝汝每當他們進了房關上門，就以一種似笑非笑的臉色轉向我，好像在說：我老早就知道這種女人是什麼貨色，要是我不跟緊你，跟她進房的大約是你，而不是你三弟了。

奇怪的是，玲妮從沒跟汝汝談過話，頂多只問一聲：

「施鳴熊在不在？」

汝汝不是不動地站著說：「不在。」就以她那種像音樂的聲調高唱：「嗚熊，有人找你。」

而我們幾乎從沒機會單獨碰過頭。所以我與她好像沒發生過什麼似的，不管當我聽到汝汝高喊三弟有人找，馬上從汝汝的聲調意識到是她來臨，以致驟然心跳加速，裝著若無其事地跑出剛蹲下的馬桶，或穿上剛脫掉的髒衣服還沒洗澡就步出浴室，她都掛著她那永遠以一種莫測高深的表情，直視著我，不露一點情緒的波動。

好在除了汝汝以她那種愛我至深的女人的直覺洞察了我對玲妮的野心之外，沒人曉得我跟她有過唇戲，要不然我的自尊心一定會受到嚴重的損傷。

十二

約莫在三弟跟她洞房一週之後。媽來找我。她黯然地說：

「你做大哥的怎麼不勸勸你三弟別跟那種女孩子來往，何況眼看著他們在房裏鬼混。」

「三弟已經長大到自己可以決定自己的事情的年齡，我怎麼能管他。」我不好意思說，我自己都管不了自己，還能管誰，何況，媽又不是不知道，我們家的家規是成了年就有絕對的自由，誰也管不了誰，而我的成年比起法定年齡起碼提早四年，大約十六歲就算成年了。因爲我們的家風有一種奇異的背景，可以促使孩子早熟，就像亞熱帶的氣候能使生物早熟一般。

「除了昨夜回去睡之外，你三弟近來都在你這裏睡。聽說他被一個不三不四的女人纏住了。更糟的是染上了淋病。」

「他怎會染上那種病，我只知道，他從台北回來，就一直跟玲妮在一塊，會不會是在台北時染上的？不，不可能，在時間上算起來，大約不可能，那麼毛病一定出在玲妮身上了。」我眞爲年紀輕輕的玲妮竟是性病菌的搖籃而大吃一驚。不過，我眞想不透媽怎會曉得。三弟連我都不說的事情，怎麼敢告訴媽⁉於是我不得不問媽媽。

「媽，你怎麼曉得他有病？」

「是你妹妹今早洗衣服時，發現他昨夜換洗的內褲有髒跡，拿來問我那是什麼，我才看出來的。」媽當了二十年的大夫太太眞沒白當過。也許這也是天下母親的偉大處。她們總比別人細心地觀察著兒女的動靜，一發現有了什麼令她們擔心的，她們會遠比別人更早發現出來。

「哦，那種病也不像別人說的那麼可怕，何況他自己又是學醫的，雖然只是二年級的醫學生，等一下我拿些藥給他吃就好了。」

「那種病雖然可怕，但是我擔心的卻不僅是那種病的問題。」

「除了病，還有什麼更值得擔心的？他又不是小孩子，妳別老是替長大的孩子們操心了。他們已經長大，就應該讓他們去關心自己，這樣才能在這種人吃人的世界生存，要不然他們有一天不是被別人吃掉，就得自殺。」

「近來他好像經常有花不完的錢，我問過他，你有沒有給他錢，他說沒有。那麼他的錢是哪裏來的？」

「妳也知道這幾個月是小月（淡季），上個月應該給他的錢，還欠他半個月，前幾天我問他還有沒有錢用，他說還有，於是我告訴他，過幾天再給他。會不會是他寫小說賣了幾個錢，他又是那麼的節省，妳才會以爲他的口袋裏老是有用不完的錢。」

「不是那麼簡單。依我看來，那個叫什麼鬼名的女人，一定除了買東西送他，花錢請他吃喝玩樂之外，還送錢給他。」媽搖頭歎息。

「哦，那眞叫我自覺低能。眞是望塵莫及。不過那也沒什麼可以擔憂的。老三是學生，她是職業婦女，據卡斯蜜說：她好像在××廣播電台服務，她把錢送給她心愛的情人用，也沒什麼大不了的事。」

「我是怕老三碰上壞女人，吃了虧，以她能傳染那種病看來，就不會是好女人。有機會你跟他談談。」

「好吧。我找個機會跟三弟談談也好。不過妳也別自找煩惱。小鳥長大了就讓他自己去飛，要是他受了傷，跌倒而沒死掉，他就會把它當做好經驗，生存無非要靠自己從無數災害中硬闖出來。」

十二

由於我跟玲妮曾經有過唇戲的微妙關係，也因爲我經常在自己腦中溫習我與玲妮單獨相處過一次的種種情景，使我產生一種錯覺，好像覺得我與玲妮的關係遠比實際有過的關係深遠些似的，也因此令我難於實行我答應媽找三弟談論他與玲妮的事。同時，不知道爲什麼三弟好像也忙得沒有一點空，好單獨跟我相處

媽回去之後，三弟帶著一羣朋友回來。

不久眼看他又要跟朋友出去，我只好趕緊包好藥，拿給他說：

「聽說你不舒服，這些瀉毒的藥拿去吃。你什麼時候有空，抽點時間我們談談，媽有話要跟你說。」

「沒什麼大不了的毛病，我已經打過針了。老人家腦筋太閒，總是多煩惱，逢場作戲，沒什麼大不了的。」三弟微露尷尬地意識到他的毛病，以及媽要我跟他談的話。

「那也好，我知道我們都長大了，有什麼問題我們要自己想辦法解決，不過要是自己解決不了，可以找有經驗的人商量比較妥當。」

「嗯。我們要到屏東老謝那裏去玩幾天，有我的信就替我轉到那裏來。」

「是不是要帶她去？」雖然我沒有指明是玲妮，可是我知道他了解我指的是誰。

「嗯。」

這一走，他竟從屏東，轉到恆春，再繞道東部，到宜蘭的同學家去度完他剩下的寒假。他的好客使他的同學和朋友遍布各地，這也令他比我多了一種嗜好——旅行。

十三

幾個月後，汝汝突然告訴我，玲妮來問她老三有沒有寫信回來。她說，她寫了好幾封信到學校去，都沒有收到他的回信。

爲了玲妮的著急，汝汝和我擔心，會不會老三在玲妮身上播下的種籽發了芽，更値得擔心的是，如果玲妮身上眞有了孩子，也不一定是老三的，何況我知道老三的生殖力比一般人低。有一次據老三說，他們在醫學校裏曾經觀察過自己的精液，他發現他的精蟲比別人稀少，活動力也比正常的弱。他詼諧地說：他的精蟲跑得慢，充分顯示出一派懶洋洋的、吊兒郎噹、不求上進、無意競爭的習性，正好跟活動力強的老三——精蟲的主人，完全兩樣。所以要是玲妮眞有身孕，十之八九不可能是老三的。何況以玲妮跟我也那麼隨便的情形看來，令人懷疑她到底同時擁有多少個男人。

經我一再追問玲妮的底細，果然表姐告訴我，她跟一個五、六十歲的老頭子同居。雖然開頭她什麼也不肯說。也許這是壞女人與壞女人之間的同志愛和默契所使然的。可是當她聽到我的猜想，聽到老三可能會由於年輕不懂世故，由於可能會碰到要無賴的壞女人吃了虧，不得不先打聽玲妮的底細，先下手向她表示我們早已知道她是那種即使懷孕，也無法確定胎兒的父親是誰，以防止她提出任何要求。最後，我又向表姐加了一句：「如果不是經過她的關係，老三便不會認識玲妮。」何況老三不像我是個三分像神，七分像魔鬼的人，根本就不怕壞女人。

十四

也許，由於表姐把我的話轉告給玲妮。玲妮不再來問汝汝老三的消息。有時看到她偶爾來找表姐玩，但是她的神色已不像先前那樣狂熱得像條動了春情的母狗。

盡有許多男人在背後批評那個女人多壞、多騷，可是在他們的心底，卻會暗暗地想入非非，甚至於如果有個機會可以碰到，被他們批評過的所謂壞女人，他們一定比誰都更熱衷於拜倒在她們的石榴裙下。正像有些女人在口頭上盡罵著她們的同類怎麼壞、怎麼風騷，一旦碰到有個叫他們變壞、風騷起來的魔鬼似的男人，她們也會陷入人類共有的獸性的狂亂裏。

那天，剛好碰到汝汝帶著兩個女兒回旗山的娘家去度兩、三天假。我在海軍服役時認識的心腹知己龍古也從台南趕來找我。他有時候想去看場電影，走到街上，會突然心血來潮踏上來往於台南和高雄的野雞車，直達高雄來找我玩個五、六天，直到把身上的錢花完爲止。再讓我替他買張公路局的車票送他回台南去休息。

於是我好像又回到未婚的時代，心裏著實地感到年輕、力壯。一種輕狂的冒險慾念便像暗流，在心底裏衝撞著。

我與龍古吃過晚飯，準備上街閒蕩，當然最主要的是要到××百貨公司的冷飲部去喝酒、看人、被看，以及在多種複雜的感覺中回憶過去的青春，狂談我們共同的理想——電影。（八年後的現在，他已成爲製造過最轟動的台語片，擠入國語片成爲最有才幹，也最苦悶的製片人。）

正當我和龍古步出門口時，我們看到一羣人圍在表姐開的糖果店，表姐眼睛紅紅的，掛著眼淚，頭髮有點凌亂，一邊的臉頰印著一個粉紅的掌印。她那經常動不動就跟酒女失蹤幾個月，然後總會突然倦遊歸來的賭徒丈夫，竟稀罕地站在玻璃櫥內，隔著玻璃櫥和他太太（表姐）的情夫，他的情敵（也許他對他不懷敵意，所以我無法確定他是不是他的情敵）對視著，由當時的情勢和不很吵鬧的理論中，我判斷表姐卡斯蜜挨了她情夫一個巴掌，而她的丈夫竟默默地站在店內，兩眼發楞地聽著自己的妻子與妻的情夫在理論一些妻子被她情夫賞了一個耳光的芝麻大的小事。

由於龍古的個性頗具路見不平拔拳相助的古俠之風，他動作敏捷得像陣風似地溜入人圈內，一手捉住打了表姐的男人，那個有點流於太保的花花公子型的傢伙（他給人這種印象是因爲他走起路來的步伐、神態，可以顯出他是舞池的能手）突遭龍古的擒拿，不知龍古力大過人、身手非凡、機智超人一等，竟想輕易地擺脫他的擒拿，一脫未鬆，再脫竟然文風未動，他的怒火便被從歡場裏學得的機智經驗沖冷了。於是他只好乖乖地待在那裏，等龍古問表姐爲何被打。表姐早知道龍古以專打勝架出了名，加上嫉惡如仇，表姐竟含糊地說：「沒什麼，只發生了一點小誤會。」聰明如龍古者，一聽表姐這樣一說，便自知惹了一場沒意味的儍事，他像進去那樣，又像一條蛇輕快地溜出來，搖頭苦笑著說：

「霉朽，走吧。眞是白白浪費了寶貴的時間和精力。」

跟在龍古身後溜出人羣的玲妮，看著集亞蘭德倫、葛雷哥萊畢克，和寶田明這三個英俊明星的臉型、神態和身材於一身的龍古，也看著我問：

「嗚熊有沒有寫信回來？」

「好久沒聽妳提起老三啦，怎麼又想到他？最近有沒有寄東西給他。」

「他老是不回我的信，是不是他在學校有女朋友？」

「我怎麼知道。不過你可以想想，像他那麼英俊的傢伙會不會只有妳一個女人喜歡他，看上他；正如妳這麼漂亮的小姐，大概不會只有老三一個男人一樣，妳說對不對？」

「你這個人眞壞。人家正正經經地問你，你偏要說東說西的盡扯一些莫名其妙的問題。」

龍古站在旁邊冷漠地看著玲妮跟我對談。從他的眼色看不出他對玲妮這個女人，有什麼興趣，據我所知，龍古不像我，可以從隨便那種類型的女人中發現令人喜歡的女人，他對女人的欣賞標準有他獨自的形式，從他的眼睛我知道他看她並不比看狗更感到有趣。但是我也看不出他極易表露的不耐煩，因此我斷定他不太討厭玲妮，於是我突然興起一種渴望導演一幕惡作劇的念頭，這惡念一產生，便在我心裏亂闖起來。

「龍古，我給你介紹，這是我曾經向你提起過的玲妮。這是我未來的大明星龍古。」

「你好！」玲妮用那種專爲贈送男人準備的眼神和微笑，跟正用一眼便從上到下打量完玲妮的龍古，打了個招呼。

「龍古，我們請玲妮到裏面去坐，反正汝汝不在家，要談什麼都可以。你不反對吧！」

「你不怕太太曉得，像我這種沒太太的人，還會反對什麼！」

「你眞不怕太太知道了罰跪？」玲妮用那種所有的女人碰到這種情形時慣用的，通俗到超過千篇一律的話，說著。

於是我只好還給他同樣通俗的回答：

「她在家的時候，我天天在跪她。可不是被罰的。她才不願被跪！」

十五

在準備給龍古的客房裏（汝汝不在的時候，只有他能佔據她的位置，睡在我們房裏汝汝的位置去），我們輕鬆、自然到接近隨便那樣地談笑著。玲妮坐在沙發上，我們半躺在床上。由於室內兩張沙發，而我們這一羣人，竟有一個女人，三個男人——我、龍古、和猶太。

猶太是個經常來找我的一個不甚受歡迎的人，但是不知道爲什麼，他卻老是想來找我們（我和龍古等）過一種狂徒的集會。他比我和龍古年長三歲，雖然長得比一般人英俊些，書也讀得不少，可是他卻不是屬於我們這一羣的。他沒有我們的憤怒。也許他了解我們的憤怒。但是他沒有我們對於曖昧不清和無聊已極的生存，與窄小的環境給予我們這一羣老是把世界的、世界性的形容詞，掛在口上、悶在心裏，形成一種企圖超越、突破，令我們窒息的無形的壓力發出的憤怒、焦躁、不耐。固然他也像我與龍古，不安於現狀，不安於固定的職業，盡有許多理想，又無法刻苦去費上五、六年，埋頭苦幹，甚至於也沒有我們企望有朝一日，用我們的生命孤注一擲，正像貝克特在《等待果陀》裏所寫的，我和龍古是等待某種類似果陀的人，而他，這個被我們叫做猶太的這個人，是對什麼都捨不得下注的，因此，他甚至於連我們的友情也得不到，雖然他經常跟我們在一塊，可是他是被關在友情的窄門外的。

猶太用盡一切男人討好女人的妙語，像戲水那樣把無數的雙關語濺上玲妮身上。我已記不得比我健談的龍古爲什麼卻反而僅僅顯露他那口整齊而潔白的牙齒，瞇瞇地微笑著，像一個觀衆。

「對不起，我出去一下，馬上回來。」玲妮說。

我們眼睛看玲妮離開房間，馬上在床上騷動起來。

「你猜他到哪裏去，會不會剛才我們講得太過分，她想溜了。」猶太緊張地問。

「別大驚小怪，女人是很麻煩的動物。我想她一定上厠所。」我說。

猶太跳下床，三脚兩步跑近門口，鬼祟地打開玲妮出去時依舊關上的門，伸首探望玲妮的去向。

「不用看啦，如果你跟霉朽（明正）打睹，你準輸。」龍古優閒地說。

猶太關上門，帶著那種「給你們猜中啦！」的表情走回來。

「等她從厠所出來，我帶她到樓上去，你們可別礙手礙脚。」我說。

「喂，不行。你早已享盡閨房之樂，應該讓給光棍才對。」龍古突然這樣提議。

「絕對正確。你要多少就有多少，何必跟我們爭。」猶太附議著。

「那怎麼行。第一，今天汝汝不在，要是她在我就讓給你們。猶太，你忘了我替你成全過一次——跟一個山地小姐，你忘了吧！第二，她是我的漏網之魚。我有特殊的原因非研究她一番不可。這個女人先開過我的玩笑，吊過我的胃口，然後把淋病傳給我三弟。如果是別的女人，我倒可以考慮考慮。」

「不必爭啦！我們抽籤決定。」龍古又提議。

「不行。我先來。要是我攻不下，再輪到你們。」

「那怎麼行。這樣不公平。」龍古說。

「玲妮跟其他的女人不一樣，本來她幾乎是我的，那時我是為了三弟看上她，她也看上三弟，才不戰而罷。現在既然知道她是個很隨便的女人，那麼我只有再跟她演完未完的戲。不過，看在公平的份上，我要在一個小時內攻她不下，我便永遠棄權，讓你們去追。」

「我們怎麼知道你攻下沒有。」龍古說。

「我帶她上樓，你們可以從樓梯上聽到樓上的動靜。」

十六

離開他們，我站在關上門的客房外。當玲妮看到我用那種神痴的，幾乎要看透她衣服內的眼光打量她時，她的臉有點不自然地泛了一層薄薄的粉紅。她站在距我三步之外。她的神態由輕盈驟然僵硬起來。我無言地看著她，微露左頰的笑紋。眼睛裏放著火花。

她尷尬而無意識地看了一下腕錶：

「啊，十點啦，我們已經談了兩個多小時，我要回去啦！」

「妳怕什麼？沒有人會把妳吃掉，你剛才不是說要看我三弟的信嗎？我帶妳上樓去看，順便也看看我的畫室和臥室。」

「你不怕太太生氣？」

「我哪有太太？！誰告訴妳我有太太？」

「汝汝不是你太太，那麼她是誰？」

「她只是我女兒的媽媽。不信你可以問卡斯蜜。走吧，我帶妳上樓。」

「你那兩個朋友？人家會說閒話的。」

「你別管他們。如果怕人家講閒話，不如趁人家還沒看見之前趕快上去。」

玲妮猶疑地動了一下身子，然後摔了一下手提包說：

「我不能待太久，看過畫就走。」從這時開始，她不再提三弟的信。

十七

畫樓是個狹長的畫室，兼臥室。在這裏我畫過無數汝汝的裸體素描。牆上盡貼著我以雄健有力的筆力，一如鋼絲，魚鈎描畫汝汝的裸像。

我把活動的木板門，從上面蓋在木梯上。

這裏是我與汝汝的城堡，自從汝汝跟我同居以來，我從沒帶過別的女人來過，它幾乎已成別人的禁地。我帶玲妮上來，無疑是對自己自訂的規律的一種挑戰。宇宙間的萬物大約各有它們的規律，以那種規律，宇宙得於維持均衡和完整，然而它也像繪畫，和文學，常在不斷的漸變中造成許多突變。無數星球死亡的本身不但證明了這一個理論的存在，也附帶的牽涉到殞星撞擊其他星球形成的另一個漸變，以牽一髮而動全身，來形成次一個宇宙的突變。自古以來人類也有他（她）們各自的律法，有些是他們得自祖先遺傳的生活習慣，有些是強有力者爲了維持既得權益而硬加在部落、臣民頭上的律法。而我已在不知不覺中經由心智，和慾望的衝動，產生可怕的惡性變質。帶著玲妮自破規律，自闖禁地……

玲妮赤足站在榻榻米上，面牆背著我，看畫。我的脚在榻榻米上發出輕微的響聲。我走近她。

我覺得我與玲妮之間的空氣突然形成一個無形的旋風。我的右手輕輕地，試探性地，披上她的右肩，就在左肩相觸的刹那，她已轉身面對我，幾乎在同一個動作的連續下，我們已隔衣塑成一體。她發燙的臉緊靠在我寬厚的胸板上，次一秒鐘，她的頭仰上來，以便她張開的嘴唇吸納我的舌頭。

就像洗澡必須脫衣那樣，我們在嘴唇相吸之後，便像紙糊的屋子在烈火中萎塌在榻榻米上。

當我的手指解著她的上衣的第一個釦子時，她大方地邊站起來邊說：

「我自己來。」

開頭，我不以為會這麼簡單就得手，因此還在心裏起了一種也許她要趁這一藉口站起來冷卻她的慾火，然後溜之大吉，一如我曾經碰過的一些功敗垂成的情戰一樣。可是出乎意料之外的，她竟站在我頭上，動手寬衣……

比起她來，我只有自覺笨拙地爬入畫室那邊的榻榻米，伸手拉熄耀目的日光燈，剩下月光似的小燈泡說：「我把電燈關掉……」多無聊的話。

看到她解衣的自然，和不把我關燈的措施認為非常必須情形看來，我愈加自覺在她的脚下只是一個微不足道的鼠輩而已。

當我鑽入蚊帳，整理凌亂的墊被時，她已脫掉外衣裙，像一隻貓，闖入我與汝汝的古戰場（雖然當時的我絲毫沒意識到這一點。）

十八

她把解脫最後一道貼身內衣褲的麻煩留給我，足可證明她對男人追求刺激的本能知之甚詳。

直到現在回憶起她仰臥在床上的裸體，仍然使我覺得那對乳峰奇異地在肋骨和胸板上，像剖掉荀殼的竹荀似地聳起的美感，令我驚詫。通常女人的乳房在仰臥時一定會向乳房的四周平塌下去。她是我第一個看到違反我的見聞所得到有關乳房常識的美乳擁有者。

在我的意識還沒準備好駛入她的體內以前，她已熱烈地，幾乎帶著強求似地導我入港。

當我像條進港的船，突入她的體內時，驟然她全身的細胞像岸上狂歡的人潮發出亢奮無比的歡呼，可是比起那些歡呼，更令人覺得不可思議的是她反覆的一句話：

「我愛的是施鳴熊。」

聽到這句話，一陣混雜著嫉妒，和奇妙的刺激，詫然像條蛇打從我的後腦爬下我的脊柱，我猛然彎身曲首以食肉獸咬獸的姿態咬著她的脖子，顯然她那句話微微刺痛了我被文明的律法慣例，養成的所謂人性或神性，可是不管從人類的進化史，或《舊約聖經》裏專找人與性的根本問題和眞象的我來說，那句話多少也給予我那潛伏在人性裏剩遺的原始獸性，和魔性予無比可怕的刺激。

十九

人類在那種令人血壓增高到可怕程度的行爲裏，誰都會拋開高踞聖座的尊嚴，和聖女的嚴肅，可是大多數的人離開了床第即刻便會忘記他（她）們在床第間一再重複的醜陋無比的動作，甚至於有某些人在離開幽會場所的旅社，輕鬆地帶著吐出鯁在身上的某種感覺的刺，便馬上坐上計程車，或自備轎車到法庭去宣判一對無可奈何的情人犯的通姦罪。

爸遺產中的一座嵌在高貴衣櫥裏的鏡子，反映出怎麼看都不會覺得美，但卻不會令人因其醜而迴避它的一組獸的動作和聲浪。

「霉朽（明正）！……霉……朽……」另一隻獸，餓獸似的聲音，發自蓋覆著沒上鎖的梯蓋之下。那是龍古打從剛才就繼續的，有所顧忌的，與猶太在木梯中發出一連串猶疑、焦躁、鬼祟的壓抑著的騷擾的噪音混合著的。

「誰在……叫你？……」她的問話像囈語般從那沸騰的，攪著糕糊的漩渦中冒著的圓泡。

「別理他，……是龍古。」

可是我的心卻因結構著一個更刺激的畫面而旋轉起來。

……

……

當草紙們的低語，結束了一幕戲劇之後，我的心並不緊跟肉體寧靜下來。躺在她身旁，我的感覺和心底的魔性被龍古那執拗的、狼嗥似的、遠遠的呼聲襲擊著，從梯口傳來的單調聲浪裏，我判斷猶太似已離去，可是那個了解我的魔性頗深的龍古，卻猶以他那催眠似的聲調，假借那種口技似的呼喚，頗具自信的，好像幽靈似地徘徊在墓穴般的梯下。

「他還在叫什麼？」

「妳沒聽到他在叫我嗎？」本來我想說：「他在叫我把妳讓給他。」可是這種話到底不是能輕易說出口的。

「他叫你幹嘛？」

「他想上來……」我觀察著她的反應。

「怎麼可以讓他上來!?」

「我也這麼想，不過我們在這裏享受，卻把遠朋甩在樓下，的確不是待客之道。」我半開玩笑地說。我看著她的眼睛，她的眼睛有一種看不出深淺的保護色像城堡圍繞著她的心意。

「……」

「反正，我們已無事可做，要談話，要睡覺，多一個人，少一個人不也沒關係⁉」

「你要是讓他上來，我馬上走。」她下意識地抓著三角褲。

「別急，我沒這個意思。」眞是口是心非，惡棍一個：「我是要妳多了解他這個人，了解他，也能幫你更了解我這個人。因爲我的朋友很少，龍古算是最接近的一個……」

「……」她放下三角褲，拿起內衣說：「那我穿上衣服。」

「何必那麼麻煩，光線那麼暗，蓋上被單就行了。」然後高喊：「龍古上來！」

梯下傳來龍古明確的動作發出的響聲，可是那些響聲說明了他在驟感興奮中產生的紛亂，這多麼違反他向來精確無比的一貫風格，他一向不管做事、說話、行動，都以精巧著稱，可見女色確能亂人心智和體能。

「龍古，梯蓋沒鎖，你用頭，和手往上頂就行了。」

果然，龍古帶著我不曾看到過的尷尬，和有點企圖掩飾害羞的表情，用忙於蓋梯蓋的動作粉飾著他的紛亂，和天眞。這是個比我稍好的人，其墮落的程度，因他還有尷尬，害羞等而並非無法救贖。

突然，我幾乎想叫玲妮著衣回去，或假借出去宵夜而打消馬上會跟著必然被我導演出的一場醜劇。但是當龍古放好梯蓋，轉身看到玲妮側轉身面向那邊時，他伸長了一下舌頭，做了一種名副其實的，在這種情勢之下必然會做的好演員的動作，我知道這幕戲已經開始，我只有依照情勢排演下去。

二十

我指著我的右手叫他躺下去。一個可以從船上的一條繩子走向十公尺外岸上的人，竟表現出如此笨手笨脚的舉動，不過卻非常符合這齣戲的角色。我笑了笑。他竟也感染了我的動作，不過那種笑，好像不是他自己在笑，他的臉好像只是照著的一面鏡子，他只執行了反映我笑的鏡子職責而已。

說要說話。結果大家一句話也沒說，全是啞劇的動作。閉了嘴巴，卻忙壞了腦筋和身體。

我試探性地翻身面向玲妮，可是我的手和嘴卻一再被她摔開，於是我向龍古打了個手勢：叫他睡到我與玲妮中間。這個曾經以身手敏捷，在基隆某隧道裏一方面保護著他的情人，一方面力敵三個找他麻煩的流氓，還打斷過其中之一的恥骨的人，今晚竟翻不過我身上這麼低的肉牆。

當他睡在她身邊後，他的身體低能到除了一個象徵男性的器官非常正常地執行動物的本能之外，全被他高昂的血壓沖亂了正常的規律。

龍古在猶疑中像透了一個初上戰場的新兵（其實他不但早已不是新兵，還是頗有戰績的老兵），而我像一個導演拿起他的手擺在他這個角色應擺的地方，奇怪的是並沒有被她摔開，之後，他的信心得到這一鼓勵，一下子恢復了他的機智，伸長脖子，用他美好的唇，和堅定的大下巴輕巧地攻擊玲妮。

玲妮好像早已等著似地，像一根針突然被一塊巨大的磁鐵無比強大的引力吸轉身來，張嘴瞪眼確定是他，便展臂投入龍古的懷抱。

……

這是多令人難忘的鏡頭，它以千萬種特寫重現於我的腦中，每次都喚起一種其酸無比的冰冷的感覺，刺入我的心。

二十一

自此，她便棄絕我，也不再找我三弟，雖然她在完了事之後，自個兒跑到樓下準備留給龍古的客房去睡。翌晨很早就不告而別。

我與龍古睡到十點多。汝汝從娘家回來，看著被我們三人凌辱了的場地說：

「我一不在家，你就攪得這麼髒。」

龍古似笑非笑地替我回答：「妳選擇的本來就是這麼髒的一個人。」

約莫十一點。當我面對後門跟汝汝在商量什麼時，玲妮不知爲何，又從我們後門外的橫巷，邊朝裏面瞧著邊走過去。等我把龍古叫來，她已走得無影無蹤，她這個人就此從我的眼前消失。但是我導演的醜劇卻歷久不滅地偷偷咬嚙著我破碎的記憶。

六個月後，猶太突然從「喜水仙」酒家來了個電話，說他在那裏看到玲妮正在當酒女。

我把這個消息告訴表姐，表姐說：

「她在酒家上班一定會紅起來，不過她永遠不會剩錢。」

我不知道龍古接到我給他的信裏，提到玲妮當了酒女有何感想。說眞的，我一直認爲她當酒女是毀在我所導演的那齣戲給她的打擊，使她覺得她既然能在兩個男人之間做那齣事，不如下海當酒女，據我所知當時的酒女，甚至於不會答應在兩個男人間做出那種事情，不管客人出多大的代價。

——原載一九七〇年二月《野馬雜誌》第八期

我・紅大衣與零零

一

當我第一次看到這件昂貴的紅大衣，穿在大新百貨公司二樓的塑膠模特兒身上時，我就決定買它。可是那時我的口袋裏，只有一本啞夫送我的《啞夫詩抄》。身旁卻奢侈地擁有一個沒有靈魂的美麗胴體的女人，她已跟我相處了三、四年。用不著我多瞧她一眼，也曉得這件紅大衣穿在這副修長，而熟透了的白軀體上，一定會顯出雍容華貴。

以往，每當她穿上一件新衣，總會急匆匆地跑來找我，目的是要看我眼裏反映的讚美。好在我知道女人喜歡的，總離不了好聽話。不，幾乎全人類，不管男女老幼都有這種通病。即使貴爲君主將相，賤爲販夫走卒，全與生俱來這種可笑又可憐的毛病；「君不見古今中外無數冤牢，皆死於正直之士，直言犯君所致。」

不過也許由於我的性格中魔性遠比神性多了三分之一，而據說大部分的女人，是喜歡魔性較濃的男人，所以我老是在讚美她一、兩句之後，又惡作劇地狠刺她三、五句，換來的全是一樣的收場，那是說，她撲向我狠揍猛擰……

事後，我照樣得從床下抓起那件綴成一團的新衣，擲還她說：「其實，妳是那一類什麼都不穿，才對得起上帝的女人。假如眞有上帝，或上帝還沒有死亡的話。」

眞的，在幾年的相處中，她的胴體打從十八歲的清新嬌嫩，直到二十二歲的成熟，這整個奇妙的演變，正和堆滿我畫室裏的她的雕像、畫像一樣，可以說明我灌注在她的畫像與她身上的精力，已得到預期以上的收穫。可是不幸，我只看到她胴體的成熟，而在精神方面，她總是停滯在我們相逢初期那種平庸的狀態，也就是說，沒有什麼改變。她喜歡的是英俊的男人、漂亮的衣飾、好看的電影、狂歡的情愛……這樣一說，妳們也許會以爲，我自己不喜歡她喜歡的；或是我不贊同她所喜歡的。正相反，我沒這意思，何況她所喜歡的，幾乎是大多數小姐所喜歡的，其實我自己又何嘗不喜歡這些。不過我總覺得一個人，應該不僅僅只喜歡這些，她總要有一點什麼抱負啦，理想啦等等……

「誰說我沒理想、我沒抱負……」記得有一次，她扮了個不曉得從那一個明星學了皮的冷漠、輕蔑的表情說：「我的抱負是，有一天我要繼承爸用我的名字建立的『零零企業』。我的理想是嫁個有錢的英俊丈夫，他要懂得體貼太太，當然不像你，你一點也不懂得體貼。不，不，現在我們相處久了，你已經不體貼了。當初，我記得你很體貼，幾乎體貼得像古典的銀幕大情人那樣。啊，那是多久以前的事呀!?……」

我喝了一口米酒，做了一個疲倦的苦笑，表示「妳說下去吧！我在聽著呢！」。

「我知道你已懶得再說，以妳爸的財富和社會地位，可不是很容易找到那種理想的丈夫嗎？我記得，就以妳自己告訴過我，來提親的，恐怕已不下半打。何況妳們塑膠廠裏不是有一個現成的在追妳嗎!?爲什麼還不嫁出去？」她學著我曾經說過的話，和表情說著。我心想她倒是塊演戲的好料子。

突然，她從我手中搶走酒杯。

我知道她不是反對我喝酒，同時她也知道我喜歡的，她反對也沒用。現在她搶走酒杯是無法忍受有什麼東西比她還接近我；有什麼東西是我需要得超過了她。不過如以文藝來說，就顯出她奇怪的一面，那是說，她知道我對她不如對詩、畫、雕刻、小說、音樂，或電影那樣熱衷，可是不曉得她有自知之明，或是她了解文藝可以替我們的小天地提供一座超塵脫俗的戀宮。就像喜歡吃野味的人，而她又不擅於打獵，於是她不但不反對打獵，還跟著獵人涉足山野呼吸新鮮的空氣，爲了在滿天星斗的營火邊品嘗芬芳無比的野味。

「對不起，我還不想結婚，這樣，起碼我還可以自由地跟你多玩兩年。」她看我不答腔，便自言自語似地說。

的確，我們是夠優閒的。有誰能不羨慕兩個不愁吃、不愁穿的情侶。她既不必爲瑣碎的家務操心，我也不用爲賺錢煩惱。目前她既不結婚，當然沒有家務可操心，以後結婚的對象準是有錢的傢伙，所以更用不著爲來日擔憂。我雖然現在拿不到什麼大筆的錢，但是由於我生長在名醫之家，父親在世時以赤貧起家，早在我還沒出生之前，已在業餘經營的房地產中賺了大錢，擠入全市有數的富豪之中。我從小過慣舒適而不必用錢的生活，自然不把錢看在眼中，也因此才愛上無法賺錢的現代詩、現代畫……等等。接觸到這些東西之後，這種不愛錢的趨勢益形尖銳化。加上喪父以來，家計全操在頗有專制意味的母親手中，即使我想負起長子的職責，也熬不過母親的反對（老二就因太愛錢，跟母親起了利害衝突，離家奮鬥，早已名利雙收），我這個不敢反抗媽的懦夫，只好樂得不聞不問，整天繪畫、雕刻、寫詩，沉醉於追求心靈世界的耽美與逸樂。自從零零無形中闖入我的天地後，不管做爲一個藝術家，抑或一個男人，我已接近完成，當然在這種完成的追求和探索的過程中，我品嚐到無比的甘苦，可是我曉得這是人類生存所不能避免的。

「明秀……」一陣冰涼、舒服的觸覺，從她極富彈性的玉臂傳來。

「嗯，什麼事！」我從一連串的聯想中被拉回現實。

「你說，我叫爸替我買下那件紅大衣好嗎？」

「這種天氣，你穿得上那件大衣才怪！」

「誰說我現在要穿，要是我現在不買，等到冬天想買，一定早已給別人買走啦！我喜歡的東西，別人可不能要。」

「那當然。不過，我看不一定有人買得起它吧！」

「誰知道，這很難說。」

「我看只有老頭才會花兩萬塊錢，買下來給姨太太什麼的穿！」

「你諷刺的毛病又來了。我偏要叫爸買給我，信不信由你。」

「我當然相信。宋伯伯的錢，還不全是妳的。不過我懷疑妳買下它，用不到冬天妳就送別人啦！」

「有東西送人也是一種享受！」她自滿的笑著說：「不過只有一樣東西非到我不愛，可不能隨便送人！」

「當然我知道！」對於這個女人的思路，和用詞遣字我已知之甚詳，但是看到她翹著BB似的嘴唇，我只好把下文嚥下去。這是個不喜歡人家猜中她思路的女人。

「你知道什麼!?」果然暴風雨的信號從她瞪大的眼中放射出來。

「好啦，小姐，我知道什麼！當然我不會知道。像我這麼笨的人懂得什麼？」

「你是不是又在諷刺了？」代替暴風雨的信號傳來的是疑惑的眼色，不過這種表情是她所有的表情中最富知性的。因此我比較喜歡它。也許這也是我老是喜歡用諷刺的語調刺激她的原因。說起來眞怪，一向是我不喜歡過分聰明的女人，也就是說，知性太強的女人。因爲這種女人缺少柔和感，甚至於有點男性化。不過零零是個富於感情化的女人，所以對於他，就需要有些知性的成分來使她顯出她是個有頭腦的女人，不僅是只有一副優美無比的胴體。可是不幸，直到現在我發現的她，卻只有肉體，也因此無論她的畫像或雕像的頭部，總是經過變形的、模糊的、小小的，這是我與她之間唯一的秘密。她曾問過我幾次，爲什麼我總把她的頭畫成那樣，我只好造了一個美麗的謊言告訴她：「羅丹爲了表現一個走路者的一切動態和韻律，故意把一副雕像的頭部、手臂砍掉，目的在吸引觀衆的視線集中於那個雕像的雙脚和肉體。」我爲了要歌頌她肉體的全部美感，只好那樣畫、那樣雕塑。我不能分散觀衆的注意力。

「我問你是不是又在諷刺我，怎麼不回答？」

「當然不是諷刺，我說我笨，是因妳老是把我掛在妳嘴上，才說的，一個大笨牛怎麼曉得妳心裏想些什麼？妳說對不對！」本來我想說的是：妳不能隨便送人的是明秀。但是我終於不想看到她臉上出現難看的線條，便信口敷衍了她幾口。

「誰說你笨，誰敢說一個創造美的人是大笨牛。我不跟你說啦！」這一下子她佔了便宜，便輕淡描寫地回送一頂不太高的帽子給我。掛在我手中的手，像冰棒在我肘中滑上滑下地鋸了幾下。

「好啦，好啦，別太高興了。我跟你扯了那麼多無關痛癢的話，其實只有一個原因，本來不想現在就說出來。」我停了一停，幾乎把我爲何阻止她叫爸買紅大衣給她的意念說出來。但是終於還是忍住沒說。

「你在賣什麼關子！快說嘛，快說！」她的眼睛沉了沉，一下子充滿了好奇，頓時舞起手脚來。

看到周圍的顧客側目而視的眼光，我不得不提醒她：

「喂！零零，別孩子氣，人家都在瞧我們了。要扮戲我們回去演個痛快。」

「你壞死了。眼睛是人家的，你何必管他們看。你這壞蛋，我不跟你談了。」她拔出掛在我手中的手，跑向樓梯。

我也急步跟在她後頭走向通往樓下的樓梯。可是走不到幾步，我終於禁不住又回過頭來，看了一眼穿在塑膠模特兒身上的紅大衣。

二

我在畫室裏的床邊，等零零穿好衣服，替她拉好拉鍊，送走了她。

接著我便爲紅大衣含笑走近媽身邊。

「明秀，你又要什麼啦！」生我的媽當然了解她每個孩子的個性，尤其了解我在一陣子討好的笑臉，和蜜語之後一定有什麼要求。何況今天的我又說了幾個笑話、一個電影故事，和一、兩個小時不斷的按摩。

「媽，我要一件紅大衣。」我覺得口裏乾燥，但還是說。

「男孩子穿什麼紅大衣，你不是有一件黑大衣了嗎？」媽在裝傻。

「我要送零零一件紅大衣。」開場白是最難的，但是媽的反應還不壞，不過我的聲調不夠柔和，語氣不夠堅決，我有點心慌。本來嘛，要把一句話說得既柔和又堅決是難之又難的。何況媽又知道零零從不收人家用錢買的禮物。由於他爸從不曾限制她的開銷，因此她不稀罕錢能買得到的東西。這種趨勢使她的收藏室，擺滿各種稀奇古怪的東西。有一次我踏進處於她臥室隔壁的收藏室，我看到一個心型的玻璃橱窗（顯然是專爲收藏品特製的）。裏面裝滿各種沾著變黑的血跡的布塊、衣、褲、帽子等等。甚至我還看到一根泡在標本瓶裏的手指頭。每件紀念品都標明日期。

「明秀，那些是爲了愛我引起的爭鬥，留下的紀念品。過去，當我年紀很輕的時候，我野過，那是在認識你之前的那幾年裏。現在看到這些東西，只覺得自己的以往像一部不協調的、紛亂的紀錄片。我還留著它們只有一個目的：因爲它們反映著我往日的愚蠢。」

有時候，她會顯得很端莊。這種時候她的語氣，可以說是虔誠的。

接著她指指牆邊我給她的雕像，與掛在壁上的油畫，和另一個玻璃櫥窗裏的詩稿、曲稿說：

「爸常向反對我跟你來往的親戚說：要是零零不認識明秀，我的零零一定還在那堆太保太妹的鮮血裏打滾，也許早已沒命啦。」淒迷罩住零零的大眼睛，她繼續說：「有時當我覺得孤寂，我也不曉得怎麼搞的，一離開你，我就覺得孤寂。」她停了一停，淡紅色的舌尖在性感的下唇與薄薄的上唇上無意識地舔著，繼續說：「這種時候，我總愛往這裏跑，免得跑到一些無聊的地方。當我跑進收藏室，我可以重溫這些紀錄片，看到你的朋友們送我這麼多詩稿、樂譜，我有無比的安慰，我知道我自己自從認識你，就已提升到一個高貴的境界。的確正像你有一次譏笑我說：明秀帶給零零文化。你把我從野蠻的區域帶到文明世界，可惜我不能嫁給你。」

「零零，別談了。請妳記得是我不想結婚，而不是像妳一再表示的那樣，不能嫁給我。」我無法忍受她語意裏的憐憫。憐憫對被憐憫的人，無疑是一種尊嚴的謀殺。我記起尼采，他藉查拉圖特拉所說的話，眞對。

我對結婚有一種莫名其妙的懼怕，在多種原因裏，有一件比較具體的是我還沒有準備好要結婚的條件，結婚不僅意指男女的共同生活，也意指相互的責任和義務，甚至於推衍到對下一代的責任與義務。這些都不是一個精神的漂泊者、流浪漢、創造美的狂徒，如我所能擔當的。對於這點，我相信零零知道得很淸楚。因此當她每次提到「可惜我不能嫁給你……」這句話的眞意時，我經常會產生一種幻覺，覺得這是她激我的激將法。

「你不讓我說；我偏要說；嘴巴是我的，你管不了。我不能嫁給你是因為你不會賺錢。你別冷笑，也別做那種蔑視的表情，我知道你不愛錢，所以才不去賺錢。」

「零零，說眞的，妳有兩件事情進步了。第一，妳離開暴力，攀登文明的高原，妳已懂得走入文藝森林，採擷文化的果實。第二，一向浪費金錢的妳，也已知道勸人賺錢。哈，偉大。不過，對不起，在我還未把自己鑄成一部創造文藝的自動機器，或把自己栽培成一株文藝的果樹之前，我不能想到錢，因為它會妨害我的自我完成，會嚴重地損害我以後的產品。」向她解釋這些，使我覺得痛苦。我知道她並不眞的了解文藝，我想她只是中了電影的毒，中了外國片裏描寫畫家、音樂家、詩人等藝術家與少女戀愛的浪漫故事的毒而已。不幸恰巧我又長得頗像洋片裏的藝術家。這使我想起幾年前，有一次我跟啞夫從詩談到電影的時候，他告訴我，我很像藝術家。這是一句令人啼笑皆非的話，很像藝術家，也可以說不是藝術家。他曾說過：「你寫詩，但不想成大詩人；你畫畫，你雕刻，也不想成爲大畫家、大雕刻家；你寫小說，更不想當名小說家；現在你又熱衷於電影的編導，我眞爲你擔心，因爲人的精力與時間到底有限，雖然我羨慕你，在分工分得這麼精細的今天，一個人想在某種藝術的小角落裏有所建樹已經不容易，何況像你那樣揷手於那麼多藝術。」已成名詩人的啞夫說得不錯。但是精力過人，慾望無窮的我，竟無法阻止我自己不斷的擴大探索的範圍，像一個雪球愈滾愈大。當詩、小說，與畫，無法直接表現出我想把心靈的事物，傳給觀衆感受它的觸覺與立體感時，我失望，我沮喪，但是我不能老是在失望與沮喪中生存，所以我不得不轉向雕刻，當一種藝術無法表現所有應傳給觀衆感受的感覺時，我只有野心勃勃地渴望有一天能用電影綜合所有的藝術，來表現我想表現的心象與物象的百態。因此，我的心不斷地蛻變，不斷地升騰，無休無止地漂泊、流浪。但是有時我也會懷疑我追求文藝，也像零零那樣只是中了電影裏的藝術家，能夠被許多高級的女人所愛的毒而悲哀。這種時候，我的痛苦只有酒精能痲醉我、治療我。果然翌日，痛苦會暫時離開我。我又尋回我創造的力量，帶著習慣性的傻勁工作下去。

這樣把零零與我分析清楚後，我發現她愛的是我這個魔鬼似的男人，能動用藝術的魔咒迷惑她、娛樂她，使她得到別的男人無法給她的情趣、刺激，與魅力。同時由於她無法眞正了解文藝的眞諦和價値，所以現在她已不管我是不是能夠成爲偉大的藝術家，甚或是不是藝術家。

「零零家有的是錢，要什麼就有什麼，我記得她說過她已前前後後買下了十幾件大衣了。」媽的話把我從一個跟著一個的聯想中拉回來。

「你不說我也知道。不過爲了讓她驚喜一下，我要買那件紅大衣送她，我要做些我做不到的事情，來證明我的愛。所以我在『大新』一再阻止她向她爸要錢去買。」

「別傻了。她不會收你花錢買的東西。」

「媽，讓我當一次傻瓜不是滿有趣嗎？妳是不是捨不得兩萬塊錢？」我看到媽聽到兩萬塊，把眼睛睁得那麼大，怕她把話說僵了，馬上跟著說：「媽，那兩萬塊錢算是借給我的，好嗎？我一定在五個月裏還妳兩萬。」

「你拿什麼還我？」媽對我那種肯定在五個月裏還她兩萬塊的態度，感到好奇的興趣。但是很快地，她的好奇心又顯出猶疑的動搖。她懷疑我是不是在玩什麼花樣。

「眞的，媽，我不騙妳，我幾時騙過妳，媽，妳也知道我沒什麼優點，但是從來不騙人是我的優點。事實上，如果我能不花掉一毛錢的話，也許在三、四個月裏就可以還妳兩萬塊錢。妳忘了上個月我爲了畫苦力羣像，到健身院去找模特兒，結果碰到中學的同學王文慶，那個在這二、三年裏炒地皮賺了幾千萬的營造商兼貿易商。他不是介紹了一批碼頭工人給我畫嗎？我聽他們說：每個月有五、六千的收入。要是我爲了一件會使零零驚喜的禮物，客串四、五個月的苦力，對我的生活經驗不能說沒有幫助，同時也可以讓零零知道，我要想賺錢，還是能賺的，不過妳不能告訴零零我去當苦力。」

「當苦力，我的兒子不當醫生竟要去當苦力。笑話！不行。」媽睁大眼睛，眨了眨眼便掉下淚水。說不定這些眼淚正好跟她話裏的意思相反。她如果不是在感歎，她那一向不愛錢的兒子爲了缺少買件禮物送人的錢，竟想當苦力去賺那不容易賺的錢而流淚；就是爲了第一次驟聽她兒子想要賺錢，禁不住流出高興的眼淚。

「媽，當苦力沒什麼不體面，世界性的大畫家馬蒂斯等人，在未成名之前都當過賣力氣的工人。」

電話鈴像警報那樣突兀地從畫室裏傳過來，敲著我的心。每次聽到鈴聲，都會使我想到零零。我們家的電話十有八、九，是她打來的。有時她會在三更半夜來個電話，把我吵醒，問我在幹嘛？當我告訴她，我在睡覺，她會問我有沒有做夢，夢中有沒有她，並說她剛夢見我。

「喂，明秀，你快來……」零零的聲音從聽筒裏像一陣陣洪水壓頂般傳來。

「零零怎麼啦？妳不是剛從這裏回去不久嗎？」

「我們的塑膠工廠剛剛爆炸，爸的頭不曉得給什麼東西擊成重傷，大夫說是腦震盪。我們在民族一路的施外科，你快來。」

「妳沒受傷吧!?」

「沒有，當時我在家裏，後來楊副理趕來接我到醫院去的。」

「妳別急，我馬上趕來。民族一路，施外科。好，再見！」

電話打斷了我跟媽的談話。我簡短地告訴媽，宋伯伯受傷的消息。媽急急給我一些錢，我衝出家門。

三

施外科五十幾個病床中，有一半以上躺著零零塑膠廠的員工。外科診療室裏還擠滿一些輕傷的工人。

我第一次覺得我看錯了零零。她鎮靜地安慰著坐在候診室的傷患，包括那些處理好與未處理的病人。本來，聽到她的電話，我以爲她會待在她父親的病房裏啜泣。人眞是奇怪，你跟她相處了四年，你自以爲了解她，有一天你會覺得你竟不認識她。

她看到我，很自然地扮了個疲倦的苦笑，這種表情給我一種深刻的印象，好像她已不止一次反覆練習過。

「明秀，爸在二樓二〇五室。你先上去，我跟著就來。」

宋伯伯包紮著繃帶的頭，枕在冰袋上。眼神茫然地看著天花板，或看著虛空。我輕輕地走過去。楊副理冷淡地給我點個頭，稍稍讓開些，我輕柔地抓起宋伯伯的手握著。反常地，這是一雙沒有活力的手。當我握著他的手時，我的眼光和手在宋伯伯的手與眼睛間，來回地敲診和注視著。糟糕。這是毫無反應的腦震盪，是最嚴重的一種。死神一定已在他腦袋裏靜候他心臟的停止。我爲零零擔心，要是萬一宋伯伯有個三長兩短，這個半毀的零零塑膠廠，和另一個被全國五家味精廠之中的四家同行，聯合起來圍攻的零零味精工廠，不知要如何經營。零零曾表示過：那家唯一守著中立的味精工廠是楊副理的父親經營的。

「施先生，你學過傷科，你看總經理傷得怎樣？」楊副理開口了。對於這個油頭粉面、笑裏藏刀、心懷叵測的傢伙，平時我就懶得跟他敷衍，我知道他到三十八歲還沒有結婚的原因。用不著零零一再告訴我，我早已感覺出他把我當做他第一號情敵的愚蠢。可笑的是我厭惡他，並不是爲了他追零零已追了六、七年。更不是因爲他是億萬富豪的獨生子，還自甘屈就副理的職務，那種顯然的陰謀。也不是由於他是零零的表哥。他是那種屬於追求眞理的人都會直覺厭惡的那種人。他是坦誠、爽直的敵人。

「你自己還不知道，你一下子已自動提升到零零塑膠廠與味精廠的負責人啦！」看到他那種明知故問的虛僞，我不得不刻薄地刺他一刀。

「你，你這是什麼意思。別人看得起你，是因爲你是零零的寄生蟲，我才不理你這一套。我管你是什麼『畫土脚』（台語畫家的諧音）或是什麼『硬吭脚』（台語藝術家的諧音）。總而言之，你是一個不務生產的流氓、吃軟飯的傢伙，寄生在母親與情人之間的蛆蟲，誰不曉得你活到二十八歲從來沒有賺過一文錢，連零用錢都要向母親伸長手的。」我的那一刀好像刺在皮球上，的確已把他悶在心裏的髒氣給洩出來了。

奇怪的是我竟攤著雙手，從一個鼻孔裏噴氣似地吹出了一道嘲笑。因爲我的左鼻孔裏長了一個瘤，已有十幾年無法用它呼吸（我曾開過刀，半年後又長了，後來醫生說開刀也沒用，於是我不理它）。也許楊副理說得對，我是寄生蟲，像一個無用的瘤，不但阻塞了一個鼻孔，並且還消耗我血液裏有限的養分。但是我不認爲我是個不務生產的流氓（雖然藝術家有時忙得無法重視修飾，不過我是屬於非常講究衣飾的人，所以從外表看起來，一定不像流氓）。我不以爲誰的生產能比我創造一幅畫、一首詩更痛苦、更真誠。誰說沒賺過一文錢的人就沒有價值。印象派的大畫家梵谷終其一生也沒賺過一毛錢，他只靠那位獨具慧眼的弟弟，畫商迪奥按月給他一點勉強可以過活的錢，和繪畫材料，以及更多的愛和鼓勵，才留下那麼多作品，讓後世的投機家，和純正的愛好者，像蒼蠅似地飛向他們。如果當時梵谷身邊的人都像楊副理，那麼梵谷，也會被認爲是瘋子、寄生蟲，不務生產的流氓，可笑。

當我正想哈哈大笑時，我突然意識到楊副理剛才談話的態度，好像不光是對著我講。於是我灑脫地往身後的門口一回頭，果然零零僵直地站在那裏，面帶沉思。

我放下宋伯伯癱瘓的手，走向零零，也把我剛才正想大笑後，準備給台大出身的化學士楊副理一課近代美術史，與人生價值的話嚥下去，我知道，現在的零零受不了我想說的話，同時我直覺到楊副理的庸俗論，對於目前剛遭巨變的零零比起我想說的更切實，更實用。

四

一腳踩入家門，媽先問宋伯伯的傷況，以及工廠損失的情形，然後言歸正題。好像從我衝出家門到現在，她已深思熟慮過似的。她滿熱心地說：

「你要借的兩萬塊，我借你。不過我怎麼曉得你會不會虎頭老鼠尾，吃不了苦，幹不了幾天就不幹了。所以我決定等你工作一個月，我馬上給你兩萬塊。然後每個月還我三千，只要還我一萬五千就行了，剩下的算是媽獎勵你頭一次賺錢的獎金。」媽一瀉千里似地自言自語著。

的確，媽也怪可憐的，爲了養活我們幾兄弟，她只好在地皮便宜時，一塊塊地拋賣掉爸留給我們全市最好的幾塊地皮。好在她大權在握，我們兄弟裏任誰也無法多浪費她一毛錢。但也因此使一個豪富的施家坐吃山空。不幸她自己還在幾樣生意中虧掉了大部分賣了地皮的錢，等到最近有一批炒地皮的台北人，像旋風似地把高雄市的地價抓得滿天飛時，我們只剩下處於高雄比較偏僻的一甲耕地。要不是耕者有其田和三七五減租的德政，使地主無法隨意收回耕地，這塊地皮老早也已給媽賣掉了。據說最近地主如要收回耕地，每甲地得付給佃農一、兩百萬的耕作權補償費。所以炒地皮的投機分子促進社會的繁榮，經濟的發展，也憑空製造了幾萬個暴發的赤足百萬富翁。

更諷刺的是過去億萬富豪的長子，一個畫家，一個詩人，竟會天眞到爲了搏得情人一剎那的驚喜，自願偷偷地當五、六個月苦力。

「謝謝媽，我已決定去當苦力賺錢。但是現在賺這一筆錢的動機，已經不是全爲紅大衣，好像複雜了一些。」我疲倦得直想躺下來。我想楊副理那似是而非的現實論已像一包藍色的染色劑，硬給塞進我的腦海裏，跟我血紅的血液混雜的結果，便很自然地變成奇妙而神秘的紫色。這種神秘的意識，當然也摻雜著零零在病房裏聽到楊副理對我解剖的那段現實謬論引起的神色，以及她在候診室代父撫慰傷患的堅決。這些在在都在提示一個事實：人無法倔強地畫地自居、自訂單純的生活方式，人畢竟被社會、被他周圍的變遷所牽動。正像甘廼廸夫人，因她丈夫的死亡，不得不被動地喪失美國第一夫人的資格，還得勇於對抗悲哀，對抗生理上慣性的情慾，對抗世俗給她的枷鎖——對亡夫守節。去他媽的，見鬼。道德和法律，原是各部落、各民族、各國的統治者便於統治他們的臣民，硬加給被統治者的枷鎖，它們對於擁有權勢者，只有加重、加多他們的罪行而已。到頭來他們不但失德，還得背負僞善者的臭名。話雖這樣說，社會總是無法沒有這兩樣東西，人類能自律的究竟有限，對於這些既無知又無創造力的人，繩規和牢獄就成爲過渡到大同世界的過渡時期所必須。

五

半個月後的一個深夜，一羣當苦力的老前輩，照樣跟我回家。我們在忙了大半天之後，一下班就到碼頭附近的小攤去撫慰我們疲勞的肉體，每人灌入一瓶米酒，聽他們東南西北地亂聊一陣之後，有些人吵著要去賭錢，有些人爭著要去逛花街，沒喝夠的人提議到我畫室去喝個痛快，於是我不得不又大方地帶他們回家，這種情形是這半個月以來經常有的。

媽睡眼朦朧地走進畫室，用她擠出來的微笑跟同事們打過招呼之後，向我埋怨地說：

「明秀，你也該抽空去找零零。今天她又來了幾個電話，她在埋怨你，她已一個多禮拜沒看過你了。這幾天她來找你好幾次，我也不便告訴她到碼頭找你。」

「媽，我怎麼會有空。工作與休息的時間都排得緊緊的。」我用畫刀把一塊深紅色往畫布上一砌。

「施的有相好的放在那裏閒著，眞笨。我們走啦，你現在可以去找她。來，友的，我們走。」大頭王喚著同事們。但是有些人的確已喝得太多，想動都懶得動了。何況他們又每人抱著一個米酒瓶，坐在舒服的安樂椅中。

「王大哥，別開玩笑，人家是閨女，三更半夜怎麼好意思去找她。」我言不由衷地應著。事實是即使勉強抽出空來，我也沒有超人的精力，因爲我幹的是生疏的重勞動。記得開頭的一個禮拜，我這副自小受過爸嚴厲地用國術錘鍊過的身體，長大之後又練過健美舉重的肌肉，仍然有點吃不消那種壓頂的酸痛。尤其在第二天、第三天……還不斷地感覺到肌肉像被撕裂的痛苦。爲了想有始有終地把一件放手幹下去的工作，幹得漂亮些，我不得不暫時遠離零零。但是這種違反自我意志的抑制究竟是痛苦的，所以開頭幾天，我只好在電話裏告訴她，我要到一個深山裏去觀察山岩，好畫些抽象畫。最後我說，我一回來會給她電話。四、五天後，我的確克服不了這四年裏和零零在一塊共同養成習慣的排洩作用，和日夕的思念，我情不自禁地接了她打給我的電話（她每天照樣打幾個電話來，全是媽接的），然後跟她相處了飛似五、六個小時。下了好大的決心才說服自己沒有繼續泡下去。可是不曉得是睡眠不足或醉意未醒，翌日我差點在工作中失足從船上滾下碼頭的硬地板。打從那次之後，我決心暫時遠離她，也好讓我自己過一段苦行僧的孤獨生活，這種孤獨對於創造，有時是必須的。

這時電話響起來，我知道準是零零又來了電話。

「媽，請妳告訴零零我不在。」

媽爲難地走近電話，把我的意思告訴彼端的零零。

等媽掛斷電話，我問她：

「媽，妳剛才問她宋伯伯的傷好一點沒有？她怎麼說？」零零上次告訴我，她爸的傷沒什麼起色，恐怕好不了，即使脫離危險，往後生活也是悲慘的。不能用腦，和輪椅將局限一個企業家活躍的生命力。言下之意，微微地暗示我，要我幫她處理她們的廠務。可是聽她一見面就滔滔不絕地稱誇楊副理辦事能力如何精明，以及她的抱負怎樣等等情形看來，我一方面放心宋伯伯開創的『零零企業』繼承有人，另一方面我卻心寒於她誤認楊副理爲心腹的無知，但是我苦於毫無證據，又礙於情敵的身分，無法只憑直覺加罪於人，提醒她遠離這匹豺狼。也不想自找痲煩，把我的自尊送給早對廠務熟練了的楊副理去踩踏。

「零零說她爸這幾天好像清醒了些，不過據說腦部運動神經的部分有塊瘀血，零零說從X光相片可以看到。」

「那就糟了。台灣不曉得是不是找得到高明的腦外科的手術專家。」我看著畫布上剛被我砌上去的那塊深紅的主題，逐漸被一羣墨綠和黑色所包圍，我直覺皮膚上泛起一陣雞皮疙瘩。

六

當大頭王離去不久，跟著汽車的煞車聲而來的是門鈴聲，然後零零喚我的聲音比她更早地闖入畫室。這時，除了我還起勁地邊畫著那幅『突圍、超越——紅、墨綠，與黑羣』邊喝酒之外，其他的苦力同事都以野蠻、醜陋的睡姿沉入夢鄉。有些靠在沙發，有些擠在我的席夢思床，更有些依著床沿、椅邊，好像當他們在跟床上、椅中的人閒聊時突遭睡神攫去似的。

零零穿著深紅色的夜禮服闖進來。當我剛聽到她的聲音時，首先我想躲起來不見她，跟著來的意念是喝酒後喜歡惡作劇的情緒，使我渴望見她。所以聽到她高跟鞋的響聲停了之後，那絕對靜止的一剎那，我才回過頭去看她。我們的眼睛緊緊地互相咬著。

「明秀！」

「零零，妳來了，我好高興。」我疲倦地笑了一笑，放下畫刀和調板。走向零零。一個多禮拜不見的零零顯然在外表上端莊了些，也矜持了些。不過那對我迷戀過的眼睛，依然閃耀著野性的妖豔，痴痴地盯著我。性感的大嘴微微翹著。

一陣陌生的脚步聲跟著媽媽熟悉的步伐聲逐漸逼近。當陌生的脚步聲停在門外時，我幾乎已直覺到它們是屬於誰的了。果然是楊副理輕蔑、自負、譏笑的肖像，像一幅諷刺畫鑲在畫室的門框裏。當我看到這個自負得像孔雀似的男人時，厭惡壓倒了憤怒。隨之，我把視線移向零零，零零好像已從剛才的迷惘中醒來，蹙著眉頭，看著那羣滿身油膩與汗污的苦力們，跟著她眼睛的游移，憤怒逐漸顯著。

「施先生，原諒我們打擾了你們喝酒的藝術氣氛。我早已告訴零零，這麼晚去拜訪人家是失禮的，何況被拜訪的人是過夜生活的酒徒，恐怕很難收拾。」楊副理刻薄地微笑著。他是夠聰明的，他在我與零零在這半個月裏圍起的紙幕之間，點起一把火。

「楊副理裏面坐。我笨得沒想到護花使者是楊副理，啊，對不起，也許我該改換稱呼，叫你……」我揶揄地把眼光投向零零。看到零零的眼睛那種燎原似的怒火，我停了一停。

「明秀，我早已知道你有意躲我，但是沒想到，你竟躲到這羣野獸堆裏。」零零曾沉淪於肌肉與肌肉搏鬥的暴力中，所以當她看到這羣具有發達肌肉和粗野的人時，他準以爲這是一羣無賴，她不知道這些人是用正當的方式出賣勞力的人。

「零零，請妳別武斷，他們不是野獸，他們不像妳從前認識的那批……（我不願意在這個時候，提到無賴，那無疑是火上加油）。他們是一羣……」我想解釋，但是我的眼睛在零零、苦力，與楊副理的身上飛旋時，我突然洩氣似的閉口不再說話，因爲我無法忍受楊副理優越的態度，和有恃無恐的譏笑，我不必在楊副理持有那種站高樓看馬相踢的態度之前，猶像哈巴狗似的爲討好女人，急急爭辯不是我錯的事實。

「零妹，我們走吧！剛才我不是反對妳來了嗎⁉妳只會妨害人家創作。這位『大畫土脚』要畫出一羣偉大的醉漢，偉大的頹廢、偉大的墮落，他們說這是最現代的。這些是妳近來替他辯護的什麼現代人的苦悶、時代的聲音。哈，笑話。要說我是現代人，我活得滿好，滿舒服，毫無什麼苦悶，要說我不是現代人，我又活在現代。眞是活見鬼的理論。零妹妳不走，我先走了。」他說過之後，眼睛盯在零零身上，毫無要走的動態表現出來，對於這種人我已懶得跟他理論了。

「明秀，想不到你竟這樣墮落，墮落到不止是滿口酒臭，甚至於全屋都是酒臭。」她回頭看看站在楊副理身後的媽，埋怨的眼色一閃即逝，跟著說：「剛才我在處理保險賠償問題的宴會中，還偷空打電話給你，媽說你不在，但是我明明聽到你畫室裏的吵雜聲，我知道你一定在，但是我不知道你爲何不想見我，一千個不知道，所以我只好親自跑來看你，現在我有點知道了。你是懦夫，你是酒蟲，你永遠不願長大，不願背負男人的責任，你，你，你——」

零零的臉痙攣著，想哭又壓制著，終於飛快地跑出畫室。

楊副理像一隻狗，唯恐失掉咬在口中的骨頭那樣地跟著踉踉蹌蹌地奔出去的零零，對誰都沒有打招呼地消逝在畫室的門口。

表情複雜的媽走進來坐在一隻沒人坐的椅子上說：

「明秀，也許我老了，我不知道你們年輕人搞的是什麼把戲，但是你起碼也得告訴她，你爲了買紅大衣給她，去當苦力，所以沒時間去看她，沒精神陪她玩。」媽看到我竭力壓制憤怒，與有口莫辯的痛苦神色，遂停下逼迫我的埋怨。她壓低聲調自言自語似地說：「為了買一件紅大衣送女人，我的兒子可憐到去當苦力，啊，我的兒子到底給什麼迷了心。啊，明秀。」倔強的媽，難於排遣心裏的委屈和苦悶，難於安慰跟她同樣倔強的兒子，也無法阻止她的兒子，從一個同事的脇下拔起一瓶喝不到二分之一的米酒瓶，往口中直灌個不停的無助，媽的身體遂在抑制諸般痛苦中，像株老邁的枯梅，無風自搖似地抖落一陣陣梅雨般的眼淚。

七

誰說我不關心零零，只是我的關心不能在許多場合表現出來。我尤其不能在這種時候表現我如何關切她產業的任何言論，因為另一個隱形的我像個檢察官，像我的影子那樣老是跟著我，窮追不捨，他總比現實的我，早一步看透我的動機和言詞（甚至於他會在我本來純正的動機中，推論到可能發生的卑鄙性，猛烈地抨擊我）。更慘的是，他總在我的思想成形之前警告我：人們會以為我這樣做有什麼目的，譬如，要是我對「零零企業」關心的話，他會使我覺得如果我這樣做，人們會以為我追求零零的目的，只在追求財富。因此為了純粹的愛，我只能偷偷地關懷零零。

打從宋伯伯受傷以來，「零零企業」已成各報社會欄與經濟欄的重要新聞（因為它在遭受變故時，由於這一企業形態的不健全所引起的糾紛，深受關心「企業組織與管理」的經濟學家，和社會學家的注目與評論），我幾乎每天必把全國的報紙買來過目（當然只看有關零零企業的報導）；另一方面也請媽在接零零的電話時，多少鼓勵她談些家事。可是零零找的是我，至於跟媽的會話，總是公式化的客套與簡短。因此想了解零零遭遇的困難，嚴格說來，只有報紙，以及企業界的流言。但是我不認識任何企業家，當然我也不會想去高攀他們，雖然本市的大財閥、大地主，全是先父的朋友。

從報紙上，有關「零零企業」的報導中，我得到一些印象：第一，屬於「零零企業」的零零塑膠廠，是個家族企業，它有一半以上的股份操在宋伯伯自己手中，其他的股份是用他親戚，或親戚介紹的，因此在管理上有時礙於情面，不能做得太認眞（譬如，發現某人不可繼續留用，正想開除他時，總會有親戚出面講情）。工廠出事後，發現出納人員不僅僞造文書，還虧空公款七、八十萬，最嚴重的是他竟吃掉一整年的保險費，因此保險公司堅持工廠已有一年沒有繳付保險費，視同退保。第二，零零塑膠廠的股東，要求改組，大部分人提議聘請楊端華（楊副理）出任董事長。他們說宋董事長身罹重疾，無法處理廠務。第三，「零零企業」中唯一資本公開的味精工廠，雖然遭受四家味精工廠的圍攻，每年還有不少盈餘，但是自從宋伯伯受傷之後，竟然遭遇股票風波，如果再繼續下去，握有全部股票百分之五十一的宋伯伯，將在不久之間損失幾千萬。第四，基於火災保險毫無著落，加上零零味精股票的慘跌，風聞代理董事長宋零零已接受楊副董事長的建議，將拋售零零味精一部分股票，以償付員工傷亡的撫恤費，以及潮湧般擁來要求償還借款的債務人，於是味精股票一跌再跌，終於每天都面臨跌停板。

以上的報導節錄，只是我綜合各家報社記者的見解。

八

翌日我睡到中午，那些苦力同事早已走了。我昨夜晚睡，深怕體力不足，又發生工作上的危險，當他們八點要上班時，我朦朧地請他們替我找一個代班人。

中午起了床，洗過冷水澡，吃了中飯，我神經質地坐下來，邊想畫些畫，又好像在期待什麼似地老是在心裏牽掛著黑色電話機。但是什麼也沒發生，在孤獨與不安中，我竟無法在前些日子沒畫完的「苦力羣像F」上塗抹一筆。只好悻悻然地拿起另一幅空白的畫布，描繪我心中的孤寂與煩躁。

時間堆積在色彩中，我不知不覺已畫了六、七個小時，等到畫室傳來敲門聲時，我已將近完成。是媽的聲音：

「明秀，晚報剛送來，好像有零零的消息。」

我急急打開門，讓媽進來，不，正確地說，應該是讓報紙遞進來。一下子，我看到一個啓事，和另一個報導。宋零零與楊端華訂婚了！好。

我甩掉報紙，我的眼睛在四處尋找，雖然我找的是沒空的酒瓶，但是當我邊找邊走時，我竟站在畫架前，一下子看到畫架後豎立著三、五瓶昨夜那些苦力同事喝剩的米酒，不曉得從哪兒飛來的怒火，竟會令我覺得這個鬼畫架擋住我。於是一拳打向剛畫好的畫面，由於畫架的結實，我的拳頭只貫穿了畫面，龐大的畫架像座山岩冷漠地俯視著我，狂亂地甩掉咬在我拳頭上的破畫，伸出沾滿顏料的手，抓起一個只剩半瓶的米酒，插在嘴裏直灌下去。

九

在我悠長的喝酒史中，很少嘔吐過。不過當醉後醒來，血液裏的酒精泰半消失，醉意退掉，竟完全記不得剛才猛喝著酒之後發生的事情，倒是碰到過三、五次。

沒喝酒或喝酒不多的人，也許很難了解我剛剛提到的這種「記憶中斷」的現象。

當我半夜突然醒來，我發現我竟穿著外出服躺在床上，畫室裏那羣熟面孔的苦力，圍坐在沙發中喝酒喧鬧著。媽坐在床邊的沙發裏哀怨地守著我。我動了一動，舉手看錶，兩點五分。怎麼搞的!?記得我把酒瓶插在喉嚨直灌的時候是傍晚七、八點，怎麼一下子就過去了六個小時，那麼現在應該是半夜啦！

「施的，醒了!?」潤嘴孫大聲的嚷起來。

「又不是在拍賣，喊那麼大聲幹嘛！」大頭王瞪他一眼，隨著大家的視線集中在我臉上。跟著說：「細的，男子漢大丈夫何必爲女人傷心，你也太癡情了。一向我佩服你有男人的骨氣，但是今晚，你給我很大的打擊，很大的失望。爲了一個臭女人和別人訂婚，你就喝醉酒。醉得一塌糊塗，喂，你還不高興我罵她？」

本來我倒贊同他給我的批評，不過當我聽到他罵零零臭女人時，我打從心裏起了一陣反感，雖然也許我曾在心裏痛罵過她，但是別人有啥資格可以罵她。

「細的，我知道你很痛苦，不過你應該把痛苦化成力量，像你爲了買紅大衣去當苦力一樣。喂，不必轉頭看你媽，如果不是你媽發現得太早，我看你現在絕對無法躺在軟綿綿的床上了。你知道你闖了多大的禍！當你媽看你把畫室裏三瓶半的米酒一下子倒進口裏，又大聲嚷著下女替你買來一瓶灌下去。你媽只好帶著下女，跟著穿了外出服往外跑的你，到了大新百貨公司，一到那裏你媽知道你會闖禍，馬上叫下女，坐計程車到碼頭來找我們。好在我們早下了班，還在碼頭附近的小攤子上喝酒，潤嘴孫這個專注意女人的傢伙，一下子看到下女從計程車下來便大喊。於是我們剛好趕上你在大新百貨公司二樓，手執空酒瓶站在紅大衣的玻璃櫥前，靜靜的站在那兒，靜得很悲哀。你媽站在你身後不遠處。後來據你媽說，你一直就像夢遊人那樣，從家裏到車上，從車上到百貨公司，從百貨公司的樓下到二樓，你一直很靜，可是靜得怕人。她開頭以爲你大概不至於出甚麼事，但是又怕鬧了事她無法收拾。等她看到我們一上來轉身跟我們打招呼時，突然我們看到你舉起手中的酒瓶，像擲手榴彈那樣，把酒瓶擲向紅大衣。玻璃櫥的破碎聲，和靜寂中突然響起的女人跟孩子的驚叫聲，加上奔跑聲，使全樓騷亂了起來。哼！好在我們五、六個人三脚兩步跑近你身邊，他們像桶箍把你團團圍住，也可以說他們在保護你。當時的確有一批看你不順眼的太保跟在我們身後跑近你。我和你媽一面向他們解釋，一面跟服務小姐，和那一樓的負責人賠不是，一面趕緊掏鈔票賠償人家的損失。這就是你今晚爲那個女人幹出來的好事……」

十

由於大頭王是這羣苦力中教育受得較多的人（他唸過初中，喜歡看文藝片，並且把家庭處理得變像一個知識分子的家庭，有電唱機、電視，和放滿文藝書刊的大書架），所以我能認識這羣具有龐大肌肉的傢伙，原是從大頭王的表弟，我中學的同學王文慶那裏介紹的。那是半年前，當我畫膩了專以零零爲題材的女性裸體畫，突然渴望畫些具有男性化而充滿龐大肌肉的羣像時，我便跑到過去經常光顧的健身館，本想在那裏雇些男性模特兒，湊巧在那裏碰到我以前的同學，一個近二、三年來在炒地皮中暴發起來的營造商王文慶。他告訴我每週有三天必定到健身館來鍛鍊那身既能吸引女人，又能保持健康的肌肉。當我們從暖身運動、推舉……直到做完整套健美運動，我已把我想雇幾個男模特兒的事告訴了他。他靜靜地聽著，然後邀我坐上他那豪華的別克，直駛大頭王的家。經由王文慶的堅邀，我們又坐上他的別克，趕到碼頭附近的小攤子選了幾個苦力，把他們帶到「喜水仙」酒家，由王文慶慷慨的做東，痛飲了一整夜。我不但得到了模特兒，還學習了不少他如何在二、三年裏從土木工程的包工一躍而成半個億萬富豪的經驗。

此後大頭王和那批魁梧的苦力，一但成爲我的模特兒，也成了我的酒友。

當我覺得既羞恥又不耐煩地聆聽大頭王敍述我今晚的荒唐時，我只有揉著太陽穴，閉著眼睛裝頭暈。我心裏升起一個強烈的慾望，我想看看零零，最少也得給她一個電話，即使是最後的一面，或是最後一個電話。

有時人們裝睡裝得太久，竟會睡著。我就在那種情形下睡了一、兩個小時。

等我再次醒來，我發現已經快三點半啦。媽已不在我床邊，那羣苦力在我床下潔淨的地板上呼呼大睡。大頭王已不在這羣苦力之間。我想，他一定又跟以往一樣跑回家了。的確，他是個好丈夫，好家長。他從不外宿。

我帶著從沒跳得那麼快的心跳走近電話機，開始撥零零家的電話號碼。

十一

電話筒裏傳來四次斷續的響聲之後，我聽到零零的聲音：

「喂，我零零……」

「零零，明秀恭喜妳訂婚了，」一下子我竟不曉得怎麼繼續下去。

「……」我聽到她濃重的呼吸聲。

「妳別誤會我現在打電話給妳是在求妳甚麼。不過，我總不希望讓妳帶著誤會我的心情離開我，那樣不但會使我，也會令妳的後半生痛苦，假如我們以往的關係還算純眞的話……」我停了一停，想知道她的反應。

「……」不但聽不到她的反應，連她的呼吸聲也聽不見了。

「好，也許妳還在蔑視我，妳再也不願意跟一個妳看慣的酒鬼談話了。這樣也好。讓我麻煩妳幾分鐘的時間，我把我想說的話一說完，馬上會掛斷電話。妳記得嗎？在宋伯伯出事那天，我們看過一件紅大衣，當時我不是反對妳向妳爸爸要錢買嗎？那時我已決定想辦法買給妳了。可是媽一下子拿不出那麼多錢，其實我早已在決定買紅大衣送妳時，便下定決心去當苦力，來償還我向媽借的這一筆錢。我何嘗沒想到妳，我何嘗不會爲了無法像往日那樣跟妳常在一起而難過。這種難過，不僅在心裏，也在生理上非常痛苦地煎熬著我。可是妳沒想到當苦力需要充足的體力吧！要是我不暫時離開妳三、四個月，不，本來我打算稍稍習慣以後，每個月去看妳兩次，妳記得×月×日那天我們在一起過了六、七小時，第二天我便因為休息不夠差一點從船上摔下碼頭……」聽筒傳來斷然切斷的聲音，只剩一陣冷酷的嗡嗡聲。

我抓緊聽筒，怒火從嗡嗡聲，也從四面八方向我衝來。我很想一下子把它摔碎。

我心想，好。我為了紅大衣，失去了妳。一向蔑視金錢的我，竟會為了異想天開賺些錢，來讓妳驚喜一下，而演變到失去了妳。不過這也不能說是為了賺錢而失去了零零。嚴格地說，應該是想賺錢的事實，來得太晚了些。要是能早一點想到賺錢，今天不一定已在「零零企業」中位居一人之下，千人之上了。何至於為了一件紅大衣去當苦力……

想到這裏，我很自然地輾轉於賺錢的念頭上。一個不愛錢的藝術家，一愛上錢，竟會變得這樣熱衷。我苦笑著告訴自己，也許藝術家的我，已經宣告死亡了。

從今以後，我要把賺錢列入第一位。然後才談文藝。

於是我又鑽入賺錢的念頭裏。當苦力不但辛苦而且永遠也賺不了大錢。一旦想賺錢，我決定放棄一切。這一下我要集中我所有的精力去賺錢。我要像寫一篇小說那樣安排它的始末，好在我們家還有一甲耕地（這是我們施家碩果僅存的資本），我有一個可以仿效的人

——王文慶。

明天我一定得抽空去找他。從小我就從先父那裏，分享過他經營得非常出色的房地產，在地價暴漲時，那種一日三市的興奮。如果我能像寫一首詩，畫一幅畫那樣，在我們最後的那塊地皮上刻意經營，我必定能在不久的將來擁有一部轎車，擁有許多比零零更美的美女，和一棟一棟的洋房，那時甚至於不用老是喝著辛辣的米酒。

十二

翌日下了班，我匆匆地離開碼頭，也離開那羣邀我喝酒的同事。我去找王文慶，帶著我要送他的學費——幾幅畫。

幾天過去了。每天我總在下班後到王文慶那裏去一趟。爲了摸熟這個離開了十幾年的老同學，我不能太心急，於是我抓住暴發戶那種附庸風雅的心裏，我送他許多畫，幫他把畫掛在他的住宅、公司、別墅。也替他拿掉掛在那裏的一些畫招牌的匠人，用油漆畫得蠻像實物的一些玩意兒。

我羨慕地儘量鼓勵他敍述他在這二、三年裏賺了半個億萬的成功史，也津津有味地傾聽他一一說明台灣這十年裏掀起的兩次炒地皮事件中，有多少人爲什麼發了財，有多少人賠了本破產自殺，或者逃避通緝的。

有一天我有意無意地告訴他，我們可以學某人的做法（當然是他敍述過的人），在目前還不算熱鬧的地方蓋兩家電影院和幾十棟店鋪。他笑著拍了拍我的肩膀說：

「明秀，你倒學得蠻快。怎樣？你還有地皮？」

「我可以提供一甲地皮，在××路。」

「那一帶的地皮，目前的市價每虛坪（包括道路、街巷）大約值二千多塊。」

「如果你中意合建，我出地皮，你出資本和勞務，這一方面你比較內行。那麼我還可以把這一甲地抵押出去，用那些抵押來的錢，在我們那一甲地的周圍多買兩甲。不過我們不能先透露要在那一帶大興土木的風聲。」

「可怕，可怕，這幾天竟讓你偷偷地把我所知道的地皮學這一門課程給學走了。」

王文慶搖著頭笑著說。

「要是我能重整家聲，恢復我爸生前的財富，還不都是沾了你的光，人家一定會說你教導有方。」

「好啦，好啦，你別來這一套，我先聽聽你的高見！」

「不過，你要先把資本和設計藍圖等等準備好。當我們訂好合建的契約，我馬上辦理抵押，但是辦理抵押的人事和機關還得請你出面比較方便，我不便去找那些早已生疏的我爸的朋友。」

「好。你再說下去，有你這個出色的學生，也許我今年會多賺個三、五千萬。」

「在辦抵押時，我可以一面客串掮客去找我們那塊附近的地主，告訴他們有人願意買我們的地，可是我媽不同意賣掉我爸留下的最後一塊有紀念性的地，同時我再請他們幫我去遊說我媽（當然這是一種姿態），說這種價錢已經好得不能再好了。因爲賣掉一甲耕地可以拿到五、六百萬，像他們既是地主又是佃農，根本不必像我們要付佃農每甲一、兩百萬的耕作權補償費。六百萬的利息，以兩分利計算，每個月可以坐享十二萬的收入，何苦再當農夫。如此這般經我一遊說，不怕他們不見利眼紅。然後，我再等抵押的錢拿到，用這筆錢先給他們一些訂金，也付我們的佃農一些補償費，剩下的跟他們講明分六個月一期各付多少。簽好約，付過訂金，你就得先把畫好的廣告豎起來，並開始在報上、電影幻燈上，大大宣傳我們開闢了一個擁有兩家電影院的商業區。建築執照一發下來，你得馬上開始動工，先蓋馬路邊的店鋪。用訂戶的預約金，和訂戶每期應付我們的錢付給那些地主。至於電影院可以慢慢蓋。」

「明秀，你畢業了。一言爲定，我們合作。」他握住我的手，眼裏閃著我的眼睛傳給他的光芒。

「不過，我媽那裏，還得請你跟我去跑一趟。」

「伯母那裏儘管放心，有我出面，她不會不答應。」他抓著我的肩膀走向他的別克。

果然，媽慷慨地把那一甲地皮交給我全權處理。這是一個決定性的轉捩點，對我、對媽，也對施家。

十三

人的命運也眞怪，從第一次看到紅大衣，到我爲紅大衣當上苦力，再由苦力到失戀，由失戀變成道地的投機分子，其間不到一個月。我終於無法推翻我媽預言我幹不了一個月的苦力。但是媽對我毅然結束這三週的苦力生涯，並不感到氣餒。

於是我們的投機事業，在精密的計畫下，如火如荼地展開。抵押在王文慶善於安排的紅包攻勢之下，很快就辦妥了。我遊說鄰近地主的工作也如期完成，簽好契約。至於我們那塊地皮的佃農也同意以一百五十萬分五期，每月一期給他參拾萬，放棄他的耕種權。

眼看屬於自己的一排排洋房、店鋪，蓋起來、賣出去的喜悅和興奮，沖淡了零零結婚消息咬嚙我的痛苦。每晚和王文慶爲酬勞有關機構（包括金融界、市政府建築課等等）以及自己的工頭們，忙得團團轉。從此才曉得金錢的魔力竟會如此巨大，巨大到幾乎可以擁有一切，除了買不到眞理與良心。

由於買房子的人可以由我們代辦十年低利貸款，也由於那兩家靠得很近的現代式電影院慢慢地成形，房子的銷售情形，出乎意料之外的順利。不到兩個月，我已買進一部十八萬元的最新式轎車雪佛蘭，也買下了沒有女主人的紅大衣。它穿在零零的塑像上，像一團永遠燒不完的火那樣在我畫室裏靜靜地，熊熊地燃個不停。

十四

在忙碌中，我儘量約束自己保持清醒。白天我滴酒不沾，跟王文慶取得默契，把所有的酒宴都安排在夜晚舉行。在商場如戰場的宴會中，我儘量遠離酒，但是離不開老是在我眼前晃來晃去的美女。對於事業上的這兩樣勁敵，我時時警戒著。尤其在合夥人王文慶與許多酒色如命的官僚和金融界的職員間，我清醒，我矜持。

可是每夜我都選擇一個最美的舞女，或酒女，在她們的耳邊低語數句。等我送走客人，我再駕著自己的雪佛蘭帶她們上我的畫室。當然每夜只帶一個。由於我的年輕，也由於花錢的技巧，更由於我嶄新的轎車，和我從事的是最熱門的賺錢事業。這不光吸引了歡場的女人，可笑的是連良家閨女也有幾家看中了我，叫媒婆來說親的。她們的父母全是我爸的朋友，她們是那羣所謂富豪的千金小姐。令人啼笑皆非的是當我出賣了良心，丟掉了靈魂，絞死了人格之後，才被擇婿甚嚴的父老看上。由此可見具有純眞的靈魂，高貴人格的藝術家，往往比不上一個滿身銅臭的色鬼。

每次當那些我只知道肉體，不知道名字的美女看到我畫室裏那件穿在零零塑像的紅大衣，幾乎沒有一個不異口同聲地問：

「這件紅大衣好漂亮，是誰的？是不是你太太的？」

「我不是早已告訴你，我沒有太太，也沒有情人。現在我什麼也沒有，我只有這件紅大衣，和眼前的妳。來來，別盡看著它、摸著它，如果妳喜歡，等天冷了，我可以借妳穿一天，然後帶妳上台南的舞廳，或什麼大飯店。現在天還熱，當心紅大衣燙了妳的手。我們喝酒吧！妳喜歡喝那種牌子的酒，酒櫥裏任妳選。」像這種隨便說說的話，我已不知向幾十個女人提起過了。開頭也許是在喝酒中自嘲地說來嘲弄自己的。可是這些信口開河的話，竟會產生意料之外的好效果（也許每個聽到這些話的女人總以為要是在我身上多花一些工夫，不難從零零的塑像上剝走那件紅大衣，或甚至於可以更進一步地俘擄我）。幾次之後，我就像放紀錄片，或錄音帶那樣滔滔不絕地、冷淡地、毫無做作地重複著這些話。可笑的是這種冷淡，和毫無做作，竟被後來的美女們誤認是不帶一點花言巧語，最坦誠的表達。於是乎，受害的往往是我自己。我總被這些美麗的獸，用盡她們從歡場裏學來的技巧圍攻我，絞殺我。好在我已說過，我是三分像上帝七分像魔鬼的傢伙（《聖經》裏不是說過上帝以自己的形像創造了人嗎？），她們不但征服不了我，反而像我曾經在《台灣文藝》發表過的一首詩中所寫的那樣被我所征服，那首叫〈一九六八年半個春天與半個夏天的故事〉的長詩中有一段這麼寫著：

昨夜，我淹死在酒瓶裏
我夢見：
　我是征服者
我以飛騰之姿奔馳於床笫
　我銳利如劍
　我堅硬如櫓
　我吶喊如雷

可是對於每隻美麗的獸，我只征服她一夜，以後就再也不去惹她。正像我在那首長詩裏的另一段裏所寫的：

我怕描繪一朵花
我怕戀愛一個女人
我在工作中往往神化了她們
這是天大的不幸

從前據說有個人溺死在詩海裏
也曾有過一個演員扮演羅密歐的
終於刺死自己

十五

當我們在高雄的投機事業順利地開展後，我雄心的觸角，早已暗暗在計畫中伸向台北。

四個月中，我自駕雪佛蘭跑了十幾趟台北。我轎車的後座總是紅大衣，好像台灣許多汽車的前座老是吊著小小的護車符那樣，紅大衣在我的車上，在我床邊，日夜用它紅紅的溫熱熨撫我被零零擊傷的心，形成的風溼神經痛。

四個月後，我已在台北郊外選了一甲頗有將來性的耕地，經過王文慶的贊同，我代表王文慶與我合營的「金山建築有限公司」跟地主簽約合建公寓。從此我幾乎每週有三分之二的時間待在台北。在事業剛開始亟須節約開支儲蓄資本，以投入生產的時期，我放棄早已念念不忘建築別墅的渴望。暫時在台北還算不錯的「金山大廈」十一樓租了一間公寓，兼做公司的辦事處和住宅。

在這龐大高聳的公寓裏，住著我們施家五弟兄中的兩個。我和老二。他不像我還在創業初期的掙扎中，他愛錢愛得早，所以他早已當了有名的傷科大夫，自由中國的骨科權威，賺了許多錢買下了一、二樓，開了一間聞名官邸和海外的施傷科醫院。他在民國五十年醫好陳副總統因脊椎、推間盤脫出壓迫神經引起的神經痛，上了台北而飛黃騰達起來。他是我們這充滿野心、理想的五弟兄中最現實的一個（除了未成熟的老么）。他有點像楊端華那樣，是屬於厭惡藝術家、不關心文藝的那種人。他們視文藝界的人爲浪人。

當我二弟明和看到我這個浪子回頭（可笑的觀點）並已深深地愛上了錢，也眞正在賺錢時，他樂於在人事上多少給我一點幫助。由於台北對王文慶來說是個陌生的地方（就事業基礎和範圍說），我只好透過我二弟與金融界的關係，一步步樹立起我自己的人事關係來。

這樣一來台北的舞廳、大飯店便成爲我夜晚招待客人的場所。

十六

有一夜，當我帶著一羣金融界的朋友步入華僑舞廳時，我突然看到一個很像零零的舞女。當時礙於在那些剛認識沒多久的朋友面前，我不好意思馬上追過去，等我招待客人坐好之後，我已找不到那個像零零的舞女。

我只好向舞女大班描述剛才那個舞女的身段、髮型、衣飾等等。他說，她是他們這裏新來不久的紅舞女，叫零零。我嚇了一跳。眞是零零。不過奇怪的是她怎麼會下海當起舞女，更奇怪的是她怎麼還用眞名實姓？

那一夜，再也看不到零零的倩影。爲了免得在客人面前失態，我悄悄地問大班。大班說，不曉得怎麼搞的，她突然覺得不舒服，請假走了。我再問他，曉不曉得她的住處。他笑著說，他不知道。她也許住在大觀光飯店，有時住國賓，有時住統一，或圓山。

第二天，第三天，我一連去找了一個禮拜。最後他們說，她不幹了。舞廳的人也不曉得爲什麼，她會突然不幹。

十七

從此我像瘋了似地跑遍台北的舞廳，可是再也看不到零零這個名舞女。當我在尋找時，我才知道，台北一些嗜好此道的舞客，眞有不少爲她瘋狂地花過鈔票。他們說，她冷若冰霜，但是有一種潛伏的高熱埋在冰山下的火山中。他們期待的就是要觀賞她一旦爆發的情趣，這就他們願意破費鈔票一親芳澤的原因。他們又說，她曾經是「零零企業」的繼承人，她父親癱瘓後不得不嫁給一個她不愛的男人。後來不曉得爲什麼，突然在婚後一個月脫離家庭，下海當起舞女，無視於她丈夫的登報啓事，無視於啓事上刊登的離婚威脅……眞是個神秘的怪美女……他們異口同聲地說：最難得的還是她很懂得文藝。

十八

自從那夜看到零零之後，我幾乎每夜總在找不到她的痛苦中躺在床上，邊喝酒，邊跟邀來做伴的美麗的獸瞎扯窮聊。其實我腦中沉浮著的盡是趕不走、揮不去的零零的影子。長此酗酒下去的結果，每夜總以喝酒過多性神經痲木，半途無能而廢。

所以我只能在翌日的早上，瞪著床邊孤寂的紅大衣反映在我眼中的一片紅霞，尋思今夜我該到那裏去尋找如謎似霧的零零。

十九

自從看到零零又失去零零的第八天，我接到王文慶從高雄打來的電話，他叫我無論如何要在明早以前趕回高雄。在我半夜動身以前，我先把台北的業務仔細交代給昨夜從高雄趕來換我南下的三弟明雄。然後駕車往西門町一帶去買些媽喜歡吃的東西，以便帶回高雄。

下午三點多，我的車子快滑過中華路時，我突然看到零零被三個披頭似的男人簇擁著走下紅色計程車。

驟然，我的心幾乎跳到口裏，衝出口外，在忙亂中忘了紅燈已亮，車子闖出十字路口，差點被左邊駛來的巴士攔腰衝斷。我煞住車。在我煞車之前技術高明的巴士司機也煞了車。就在這時，交通警察的警哨大響，如臨大敵。我感到臉上升起一陣熱潮。許多眼睛穿過許多急駛的車輛，從四面八方射向車裏的我。我想後退，但是車後擠著一大堆雜亂的汽車。我看了一下後退無路的車羣，又看向站在街那邊的零零，又在臉上擠著笑向瞪眼吹鬍子的巴士司機點頭賠罪時，綠燈亮了。可是我不能走，那隻嘴裏只顧咻咻個不休，動作慢條斯理得像個大亨的白盔鳥不讓我走，也不趕快開一張罰條給我。零零與那批傢伙優閒地迎面走過行人穿越道向我走來。一片洪水似的咒罵聲，從後面，也從左面的車裏向我洶湧過來。當我氣急敗壞地跟白盔鳥打交道時，我看到零零的臉，突然在陽光下好像被潑上一層死色那樣地蒼白，她無意識地停下腳步，然後回身往來的那頭奔跑過去。就在這時，紅燈又亮了，她跑過左邊向她衝來的車子。在一部右邊衝來的車子尖銳的煞車聲中，零零倒下去。一陣突來的昏暈攪亂了我的腦子，一大疋無邊無際的黑布幔撲熄一街的陽光。在混沌中，又是警哨，又是人聲，我發現我大喊零零的聲浪飛上天空，騎在所有聲浪的背脊上，追趕倒在大道上的零零。

二十

當我的聲浪撲向零零時，那三個披頭也已趁著交通驟停的剎那，敏捷地撲向零零。扶起零零。奇蹟似地零零竟在他們的攙扶下一拐一拐地往前跑起來。一個跟在她身後的披頭才跑了兩步，又回頭揑起零零斷了跟的一隻高跟鞋，回身奔向越過馬路就急急在招手呼換計程車的零零。

二十一

緊揑著罰條，我的車子緊跟在我前面隔了四輛車子中的零零和那三個披頭。令我放心的是看樣子零零沒受傷。

零零坐的車子經過中華路轉入西寧南路，停在「豪華公寓」門前。我也下了車。我喊著零零。零零頭也不回地直往公寓的門口走去。那三個披頭瞪眼圍過來。我不理他們的刁蠻。我直往他們列成的防線走去，正想越過時，他們之中的一個說：

「喂，你鬼叫什麼？快給我滾開。」

另一個說：

「他媽的，幹掉他。」

又一個眞的揮拳擊來。

打架，對於從小受過先父國術大家施潤口訓練出來的我來說，並不是一件什麼嚴重的事。小我一歲的老二在十八歲那年，就曾力敵八個小流氓，還把他們打得落花流水。但是在我二十歲，他十九歲那年，我們曾經用父親傳授的招式狠打猛攻了十幾分鐘，難分高下。最後還是我用急智，使用父親經常鼓勵我們創造新招式，創造新拳路的一式虛招，和一著實腿，踢倒老二。

不久，就在那個揮拳向我擊來的傢伙右拳未出左肩稍動時，我眞的跟這三個傢伙幹起來了。數個月來悶在我心裏的怒火，直發洩在這三個找到我頭上的披頭身上。鮮血在他們的鼻中、唇邊流著。幾個照面一過，我狠下心，一脚踢向一個從懷裏拔出短刀的披頭。只見他甩了匕首，倒在地上，雙手摀住雙腿間哀鳴著。

「明秀，當心！」零零的聲音提醒我側身半蹲下去。但是一把短刀已揷在我左肩的斜方肌上。我一捧右手撥開握著短刀的手，伸硬雙指直往那個傢伙的眼睛揷去。可是一轉念間，突然收指成拳，擊中他的眼睛，把他打倒在地。另一個披頭這時已跑向摀著雙腿間的同伴那裏。

這一場架，在零零跑向我，並向披頭們說：「全是自己人，別打了」之後結束。不過即使零零不跑過來，他們也不敢再打了。

二十二

雖然我挨了一刀。但是我已尋回零零，算起來還是值得。對於我自己會有這種想法，我不禁慄然一驚。我覺得這是宿命的諷刺。我竟由文明世界退回野蠻領域。

隨後，我想到既然純眞已死，必定導致粗野的興盛。

對於一個失棄純眞的藝術家來說，我已死亡。不過我將和零零携手撿拾粉碎了的我們，我們將共同創造屬於我們的「併貼畫」。

二十三

零零件我到宏恩醫院紮好刀傷，回到公寓。當她看到紅大衣穿在她的塑像時，我無法阻止她在哭泣中猛烈的哆嗦。

「這件不祥的紅大衣害了我們。」她說。

「不，不，這件紅大衣成全了我們。它使我們在短短的四個月中，因它的溫熱而突然長大成熟。」

「可是我還不是沒嫁給你，那是我以前一再說過的。」

「請妳記得是我不想結婚，而不是像妳一再表示的不能嫁給我。」

「哼！」

「的確，現在妳已不能再嫁給我了，要不然我們將犯法，雖然法律是他們訂的。但是我們無可奈何。」

「現在我偏要嫁給你，要是你不嫌棄我是個舞女。楊端華早已催我好幾次要我跟他離婚。」她不等我回答，又跟著說：「本來跟他訂婚還不是爲了生你的氣。要是能在結婚前早一點知道你是爲了紅大衣去當苦力。爲了我去賺錢，說不定我們不用兜這麼大的圈子。當時我們馬上可以結婚，你也可以幫我處理「零零企業」的善後。」

「這是人的宿命。當時要是我們結婚，對我們本身也許好一點，不過對於「零零企業」的瓦解與否，我看我無法出什麼力。「零零企業」的盛衰，是制度與組織的問題。這一類型的企業制度，它的組織與管理是過時的，它註定非衰亡不可。」說著說著突然我想起她剛才說的話，跟事實有點出入，於是我只好問她：

「妳剛才爲什麼說是在婚後才知道我爲紅大衣去當苦力？我記得早在妳訂婚那夜我就在電話裏告訴過妳了。」

「對，我訂婚那天你來過電話。那一夜是我最不痛快的日子。楊端華的許多朋友爲我們舉行了好幾個宴會，他們好像存心要把我灌醉。碰到我心裏不舒服（明秀這都是你害我的，你別揷嘴！也別做鬼臉），一向不喝酒的我，倒是喝了不少啤酒。要不是在洗手間吐了兩次，那一夜不曉得會當衆出什麼醜。先是在幾個大飯店裏舉行酒宴，後來，大約在深夜十二點多，我們才到楊端華家裏去。反正誰不曉得我跟你來往了三、四年。我還裝什麼閨女，我毫不在乎楊端華的父母把我看成什麼。因爲我早就跟楊端華談好，婚後，我還要住在我家。要是他不答應，我們的訂婚也就拉倒。所以在楊端華家裏，我跟他們又鬧到兩點鐘。本來楊要留我在他家，可是我怎麼肯呢？還有我心裏有一種預感，我覺得你看到報紙上的訂婚啓事也許會打電話給我。我就是爲了要證實我的預感，我爬著也要爬回去。」

「眞的？謝謝你！」我嘲弄似地說。

「叫你別岔嘴，你又來了。眞的，楊端華的確存心灌醉我。要不然他不會從他家的冰箱帶了半打啤酒到我家。我一進門就問下女，你有沒打電話來，她說沒有。我眞的把你恨入了骨，所以還沒坐下來，楊端華問我要不要喝一些啤酒。我便大聲說：「要，要，我今天要喝個夠，也要吐個夠。」」她的眼睛在回憶中顯出悽愴和亢奮。

「我倒不曉得妳會喝酒，妳看諷刺不諷刺？跟妳相處了四年竟會不曉得妳那麼會喝酒?!我不知道妳喝醉了像什麼樣子。妳要不要喝？我冰箱裏也有啤酒。」

「跟你在一塊還用得著喝酒，不喝酒人都快醉了，一喝了酒還得了。你就是一瓶喝不完的酒，你的眼睛，你的嘴巴，你的手，還有你的……一切一切全是瓶口。我不是鐵打銅鑄的，我還需要什麼酒。啊，我剛才說到哪裏啦？……對，我在家裏又喝了不少。我覺得我輕鬆了些。因爲我比較不太想你了。我不曉得跟楊端華談了些什麼，談了好久，反正，我很寂寞。我孤零零的，我已經沒有什麼能跟我談心事的人了。爸爸不會講話，你又不理我，親戚朋友全是一樣的，他們的安慰像模子印出來的公式，一樣叫人聽起來就不舒服。所以我只有用勁地喝楊端華拿給我的酒，喝得不舒服，我就用手指頭捅進喉嚨讓它吐出來。要不然就儘量說個不停，不過我已用不到吃安眠藥或鎮靜劑。你害得我好苦，自從你去當苦力之後，我見不到你，又得不到你的消息，夜晚我除了吃安眠藥還能做什麼。」

「零零，對不起，我不是有意的。」

「就在我對你已經失去了期待之後，電話鈴響了。我抓起來聽，果然是你。但是那時候我精疲力盡。你知道一個人期待久了會失棄期待的興趣和力量，變成痲木。也許那個時候，我就剛好進入那種狀態裏。我好像記得你在解釋你不是在哀求我什麼。反正，是你一向的口氣，嚕哩嚕嗦。正好，楊端華把聽筒一把搶過去。我也沒反對什麼。當時我對你失望到極點，我已經對你不抱什麼希望。我不認爲你會說出什麼重要的話來。」

「噢，原來是他聽的！」

「嗯。是他聽的。就因爲他聽到你在電話中說的話，他才決定改變他原來的計畫，跟我結婚。本來他只想跟我訂婚，佔有我，也佔有我那控制在他手裏的「零零企業」。等他把「零零企業」搞光，搞垮，就準備跟我退婚。以報復追我六、七年，追輸你這窮小子的仇恨。但是當他聽到你在電話裏提到你爲了紅大衣，爲了我當苦力。他認爲要是他跟我解除婚約，我一定會回到你身邊，你也會把我接回去。所以他便犧牲了自己的幸福，爲了折磨我一生才跟我結婚。你說可不可怕？」

「他怎麼會告訴妳這些不應該告訴妳的話？」

「對啦，就因爲他說出了不應該說的話，我才跑掉的。要不然，我還在那隻狗的身邊，眞是可怕！」

「哦。妳也覺得他像條狗嗎？」

「你是不是又在諷刺我啦？」

「別生氣，我聽妳的。」

「是他婚後一個多月的一個深夜。他喝得醉醺醺地回來（奇怪，我跟你在一塊，差不多全看你在喝酒，但是根本沒看到你喝醉過，也沒看過你走起路來歪歪倒倒的。是不是喝米酒比較不會醉？）。」

「酒鬼才喝米酒。要是喝米酒不會醉，酒鬼怎會喝米酒！」

「他一進房就脫掉外套，故意露出白襯衫的胸口印著的口紅。我幫他脫掉襯衫。當然我早已看到他襯衫上的口紅。奇怪的就是我沒有什麼感覺，這個人原不是我心愛的。

那一刹那我才確實了解了自己。想不到楊端華看到我毫不生氣，一點也沒有反應，他便說出他爲什麼跟我訂婚、訂婚之夜你又在電話裏說了些什麼、他又爲什麼跟我結婚等等。總而言之，一個平常看起來那麼正常的人，醉了酒竟會那麼可怕。他說出令人可怕的話。他邊說邊笑，邊笑邊掉著眼淚。於是我發現他以虐待我的方式來虐待他自己。說著，笑著，哭著，終於他滿足地睡著了。等他發出鼾聲，我收拾好行李，跑出我的家，好在我已經在婚後把爸送到台北來，住在去年買的「豪華公寓」裏，我請了兩個護士小姐在照顧爸。所以我能一走了之。可是當我開著我的小跑車到你家附近，我看到你帶著一個像舞女的女人走入你的家。在三更半夜，帶著女人的男人，我能去找他嗎？明秀，你說說看！」

「我沒話說。今天我只聽妳的，看妳的。」

「當時我差點又跑回家去。算是夜晚睡不著出來遛達遛達。不幸。我就是回不去。也進不了你的畫室。我坐在小跑車裏看著你的家。也看著夜，包圍著我們的夜。不久我看到你畫室的燈亮起來了。於是我只好走開，一秒鐘都無法停留地，我離開了你畫室的光亮。也離開了高雄。更離開了我的婚姻。」零零被自己的回憶，和回憶中的感觸所感染，凄涼、悲愴像層薄紗籠罩了她的全身。

「……」

「我一直把車子開得很快，雖然沒想到要死，不過如果就那樣出了車禍死掉也不錯，命苦的人就是不死。我也不曉得怎麼來到台北。在台中住了一天，就到台北來了。爲了不想見楊端華，我住在國賓、統一，但是我每天都去看爸一次。他看到我也認不得我。」

我的眼前好像還靜靜地放大著一幅剛才在豪華公寓看到宋伯伯的映象。僅僅四個月的癱瘓，已使一個大胖子變成瘦子；也使一個充滿活力的人變成一件道具。

「本來我以爲只要我關心『零零企業』，加上楊端華的幫忙，雖然爸在生病，大概不至於會對營業有太大的影響。可是你看，我們還是破產了。你曉不曉得爲什麼？」

「我從報上，也從這四個月跟企業界的朋友來往的談話中知道一些。有些人說零零味精百分之五十一的股票全給楊端華的父親買去。他和另外那四家味精廠早已串通好，買下『零零味精』百分之五十一的股權就可以關閉零零味精廠。因此也有人說『零零味精』百分之五十一的股票是楊再興和另外那四家味精廠的老闆分攤著買的，據說他們這樣做的目的是要提高內銷市場的味精價格……」

「事實和你說的差不多。從前我爸受到那四家圍攻的原因就是只有我們反對把內銷市場的味精價格提高。雖然當時楊再興也贊成提高價格，但是礙於情面沒有加入那四家圍攻我們的陣容，保持中立。可是想不到我爸一倒下去，他就利用他的兒子一下子把我們整垮，你說可不可怕。這些話全是楊端華在醉後講出來的。就因爲這樣，我一到台北馬上下海當起舞女。對客人我不但不隱瞞身世，還儘量宣傳我是楊再興的媳婦，楊端華的妻子。我把零零企業破產的原因在舞場上，酒宴中發布出去。一個被侵害、被侮辱的女人，只能用這種消極的方法去報復。爲了怕楊端華雇流氓找我麻煩，我也用我的方式養了三個職業打手。你記不記得這是我的老本行。」

「嗯。不過你是說剛才那三個職業打手？我倒看不出他們有什麼本領。」

「你還吹什麼。要不是我喊那麼一聲，說不定你的脖子早斷了。他們是用刀的高手。」

「謝謝妳那一聲。不過我還是想不通爲什麼妳一再躲避我，不光是躲避，還慫恿妳的打手襲擊我。」

「你是小說家，還用得著問我。我的悲劇還不是你間接造成的。本來我也不相信楊端華說你每天換一個女人（他喝醉那天透露他經常雇人跟蹤我們兩個人，他說他沒有發現我在婚後有什麼問題，但是卻意外地發現你的風流），我離開楊端華那一夜，的確看到你原來是一隻色狼，所以我就讓他們三個人好好整一整你這匹色狼。」

零零說完後慢慢走近她的塑像，然後回過頭來說：

「明秀，還有什麼要我回答的，沒有的話我要試穿這件多難的紅大衣了。」她說過後，就伸手抓開大衣的前襟。這時我突然跳起來，想阻止零零從塑像上脫掉紅大衣。可是已經慢了一步紅大衣已離開塑像，抓在零零手中。我與零零幾乎同時大喊出來：

「啊！」我阻止她的聲音，稍微早些發出。

「啊！」她尖銳的女高音雖然比我慢些發出來，但那道受驚的聲音像一顆呼嘯的子彈，銳利地突破我低沉的聲幕，猛向我心中擊來。

零零抓在手中的紅大衣，跟著她的高喊而脫離她的手，滑到地毯上。遠看過去，好像一個女人昏倒在地似的。零零飛快地看了我一眼，那是充滿恐怖、驚悸、陌生的眼色。零零帶著飛快地射來的眼色，飛快地奔出我的臥室。留下想追過去向她解釋的我，呆呆地站在床前痛悔自己的笨拙。

這時我再一次看看癱瘓在地的紅大衣上面，零零赤裸的石膏塑像全身釘滿烏黑的釘頭。在塑像心臟之處無數深深的刀痕咧嘴向我譏笑。

我走過去踢開不祥的紅大衣，一拳打碎零零的塑像。我不知道我會不會追去向零零解釋愛與恨的道理。我也不知道當零零自己思考過愛與恨的微妙後，會不會寬恕我，會不會又像從前我們吵過以後，她老是主動地跑來找我，或者給我一個電話……或者當她徹底思索過由愛轉恨的道理後，她會不會原諒她的丈夫楊端華，回到他身邊。或者她只是一個擁有肉體而不愛思想的人，由於只用官能去看事物的表象，恐怖、驚悸、憎恨將使她永遠離開我，像一隻美麗的獸躲避殘酷，兇惡的獵人一樣。

——原載一九七〇年一月、四月《台灣文藝》第廿六、廿七期

喝尿者

睜開眼，我發現已有好幾位同學在打坐。

睡在囚室裏，對面那一列的魯老，一個河南籍的同胞，向來不苟言笑，經常令我聯想到中國優良的四書五經一類，含有智慧、哲理的人物，加上以苦行在靜穆中打坐修行的人，這個人，據說在台灣省沒有親戚，而僅有的幾個朋友，卻是使他身繫囹圄，證明他自首不清的人，由這些鄉親，只要兩個以上的人，供出不利於他們自己，或已成共同被告者的證言（口供），將會也終於使得他與其他鄉親、同志坐了七年的政治牢，剩下不到一年，最近正在憂心如焚地到處投函，試探有沒有兩個人願意替他做保，好讓他返回社會，去繼續飄零的人生……

冤家路窄，其實在這苦難中國的大時代中，老是被魯老的厲色，低視斜顧著的，乃是一個依然和藹地親近魯老，甚或以微少的一些諸如熱誠地幫他，做些什麼，比如拉平墊被皺皺的床單，而老是惹來被服務者，不理不睬的，是一個年齡低於魯老一、兩歲，看起來很令人適爽的，自稱爲老少年，年約五十八、九歲，我們都叫他「周老」的上校。

周老與魯老，同樣是被他們河南的小同鄉所密告，而以自首不清，互相被擅於編織此類故事的某種小說家，巧妙地安排在一起，各判了八年的輕刑，卻又被命運中的機緣所安排，分發在同一牢房的隔壁，過起老是叫人覺得怪怪的，那種一方獻上好意，另一方卻拒絕接受好意的情狀。

東面的白牆上，一排尺半高，丈半長，框嵌著一根根比拇指還粗的鋼條，它們被安排的距離，就連最小的腦袋瓜也伸不出那般窄。

我睜眼，側躺在十六、七坪囚房的這一排，從這個角度，剛好可以看到：

淡紫帶著微青的曙色，呈現在窗外，寂靜地沐浴著牆外無雲的一小片空中，和看不見卻意識得到，就在窗下兩、三尺外，有個專供我們散步，而在這監牢剛落成，就被我們享用了兩年多的八百多個日子裏，如以一分鐘走個七、八十步計算，勤快者每天大約可以走個八、九千步，少說也已蓋滿了每個刑期輕重不一，被關年資深淺各異，幾年來自自由中國各種政治犯收容所的同學，每人七百四十多萬個脚印的廣場之外；三丈圍牆，那長著銳牙利齒的破玻璃瓶，與一條糾結著開滿鐵蒺藜，那表徵著恐怖嚇阻等等明示「此路不通」的鐵絲網外；隔著丈把遠處的竹梢上，風，令人渴慕，卻可望不可及的自由的微風優優閒閒地在竹叢中，梳著在晨曦裏，微顯墨綠的竹梢髮叢。

室內擠滿只穿內褲的人體，雖然早已經過昨天日暮以來，十一個小時的冷卻，與散熱，據說學自講究民主、尊重人權的美國的堅固有餘、燠熱頗盛的牢房內，既不因人體橫躺著，自然放鬆減低的體溫，而使室溫涼爽到，處於東南台灣七月兇暑的酷熱，舒適多少；也沒有令整天淌滿酸汗的臭汗酸味消失些許，有的只是打從三更半夜，已在不知不覺中，由於囚犯陸續睡著，不再各爭冒汗，因而得於在逐漸、緩慢下降的氣溫裏，鍍了一層黏膜似的汗臭。

其實待在充滿著某種程度的尿味中太久，人的嗅覺也就不像管理我們的班長，每次打開沉重的鐵板門，必先「禁氣」屏息地躲在鐵門響亮地碰響走道的外牆邊，左手摀著鼻嘴兩、三分鐘，以免讓那唯一的尺半高，幾乎只距白天可能會把手皮，燙起水泡的混凝牢頂一、兩尺的窗戶，湧進的空氣，轟擊似地擠出的臭氣衝個正著……

「怖——巫污——吾誣——侮仵」

屁聲，是的，唱歌似的放屁的聲音，來自離我鼻前三尺開外的一個人的屁股。

隨著放屁者稍稍提高坐於兩尺見方坐墊，往右稍偏上身，抬高幾寸臀部的動作中，一道帶著放者也許頗感舒暢五臟六腑，暢通腸胃，排除污氣，卻不得不使我這睡在其旁咫尺之遙者，蹙眉蒙受其聲，屏息以拒其味……

每晨我之所以能夠睜開四年來，積習難於抗拒的，三更半夜，頻頻惡夢纏身，老是在拒絕恐怖的偵訊煎迫，因而每夜總要驚醒三、五回，而能自然地在挨近起床號的擴音哨子聲之前一、兩刻醒過來，接受一共要熬受一千八百二十五個刑期日，這很受同學羨慕的五年輕刑，大約就是這種鬧鐘式的，爲了適應，和保持康健，以便接受被判了刑，可要切切實實地面對，並拖挨著一再重複無味已極牢禁生涯，這一某種晨禱式的禱詞。

當然這種由直腸與肛門所發出的歌唱似的聲音，也像人們的喉嚨那樣，一聞其聲，便知其人。因爲它正像人們的聲音，統屬於該人的性格、學業，是故，這也就像極了，我們爲何會從聲音裏，認得出某某人的原因。

此君，中等身材，四十七、八歲。金門人。姓陳。

我已忘記他的名字，一方面也許他還沒達到令我在我當時的年齡（三十二）歲，總把過了五十的先生，尊稱某者的年紀；也沒達到敬稱七十以上的老者，爲某公的程度。

雖然同房三、四年，由於志不同（對文藝的嗜好），道不合（對人道的尊重），加上身處是非之地，當我在我的四周，老是自砌了一層無形的厚繭，拒斥著人類崇高的互信、互助、互愛的高貴情懷；那是因爲我在被迫進入這個世界以來，幾乎看盡了這些跟我一樣，淪落在這種無可奈何的情狀的可憐生物，莫不是被創造這些情狀的劇作家，和導演，善用這些人類可貴的情愫，編織成大大小小，繁簡相似的，各種可以歸類成幾種典型的案例，被八股式地推入這個千篇一律的情狀裏來所致……

「不，不，怖……」一聽就曉得是魯老，這位具有正統國軍將校出身，曾在大陸抗戰時期，抵抗過入侵的日軍，並自認在剿匪痛擊過匪軍的鐵漢。

由於三十八年山河變色得太快，與周老等被認爲自首不清的幾個同案者，來不及跟隨政府轉進台灣省，以保衛並創造了中國有史以來，最繁榮的經濟狀況，成爲三民主義模範省。因之不得不棄械（包括彈藥、糧食），以資助共匪（據說這一條名，是他們賴以被正式判罪的原因）。

「捕，捕，不不，怖怖……」周老的屁聲。

眞怪，今天跟許多個好像是過不完的今天那樣的許多天，這一對，偶爾會從周老，跟同房的某些外省同胞聊爛了的案情中，提過他以一個大約管過一大半個台灣省那麼大剿匪地區的軍警首長的身分，扶助過當地行政首長的魯老，不幸，由於消息不夠靈通，沒有做到如影隨形，以至於跟不上，直到被判了刑的現在，仍然非常可敬地，從不做朝秦暮楚的牆頭草般，被正統的中國古讀書人，所不齒者流的投機政客似的某些市長，周老與魯老，仍在日常生活的言行中，表露他們熱愛黨國的故衷。

在靜寂裏，屁聲此起彼落著。這是打坐者以調息必然暢通橫膈膜上的胃腸滯氣，所具有的正常現象。可是，由於在這已經瀰漫夠多的惡臭，汚氣的空間，基於通暢己身的滯氣，卻造成不打坐者，加重呼吸他們的屁氣，未免不公平，也太利己了些，因之在下意識裏，不打坐者（正熟睡者），或還沒起床打坐者（如我），便隨著此起彼落的屁聲，在淺睡的狀態下，以輾轉反側，抑或輕微的偶爾抖動，表達著睡者的微弱抗議。

可是在這同是天涯無助的淪落族之間，任誰都了解，也不忍剝奪這麼簡易，而又不必花錢，就能增多一份生命力，以積極地抵銷看不見在飛逝著的生命，消蝕著難於挨過的無望的每一日，帶給這批判刑期不同，因此希望絕異的囚徒，以沉重的苦難，那杯水車薪的慰藉。

「兀、勿、惡、悟、鶩、霧」

放著這種短屁者，是個連低廉到幾錢的理髮費也付不起，而理著光頭的莊稼人，這類光頭族多半是被判無期徒刑，這幾乎絕望了的族類。雖然他是本省籍的山裏草地人，卻因被某些大陸同胞，帶來本省的紅色分子，所汚染的朋友的朋友，當他們中的某一個人，在被通緝的逃亡中，投宿過其家一宵，因此當他出示：古今中外農人普遍的美德，好意收留的遠親疏朋，有一天被逮捕所牽連，糊裏糊塗地登上政治犯的龍門。雖然送他這種機會者，早已槍斃歸天入地，化爲沃土。也許早晚，有些人可以聽到祂們在墓地的竹叢間，與蟋蟀合奏著某些淒淸曲調。而這位先生，卻由二十幾被關了十九年，從大字不識一個，到目前的可以閱讀偶爾塗黑的某報，意識到謙卑，是的，對符號——這文字，給予人類綿延常識、使命、責任，負有無比對他是如此深奧，卻還是在遠離那道深邃的門檻頗遠的，這種青春已逝，無地可耕，經年不見親人一趟，已被蕭蕭中年籠罩，又從來沒有一種可能的案例，可讓他活著出去，由於平素不敢奢望著如此不可能之事發生，因此才有如此這般觸類心悸的屁聲，不時的由他的肛門發出……

打從十幾歲接觸到世界級的文學名著，和繪畫、電影以來，便深深地自許為，該為證明自己仍是人類之中，優異族類之一的中華民族無可奈何的台灣人的一個堅毅追求文明，創造文化的正面存在價值，便是鍥而不捨地，以自身的一切生存過程，做為實驗性行動美學的實證體，面對全世界各處所無的空間性（地域性）遭遇，和時間性（歷史性）的血淋淋洗練，那一波波排山倒海的衝擊，含淚堅忍地當個小丑似的小角色，以逗笑檢閱人員僅存的憐憫心，謹慎地舔潔時代與個人，遍體污髒的傷口，寫下它，繪下它，拍出它來，震撼世界，並為證明我自由中國，不僅在經濟，也在文化方面，的確不遜於別國，也優於別處……

這樣想著，我遂一躍而起，結束了被屁聲喚醒並跟著屁聲與沉默，合奏而呈現的聯想，加入延長苟延殘喘的求生，很有一點用處的坐禪者羣，因而不得不成為也是放屁者的團隊裏。

捲舌舔抵口腔內，門牙後的腭橫皺襞，盤起雙脚，脚底朝天，蓋上被單。我把屁股朝向牆壁，而非面壁修練，一如來自西域的達摩。

這一行爲，除了不想使我稍等也會放的屁，對著別人的臉放之外；當然也沒有存在著，冀求白牆如鼓的迴響效果。而是幾乎室內所有的打坐者，都以這種符合著分成兩排，頭頂牆壁，打著鋪蓋而臥的生活習慣，養成且形成的。

爲了不讓我的打坐吵醒別人，我避免內現丹田，那一點的道家守穴，動氣而造成，坐下不及三十秒，即會全身搖動，一如通了電的玩具似的坐法。

我也不用據說最上乘的佛家，那種無念、參空的守法，因爲我知道，當我想要守空時，那種空，也就成爲一種似有若無的情狀，加上愈要守著空無，雜念便會一個個地來個不絕，也許會使你遭遇到，雜亂得令你招架不住的情況。

我緩緩吸氣，慢慢吐氣，如一條細細長長，無始無終的氣環，在吐納間，即時形成。

當我交疊的雙掌向上，拇指相牴，自然地放在交叉的脚跟，形成一隻振翼飛去，被我仰視的老鷹，而意識到極似老鷹的手背，與振翼的雙脚底，後跟之內的命根時，我一直不曾空無過的腦際，一如銀幕上飛逝過，如下的場景與人物……

四年前的一九六二年冬天。北台灣的台北市青島東路三號，與杭州南路的軍法處看守所，第一區的舊押房內，還留著幾天後就要拆掉，以便改建內部，以配合經濟發展所必須的橱窗式、現代化的囚室設備。這些古舊押房是光復以後，收容過無法計數的，早已成爲幽靈的囚犯們，留在人世間，最後的停留站。因此在這越來越趨開明，因之量刑也愈來愈麻煩地減少槍斃的情形下，自由中國的社會秩序，也跟它的經濟同樣地愈發安定，也許不是因爲舊押房，那關狗熊似的，被四個拳頭那麼大的木栅圍成三面栅欄的牆，一面與隔壁共享一面厚木板牆，形成各個單一押房的囚房裏，到處不管白天，黑夜都猖狂著、列隊出沒的臭蟲，飽吸著這些被免費招待的旅客，據說某些曾與足帶脚鐐，死灰著露在不管怎麼穿戴厚暖衣服的皮膚，都會間歇性地，抽動著神經質的，不聽指使的手脚，和脖子上的皮膚與肌肉，任由臭蟲列隊遊行於除了官方的遊行，想要編寫這種遊行，或導演這種行爲，以及演出者，一下子便會形成這種模樣的前身，在進出於拘留處、偵訊處之後，便會被移送到，這，也許是進入死亡之門的生之旅途的終站的此地來。

在這種不知被多少已逝的手指，摸光、撫滑了的木質居處，我浪漫地發現，它吸飽了苦難同胞掙扎於死亡邊緣的各種驚心動魄的醜陋與聖潔，卻崇嚴地消失生命的場景。

奇怪的是在這種時時都有室友（同學），或自己面臨被死亡，掠奪一切你我存在的時刻，和逆境裏，人們比較不太講究維生的體操，因此除了刑期已經確定，被註明暫時把你拉出，列隊通往死亡的隊伍，而在寬了心，還沒從任誰都需要假以時日，以恢復爲期也許一、二年的判決，所耗損的心智體力。

是故打坐，在這一階段的旅客中，比較少見。

就是每房偶爾有那麼一、兩個，大約都是那些判決確定，而被死囚判定者們妒羨的人。而這些被妒羨的人們，即使是在打坐，也緊閉著屁眼，不敢明目張膽地到處亂放響屁，以免惹惱惹火了，諸如死囚之一，綽號「土匪」——來自大陸，那種橫行於香港的行動派，他可能以脚鐐磨尖的筷子，在你熟睡，或全身放鬆、講究活得更久一些地維生、打坐時，把他可怨恨的，從沒嘗過愛意的生涯，做那找人陪他步上死路的重擊，插入惹惱了他的放屁者致命之處。雖然這些放屁者爲了維生，不自覺於他們的奢侈，會比牆外逛酒家舞廳，更會令將死者無法忍受其奢侈的多少。

每晨，我總被這個金門陳先生吵醒。

當時老是吵醒我的，不是四年後他用慣了的屁聲。而是撒尿入杯的尿聲。儘管不想去看，卻老會浮起他喝尿入喉，那咕嚕、咕嚕之聲，打破死寂的陰沉牢籠，多層寒意的冷冽，這可厭的無奈。

雖然不去感受他喝尿，帶給同房的厭惡感，我卻不得不感受到房裏，大部分人都已張開了他們不想張開的眼皮，代之以張望著的毛孔，被虐似地聽他，每晨喝下自己排出的溫尿。

一個患著過敏症的雲林縣人，也許是怎麼習慣也習慣不了地，又打起了他的噴嚏，跟著他便壓抑他的厭惡，不使他被冒犯的毛躁之意，怒髮衝冠式地表露於外那樣翻身起來，從隨身携帶著的塑膠袋裏，拿出兩個「利速他命」藥錠，放入口中，硬吞下去。

說不定每個牢房，正像每一個家庭，和每個國度，都有它們特異的，開始每天的起床式和展開一天活動的晨儀。我們這一房的生活活動於焉開始。

房裏任誰都很少正眼看他這個人。金門陳先生。

可是對於生而爲人的無奈，加上更無奈的乃是被生在戡亂未停更不能停，因此無法自持，以拒稍不小心，便會身首異處，或者雖不逝去，卻得身陷牢獄的時代與空間的自覺，我也許是唯一冷眼默視他，正像我有時會靜觀一隻飽吸人血的臭蟲，如何地拖不動它過重的、超載著人血的肚皮，在難於擠入木板夾縫之前的刹那間，竟被無意識地翻轉身而被其吸飽血液的被害者，壓斃於木板縫那樣……

這位金門籍的陳先生。同房人之對他從未正眼視之原因，不在每天他自願地喝下他自己的尿。而是他被送入我們這個天地以來，他的一切表達他做爲一個被我們認識的資料，這些資料，當然是他陸續自己提供我們認知的，乃是處處都表示著他這一流人種，仍是否定互信、互助互愛的存在體。

要不是自從與起碼的自由世界斷絕關係四個月以來，日夕被迫靜觀同房十三、四個人赤裸裸的人性表露，和深沉的隱藏，我的人生，也許不至於這麼了解人性既可以摧毀可貴的互信、互助、互愛，更可以在了解人性的低劣、惡臭下，意識到如要提升人類的素質，便有待人們放棄鄙視，和仇視摧毀上述可貴情操的人們，像耶穌那樣地，必須具備寬恕他們，庇愛他們，以待他們從苦難的生活中，得到自省，和自愛，且在建立自助，以達互助、自信以臻互信，並進而發揮互愛的博愛精神。

大約幾天前，當他，這位金門陳先生，收到起訴書，並被所有同房的同學，爭著表達互愛，以提供互助地，由那些失去自由一、兩年的前輩們，根據他們在一、兩年裏速成，且日夜抱緊《六法全書》，以他們自己學養，和經歷的總和，時刻面對死亡，與刑期的各種可能裁定，做出鍥而不捨的，雖然是無用，卻必須以全身未被消蝕的餘力，加上蒐集僅存於心智潛在的渴生之力，哆嗦著雙手，惜字如金地、解結鬆扣式地，化解著被編，而自供的荒謬口供。先是心存祈求免其一死，再而奢求判其輕刑，因而成爲沒有律師執照，而往往由於經由生死搏鬥的學習過程中，學會的這些本領，至少可以證明，不至於畫蛇添足，或者弄巧成拙，以加重被起訴者的罪證，和在裁定刑期時，甚被檢方，和裁方（法官）重視的心態與悔意的提出。

「二條一。你被起訴的，雖然是唯一可判死刑的條項。可是最近的行情，略爲下降，大約只有×案，被判了三個死刑，×案也被判三個死刑、×案……」六十幾歲的福州籍王先生根據他打官司一、兩年的經驗，如數家珍地滔滔著。

「我，我是有功於黨國的人，怎麼會把我起訴的這麼重。」金門陳先生，平素臘黃、消瘦的臉，因激動而泛起紅潮。

「像你這樣說的，這裏多的是……」另一位湖南籍四、五十歲的校級軍官，抱著頭，像是對自己說話那樣地輕哼著……

「你如果好好答辯，依近來的行情最輕可以判個十四、五年，當然無期徒刑，也等於死，你知道我們這種所謂政治犯，他們叫做叛亂的，無期就是眞正的無期，從來沒有過被判無期能走著出去的，不過總是好受些，不像被判死刑，要被槍斃那麼可怕……」福州王老先生輕描淡寫地說著。在說到死刑，接著要說槍斃，這兩個字時，他頓了頓，稍稍把聲音降低些，並很快地把歉疚的視線，朝著室內飛快地巡迴了一遍，大約以他的經驗，他早已從每個同房的起訴書裏，知道房裏沒有人會被判死刑，要不然當他還沒被裁定十二年之前，這兩個字，就像別人那樣地也成了牢房最重的禁忌那樣，從來不用字眼，而是使用頓一頓的，空白的沉寂，來表示；有些粗魯的、沒有常識的人，或許有些人用過舉起右拳，伸展著的食指，向內扣著扳機，那樣地表示著：槍斃。

「槍斃，我是有功於黨國的，你不知道，我領過多少獎金，我檢舉過多少被槍斃的匪諜。」

全房的人，幾乎都在聽到他說到槍斃時，全身爲之一震，並不是他把這兩個象徵著，可怕地奪走人的生命，這一去不復返的，殘酷行爲說得這麼放肆，而失禮。更因爲這兩個既殘忍又具震憾的字眼，幾乎每秒皆在無形地煎熬著每個囚犯的心身。而在大家聽到這個顯然大言不慚地密告過人，終於也被送進來，面臨槍斃，這可怕的威脅。因此，大家幾乎成爲一體似地，同時向金門陳投去利刃似的雙眼，最後正視的一瞥，之後，我注意到，幾乎再也沒有人以正眼看過這個正被起訴條項，顯然是由他自供的自白書，做爲底稿草擬的罪狀……

「槍斃，喂，老兄，別把這兩個字說得這麼響。」六十幾的福州王老先生，後來告訴我，他當時在心裏意識到，該死，其實，這兩個不該明著說出來的可惡字眼，是在他過目了金門陳的起訴書，了然於這個密告過同鄉早已被判十幾個已成厲鬼的事實後，由於心裏存著一股，對於同是囚犯的金門陳，這一類人的不齒，何況是爲了獎金，要不然他大概也不至於無常識到這麼幼稚的程度，要不然這個人，便是某種職業犯人，以這種方式進來攪局，存心激怒這些可憐的人，抑或刺探著房裏某個特定囚犯的反應，以便提供某種方面做爲量刑，或辦案的參考……

「你看，要是我是匪諜，我怎麼會檢舉了十幾個已經早被陸續槍斃了多少年的匪諜呀！……」金門陳好像夢囈似地陳述著。民國三十幾年，他密告過誰，民國三十幾年又是誰被槍斃……可是整個囚房，已經沒有一點生命的氣息，所有的人，好像全關掉了生命的開關，進入一種沉寂的狀況，也許是有意地棄絕這個到頭來竟也淪落成這副令他們本來可以生氣，卻也因爲每人都在失棄自由之後，深深地體會到自由與生存的可貴，與歷經如此的確不是任誰可以掌握的生活的無奈，便也好像在爲被這位仁兄出賣的被槍決的，不知到底是否眞正應該背負槍決的罪狀的死者們，表露著無言的默哀……

「老兄，別再邀功了。趕快埋頭求命要緊。快寫答辯書，就把你剛才敍述的全寫下來，而別再對著別人的臉說出來虐待別人，和替你自己如果能保住一條命，有得你坐個十幾年牢的生涯，窮找痲煩。」王老遞還金門陳的起訴書，意重情輕地說著：「需要我效勞之處，我雖然不太願意幫你的忙，因爲我也怕那十幾個被你害死的人，在我夢中來襲，更不願意他們在我坐牢的時候爲難我，不過基於人類愛，死者己逝，活著的人，都應該互助、互愛，以度過我們坎坷的生涯，可是，對你，一個密告者我不知道，我能不能夠與你產生互信關係，因爲根據，你的起訴書，他們認爲密告你的人，說你是爲了你要掩護你匪諜的身分，才把那些人給出賣的。當然起訴書裏，沒有提到那些死者，到底是不是匪諜，因爲他們已經死去，除了他們的至親，誰還關心著他們。」

「我敢保證他們都是匪諜，你看我要不是被打，被修理得到現在還每晨喝自己的尿，以治療內傷，最後他們說如果再不承認，便要把我裝進痲袋，縛起來，丟入海，我想反正這樣也死，就是認了要死，大約可以死得慢些，多活幾天，算幾天，就是我寫下這些自白書的動機。」

對於已經失棄互信的證狀，所遺留的後遺症在我們所生存的淪落族之間，許許多多的故事，有待生存其中的人們，以他們尊敬生命的愛意去寬恕人們的過錯，我不信人性是不能改善的，因此我在我囚犯的五年生涯裏，用我先父傳我的推拿，不分官長、班長、囚犯中的任誰，我付出做爲一個中醫傷科推拿師，重建人體缺陷的職責，從外在人體的修護工作，冀求內在人性、互助、互愛、互信的重建的和肯定……

「哺……」我的肛門排出這一適暢的污氣。我決定停止打坐、睜開眼……

放屁者們都已紛紛停止打坐，周老幫著魯老在疊被單，捲著鋪蓋。

金門陳先生走向窗下排放盥洗面盆處，從兩排放置各人的面盆中，唯有他的面盆，沒有人願意把他們的面盆靠近他的，因之他的便孤零零地佔有較多空間，他拿起一個泛黃了的漱口塑膠杯，走向牆角的抽水馬桶。我知道他又要去重複他維持無奈生命，自我治療他自以爲喝尿可以療治他的內傷這一貫行爲。並回憶著，不知能不能相信，這個不知可不可以相信的人，提過他在偵訊時最受不了的修理，是他們用繩子縛住他的龜頭，拖著他在地上，像一隻抑天的烏龜，而他痛得滿頭大汗，卻縮不進雙肩的頭，應該怎麼說也不可能像似烏龜的尾巴，想到這個睡在我旁邊的人，在這四年裏，從未有人與他交談，而被他密告，沒有被判死刑的所謂從犯們，也未曾有人找過他麻煩，我在心裏多少爲他擔心的安全，已經不成問題，這證明了我們所處之處人性的可愛，這是我們身處無可奈何的情狀裏，最值得驕傲的，因此也使我感受了五年的囚牢生活，充滿了發揮人性光輝的一個令人可懷念的地方……至於，這位被判十幾年的喝尿者，每晨喝著他自己的尿，到底是在治療他所謂的內傷，或是一種象徵著對於被他整死的人們的贖罪行爲，也就不得而知了。

——原載一九七二年《台灣文藝》革新第二十五期

遲來的初戀及其聯想

一

離開病人，急急拿起話筒，把震人心坎的突兀響聲揑死。

「喂！是明正嗎？」一個台南口音的女聲，甜甜地響起……

「嗯！」我反射似地發出了短促的、幾乎是發了聲就憋住氣的聲音，同時飛快地翻閱腦裏的音庫。

「喂！知道我是誰？」她以一種帶著頗濃的笑意，雜著有恃無恐，與善意的惡作劇，使我更確定是台南腔的台灣話在問著。她的這種架式，一下子把我們的空間拉得很近，幾乎近得可以嗅聞得出，她整齊的皓齒散發出來的幽香。

「等一等。」宛如神助，我爲了確定這些平凡已極的對白，確是屬於我二十八年前初戀的情人翠媚的聲音，我急迫需要兩秒鐘的時間，以類似善鏢薄薄的石片，飛掠象徵著死去的時間。那不攪動回憶之流，便呈現一種平靜無波的假象似的湖面，把湖邊的我與湖心的她，這一隔得似遠非遠（如以螞蟻來講，也許會覺得遠比人類所覺得的遠多啦）、似近非近（要是以那星際用光年來衡量空間的距離，當然這只不過是一丁點的空間）的時空連繫起來，然後運用人類不可思議的、飛躍的、採擷的、分析的、歸納的回憶，來確定我對她的確認，絕非草率與鬧劇型的一種，有時人類在這麼有限的生命裏，往往由父母兄弟、師長領袖們，直接間接地從教科書、課外讀本等等健康刊物，和屢經高度過濾思想毒素的大衆傳播工具，譬如，報紙、電視等以加密、加厚，而塑造成一個遠比原始部落，那沒有確切界線的社會安全體系，所需要的全民生存最高準則的知識，或反語，抑或一種更高級的自諷啦等等。

「我想你一定猜不出！」

聽這口氣，差不多是那種出題的人，早知這種玩笑似的命題太難，本來就不是眞打算以猜謎來構成彼此聯繫的原意，而信口拈來的對白，在不知不覺中發展出來的情境……

聽到她不想繼續往下玩的語氣，和附屬於她那語氣，而幾乎和語氣成爲一體的這種「彌足珍貴」的稀罕體驗，很可能一下子便泡了湯，我故意輕鬆地問道：

「在台北打的電話，還是從台南？」

「嗯！」

一種高揚而結實的聲調，已足證明她不但提高本想放棄、不存希望的，也許本來就沒有想要以這種猜謎式發展的對話。

「我想妳是翠媚。」

「你怎麼知道。」

「因爲妳是我初戀的情人。」感受到勝券在握，我雖然背受許多病人，那等得早已不耐煩的「芒刺」，頗想快點結束這種不合時宜的對話，因此儘量不再動用記憶，可是竟也無法不像某些癮君子看到一部好電影的某一個好場景，竟也拿起桌上病人贈送的英國香菸，燃上火，抽起來……

「你怎麼還……還會記得我……」

猜不透我爲何還記得二十八年前的戀人聲音，同時離最後一次見面也已十一年的這種不可思議的事實，令她疑惑，使她由出謎的人，倒過來變成猜謎的人，因此她的聲調，已變得急促而興起儘快解開謎底的催趕式的驚訝；其中也摻著一種證實了她心底裏那股任誰都一樣地難於忘懷的，對初戀的未能完成因而長久自織的厚繭，使她的聲調由雍容的恬靜，和舉止優閒的玩笑中一變而爲舉止無措，就如「影帝跟前的影迷一般」。

「我怎麼會忘記妳呢？」

對於準備窮其短暫的一生以追求「戀愛」（也曾有過酷嗜此道，而無法得逞者流的，識與不識者，經常諷我爲「亂愛」，而台語「戀愛」與「亂愛」其音頗近，其義如就世界性的大戀愛家，拜倫、唐璜等等，觀其一生促使許多戲劇、電影、小說，一再扮演、拍攝、描寫的各種悲歡離合的情況看來，「戀愛」與「亂愛」，或許只是某種程度的時空片斷之剪裁而已。我想如果羅密歐與茱麗葉結婚生子，我們很可能會失掉一部《殉情記》，那感人的始不亂、終不棄的純情派戀愛觀的經典作。或者讓他們活下去，我們也很難不會發現諸如：羅密歐由馬上跌下，摔斷了脊椎，而又沒有施明正的推拿和中藥的治療，以致下半身麻痺，終於使茱麗葉演變成另一部傑作《查泰萊夫人的情人》似的女主角；再者就以拿破崙，或甘迺廸總統那樣在他們死後被不一定是敵人的報紙，和傳記所披露的那些誹聞，到底是戀愛或亂愛？抑或只是性愛而已。）遠比這一切都迫切者，被否定我視戀愛的神聖於不顧，委實難受。我視「戀愛」爲我追求文學、藝術的「能源」（原動力）。也因之詩、小說、繪畫的創作，到後來竟也反過來幫我輕易獲得我欲追求的「戀愛」。

「這……這怎麼能……」她百思不解似的聲調，在我耳邊掙扎著爬入我的耳道。

「……也沒聽過妳的聲音。」我在心底替她說出她沒講出的話。隨著我的腦裏閃出一幕十一年前活生生的景象。那是在我被關了五年，出獄的翌年，其實大約也只有獲釋半年的光景，以全身猶帶著濃濃的落魄，與深深的恐懼和無可奈何的憤怒…………

翠媚當時正坐在二十幾桌吃「三角肉」（葬完死者，辦桌酒餚酬謝送葬的親友的宴席）的一桌中，摻雜在我剛入殮的媽媽娘家的親人之間。

南台灣──高雄冬天的太陽，暖暖地頂在會場的四周圍著帆布卻又露天的頭頂上，烘暖人們，而我身著黑衣披麻帶孝，宛如一個取悅觀衆的演藝人員那樣，穿梭過許多熟與不熟者的桌前，舉杯感激他們，伴我送走一軀不入土便會發出臭味的肉身。想到不管生前多美，多壯，多偉大的肉體，一旦斷了氣，便會急速腐蝕，散發屍味的這種不爭的殘酷事實（除非加以冷凍……等等），人生的無可奈何也許也發揮了它的積極與消極的作用，以造就這個世界的現貌，譬如，消極性地撫慰生者，使生者不至於長期目睹其親友的屍體而痛不欲生；和積極性地促使人類不因生命的短暫、無常、腐臭、消失，而能把握生存的每個瞬間，造福自己與人羣，抑或迫害人羣以造就自己……

翠媚就在那裏，像一朵澆足肥水，因而盛開的花那樣，引頸聳立，無感於她不想招，但卻已經招來的不合時宜的許多男士，自覺不敢明目張膽的顧盼。不曉得是有意迴避，或拖延跟她近靠，因而總在舉杯感激送葬客人時，繞過她們那一桌，而時時感受到她那三十三歲少婦，因生活正常、優裕而顯得非常健美的肉體，卻也包裹不住她埋蘊在體內，心靈的熱焰。

終於我明白，我或許是爲了可以多在她跟前駐足，甚或像現在這樣坐在隔著三位親人的得體之距離，同桌飲談。

「眞可憐，你媽，我們不相信她會死得這麼早，才五十三歲……」一個親戚這樣唏噓著……

「教誰說，誰也想不到，她竟會是我們家族中最短命的……我們是有名的長壽家族哪……」另一個也嗟歎著。「看她的人中、耳朵都那麼長，誰會說她不長命。」

「可不是嗎？看你外祖母七、八十啦，還那麼康健……」

「這幾天你外祖母也夠可憐的，早已把深深的眼眶給哭腫啦。」

「我看你媽是爲了你們三兄弟給關起來，操心死的。」

「我想也是，誰受得了五個兒子中，最疼愛的三個都犯了法、下了獄……」

「我們三個已出來兩個，她應該高興才對呀！」爲了打破坐在翠媚斜對面，一直被籠罩在她的視線和他全身投射過來的憐惜，我垂下頭。意識到在獄中五年被磨光了的英俊瀟洒，自覺如不隨便說兩句無害的話，並嚴守沉默是金的鐵則，便有傾出滿腹酸水的可能，而又怕，怕禍從口出，怒由憶起，便只好仍以沉默，沉沉厚厚的沉默，把這幾年來深深地滲入骨髓、浮在肌膚的落魄壓縮，並更確實地覺悟到自己已非五、六年前走過百貨公司，總會引起無數小姐欽慕投視的悲哀，因此縮著頭，把自己龜縮到一種正配合我這家破人亡、妻離子散的出獄者的身分來。

「就因爲苦等了五年，才等到你和老三出來，而老四，老四遙遙無期的刑期，使你媽，正因爲看到你們而鬆了一口氣，在她還沒有打足勇氣再準備等個十年、二十年時，死神啊！就這樣把她給請走啦！」一個一直默默地啜飲杯中液，尖銳地看著我，爲了虛飾，他打從我走近這桌直到坐在櫈上，便有意無意地順應翠娟的眼神，雙目不轉地盯著翠娟，憐惜我，而憐憫的這個老者，我的大舅，他年輕時曾以文明而具理性的憤怒身分名聞鄉里，雖然比起他的母親，我的外祖母，那曾經打過日本警察的耳光，並以理論贏得難得一見的不被拘留這事遜色一些，仍被目爲中華民族的台灣人不屈服於異族的無理的優秀性格之一。

可是他也抵不過命運的安排，由當時的統治者日軍送到南洋，那個日夕皆被死神窺視著的地方，而終於在戰後安返故鄉的軍伕。然後就此他便變了一個遁世的杯中客一如施明正，以打發他那原本夠得上被稱爲英俊挺拔的憤怒偉軀，在一個溫順的妻子，那柔軟的沙包上，把那自知獲有遺傳的理性的憤怒之情，溫柔地打進、埋入那吸水蒸氣頗具效率而無害的女軀，以明哲保身，安享餘年，他，他就是翠娟的父親。

我的大舅，據說曾經繼承了外祖父英挺俊美的外貌，和外曾曾祖父當土匪頭以反抗日軍佔台的不屈精神。他是獨生子，我媽是他大妹，於是在經歷可以寫成厚厚的傳奇性傳記的變遷之後，我媽二十歲時，以少我先父三十歲，嫁給一個南台灣第一拳師施潤口接骨師兼全科中醫師爲妾（他也是世承不屈精神的抗日者的領袖，曾被送他正式行醫執照爲台灣第一號的日本政府，抓去嚴刑酷打，由於先父練有鐵布衫，日人曉得傷不了他，只好動用水刑灌水，幾經迫供的結果，在沒超過二十四小時中，他的自白書上寫的只有他那龍飛鳳舞的：「我潤口師會偷挖古井、偷牽火車」幾個字，因而獲釋。據說當時竊台的日本統治當局的某些執政官，爲了愛惜他的醫術，和他在南台灣擁有的基於仁心仁術獲得的聲望釋放了他），生下我以下的五個男孩，和一個女兒。

對於父親膽敢背叛他至死不渝虔誠地由祖父母教養信奉的天主教，那一夫一妻制，而爲了深受我們中國人那種根深柢固的「無後爲大」，因而納妾得子的行爲，也就當然地把它列入跟我們的遺傳不無關係的「叛逆」與重視優良「傳統」，那矛盾的遺傳基因裏。

我想我之所以一再提到「叛逆」，並非由於我們三兄弟的命運早被「叛逆」所撕毀，而是由於我必須在此探討我這荒謬的四十五歲的生涯裏，到底是些什麼導致我趨向悲劇性，雖然當我們在過慣溫飽安悅的生活之餘，我們經常會爲了刺激呆板生活所導致的索然無趣，看些浪漫小說、恐怖電影，抑或幹些對自己的生命和榮譽，頗具威脅的勾當，諸如攀爬峻山、航行廣海、跳水救人、賽車奪標、另築香巢等等。這些心態，如果欲說，他（她）具有異於常人之處，毋寧欲說那些所謂常人者，也許還沒達到人類對其生活產生厭倦的程度，因之他們也就不具備患了上述「族類」的共同症候。

「對啊！都那麼久沒見面，也沒聽到聲音，怎麼知道是我？」

「誠則靈。誰能忘記他的初戀。不管他的初戀是如何的破碎不堪，如何的殘缺不全，誰會忘記初戀的震撼。雖然大多數的初戀是開了花不結果的……」

我想到我的初戀，是在母系諸人的安排下促成的，即使我現在以一個四十五歲的未婚男人，又是一個全自由中國台北院轄市的既不屬中醫，也不屬西醫的一名頗有引起全世界醫生資格鑑定專家費神的國術損傷接骨技術員的資格，發揮了中華民族，那五千多年來，不靠西洋醫術，不僅沒有因之無法維護我們活在東北亞這一廣大版圖，以及衆多民衆的疾患予不顧，而且的的確確地發揮了近年來，由於西方醫學在經歷暴發戶式的突飛猛進之後，仍未解除人類幾項致命（諸如癌、糖尿、尿毒……等等）的病癥之外，更普通的也在筋骨神經系統一如脊椎骨的破碎、脊椎椎間盤的脫出，以及脊椎間長了骨刺，風溼、中風、關節炎……等等所引起的神經疼痛痲痺症候的束手無策，皆被我以七歲就由先父潤口師嚴格調教出來的東方醫學的推拿法治癒（雖然，我得感謝西方醫學確切的解剖學給予我的扶助，才能達到我目前以西醫的科學、實證的方式，推展出東方醫學之中鮮未人知的推拿，以成就將來人類共同獲益的這一醫療行爲），我仍然未能忘懷十五、六歲，那種表弟姐（我與她只差幾個月），經由大人苦心刻意安排下，緩緩成形，而又由於我追求的多樣式的多變性，和我性格之中，早期不辯的傾向，得於使我歷盡滄桑，成爲一個集荒謬、痛楚、懦弱、悲愁、自諷、頹廢、虛無……等等的忍受者，也使我在痛苦及歡樂之餘，不忘我的目標，把自我不斷地提升到更接近神的境界。因之，如欲說，我所追求的是什麼，也許沒有一個確定的答案，或許有人會說我，在不斷地追求受到挫折之後，必會顯現出魔性的傾向。對於這一點，我不敢遽做否定，因爲，我深切地體會到歷史上的偉人，或罪犯，都是在一個事件連著一個事件，一種心態連著下一個心態之中，成其爲接近神性，抑或魔性的。

我是信天主的，十六歲以前我是很虔誠的天主教徒。十三、四歲時，曾經夢想爲天主教殉命。可是十六歲以後，由於追求文學、藝術，書看多，看雜了。尤其看了《舊約聖經》之後，發現天主一生氣就連無辜的嬰兒也一起毀滅的這種暴虐，慢慢遠離了天主，投入詩神繆斯的懷抱。不過在十九歲，我父親去世以前，這種傾向只是在內心裏緩慢形成和猶疑著，也許因爲父親是個虔誠的天主教徒，而且父親又是我們兄弟崇拜的對象，我們飯前、睡前都在一起禱告，每個禮拜天一塊上教堂望彌撒，這些形式把我們牢牢地約束在天主教徒的形狀裏，也因爲這樣，令我這個自幼被父親，和教規訓練得很誠實的人，深感痛苦，因爲我知道我已不表裏如一，我的內心既然已叛逆了天主，而在形式上還扮演著天主教徒的形象，實在既悲哀又可惡。因此父親去世之後，我誠實、獨斷地遠離教堂，只留下飯前畫十字聖號的習慣性動作，和默念禱文。

這些動作直到三十幾歲，出獄後的落魄時期，被好友龍古請去吃飯，而在飯前禱告時，他刻薄地對我說：「是我請你的，你不感謝我，竟感謝起天主！」從那個時候開始，飯前，我不再在形式上畫聖號和禱告，但是每逢內心痛苦時，我不管在馬桶上，或在床上，我隨時隨地呼喚著天主、耶穌，以及聖母瑪利亞，這個時期的我大約只能算是半個天主教徒。四十幾歲以後，也許是推拿有點成就，不再憤世嫉俗；也許因爲我曾在三、四年前拚命爲醫好病人，邊推拿，邊禱告，而顯現出來的醫療效果感染了我，也迷惑了我。那時我甚至於如癡如醉地，常以神的使者自許，不眠不休地爲神經痛的病患解除他們的痛楚。於是我在力行先父的遺教中，又回到先父期望於我的使命，也因之又完成做爲一個天主教徒的身分。不過，我已不用父親那個時代那樣的虔誠方式去信仰，也跟現在全世界的天主教徒的方式不一樣，我沒有去望彌撒，也沒告解，禮拜五也吃肉，我已不重視形式，但是我更重視創始天主教的耶穌那偉大的精神。

我既非欲把自己塑成一個偉人，也不想把自己交給誰（尤其那些經常原諒自己，動輒索求別人的罪行，以幫助抑或制人的罪者），我只要人類能成爲愛惜人類共同的祖先刻苦獲得的諸多不易獲得的那些經由痛苦（生離死別），歡樂（樂極生悲、樂而忘返、樂而腐蝕……等等），而沒夭折者，本著大則以人類應俯視人類的可憐渺小，小則以個人良知經驗證之於蒼生之不易形成，多行體恤，則人類幸矣。

「你怎麼能這樣……講……講我們的初戀不結果……」她囁嚅著……

不曉得是找不到適當的表達方式或詞句，或者由於隔斷二十八年來的初戀，在她歷經十幾二十年的婚姻生活之後，做爲人母、人妻，加上又生了兩個大男孩的倫理的許多觀念，令她在未上床第之前，不至於放得開來。

「妳記得嗎？三十年前，在一個月光由南邊窗戶射入的夜晚，我們共睡過一個長長的枕頭，妳的脚在那邊，我的脚在另一邊，這是多美的記憶，做爲一個詩人，及小說家的我，爲什麼沒寫下它來。」

「不要講了。講了我會痛苦，其實我已痛苦了那麼多年……」她的聲調，已接近哀愁的音樂。「你遠離我，你不回我的信，你……」

「你不能這樣講，……那時候我們太年輕……我寫給您的信都沒送到您的手裏，我每收到您的信，知道您沒收到我的信的痛苦，是一種無法形容的割腸的痛苦。可是，我太年輕，您想想我們那個時候才只有十五、六歲哪！」

「哦！是這樣嗎？」

「眞的，不騙您。我收到您八封信，也回了八封。」

憑良心講，由她的聲調裏，我已知道她的表白已近確實，然而人是何其殘忍的動物，當你勝劵在握，飽暖思淫，有恃無恐，很可置別人的生命、安危予不顧的情況之下，「你會由於職業性的、生存慣性的驅使，使你一變而爲漠視人類皆出以一念之差，而造成由此一念之差而形成的可怕後果。

我，我就似獵者（現在想來頗具魔性），也以另一身分（神性的身分），侷促著。

我雖然崇尚自由、平等、法治、非暴力，然而，我仍在人類的羣體之中，混我的日子，過我的可能因爲不甚明確的種種犯行而得能免以刑罰之處罰等等，可怕的非表面法的脫逃者，過我的生活。

可是在深的、廣的嚴格理念上，我不僅冒犯了上帝的律法，也冒犯了人的律法。然而，這也就是經常講許多法律而去製造法律者，爲了要鞏固他們既得利益所頒布，而加之於別人的。

二

「當時我因爲覺得我們的初戀太順利，一點都沒有波折，簡直不太像我看過的那些偉大的小說裏所描寫的戀情，所以故意製造一些衝擊，放些煙幕，讓妳覺得我跟另一個很漂亮的小姐有來往以刺激妳，爲了要看妳的反應，包括妳因吃醋會不會更加熱烈地表達妳那含蓄的愛，或者由於妳吃醋不理我，但是我沒想到這樣的測驗終於使我備嘗失戀的痛苦。」

「都不是這樣，我想，唯一的原因，是三十年前，我們的社會不像現在這樣，年輕把戀愛當做正常而公然的事，你記得嗎？雖然我那麼喜歡你，我有幾個看過你的朋友很羨慕我，可是我還是很害羞呀，都不敢向別人提起我們的事。啊，我還是認爲有人在破壞我們的結合，要不然我給你的回信，怎麼你都沒收到？」

「有誰會破壞我們呢？雖然當時確有許多人，包括我異母姐姐那邊的人反對這樁婚事，可是她們沒一個人待在我們家，所以妳寫給我的信，不可能是被她們藏起來的。」

「那麼你認爲是誰？」

「我不能說是誰，因爲如果我知道是誰的話，我會覺得他們太殘忍了。」

「豈止殘忍。你都不知道，我認爲就因爲我沒跟你結合，所以讓你受了那麼多苦。不僅我這麼想，聽說你媽在生前也一再這樣向人表示過。」

「可是，我從來沒聽我媽提起過……」

「你媽怎麼會跟你提起？自從我們沒來往後，你都變了一個人。所以我這幾十年來，每天每夜所想的就是我害了你。」

「妳不能那樣講，妳一點都沒有害到誰。我不知道妳怎麼會有這種過分自責的想法？沒有，妳這樣講只會傷害到妳自己。……」

「我早就傷害了自己。不過請你不要跟別人講，除了我死去的媽媽，沒有人知道我爲了你多痛苦，更沒有人曉得我曾爲了我們無法在一起而自殺過。……」

「哦。……」

「那是在我二十歲的時候。可惜被救活了。」

「唷……」

「你知道嗎？從我自殺被救到現在，我一直都沒朋友，我……上班，我傷心，我慢慢衰老了……可是我還是覺得，我沒有給過你應該得到的很多的愛，所以使你不應該那麼痛苦地，痛苦了那麼久……」

「別那麼講了。這三十年來的痛苦已成爲我的夢境，身爲醫生，每天看到的都是求助於我的苦痛者，如不同感其痛苦，就會成爲冷酷的人。要是同感其苦呢，必會傷害到自己，好在我可用詩、小說，來把那些痛苦，引進另一個世界，使那些要傷害我的東西，變成我的營養……因此那些痛苦，說不定有一天會成爲我的至寶。讓我爲人類，有限生命的人類，留下我們的些許鴻爪之痕，那應該是屬於幾世紀後，全世界要了解的，就像現在我們一直在被外國人的文藝、歷史的描繪、記述感動一般。」

「現在幾點啦？」

「十二點四十五。怎麼！妳那邊沒有鐘？」

「有。不過看不見。我把燈都關了。」

「每晚談一、兩個小時，您不怕被發現？」

「他的父母睡在樓下的後面，還隔著兩個門，我把燈關掉，他們一進來我就會看到。兩個孩子睡在樓上，他睡他的房間，我睡我的，他睡得早，起得早，晚上也很少起來。」

「你們怎麼，沒睡一個房間？」

「從我們結婚以來，就一直分房。」

「奇怪，怎麼會有這種怪事？」

「因爲晚上我一直在想你啊！想得都睡不著，而他又起得早，怕吵到他，所以我就一個人睡一個房間。」

「怎麼可能一直在想我，我很難相信一個人能夠想念一個人想那麼久。」

「眞的，不騙你，我一直想你，一直想你，就這樣想了三十年，如果不看鏡子，我想我還是覺得我只有十五、六歲，因爲那個時候，我的生活有你，那是我最快樂、最甜蜜的時候。所以每晚，我躺在床上，都在回想那段時間的種種……」

是的，想起一九五〇年代南台灣的高雄市，那純淨的少年時代；就像空氣中沒有被太多擁擠的人口排吐出的二氧化碳，和林立的工廠污染的大氣，以及目前到處可見，爭先恐後，如鼠羣、如虎隊橫行於街道巷口的汽車不斷排出的一氧化碳那樣，到處飄浮的是清純的空氣，甚至於連高雄愛河的水，也清淨地養活著許多用竹排仔網魚的漁夫，和滋潤、培育了多少高貴的心靈，以及甜蜜的愛情。生活的調子是那樣地優閒，以至連酷夏，那拂過長著青草、菜蔬的許多空地多於建築物的涼風，也不像三十年後大樓櫛比的現在那樣顯得焦躁肆虐。

十五、六歲的翠媚，那清澈的眼神，和多一分太肥少一些太瘦的身材，就像果樹上剛成熟的蓮霧那樣清新，而誘人。

「……翠媚，那個時候的你，就像所有發育正常的十五、六歲少女那樣，在肉體上是最美的時期，可是我想不透，爲甚麼我們沒有好好地使用我們的肉體。」

「是啊，實在浪費青春。」

「我還是想不懂，就連接吻也沒有。」

「眞可惜。」

「我們那個時候的身體，已壯得可以生許多健康的孩子。可是我們沒有。妳記得，我甚至於連妳的手，都沒牽過。」

「對。多可惜。」

「想來，那個時候，吸引我去看妳、想妳、等妳來的，也許是一種純純的，童男與處女沒經歷的，莫名其妙的動物對動物的一種性渴望。但是不幸的，遺憾的是做爲一個人追求高度文明產物的靈性，我被詩情畫意的某些抽象的意念搞昏了頭，搞亂了感覺，和慾望，終於把一個外觀清新貌美，也的確非常可口的水果，當做一種靜物，像花那樣，只顧痴痴地欣賞，忘了水果生來是要被吃的，而不是被看的。」

「嗯，那個時候，我們眞笨。」

「要不是我還記得，還覺得，我的手指留著撫摸過妳那黑溜溜的秀髮，這唯一用觸覺獲得的感受，死後一定會被閻羅王打屁股。對不起，讓我借用一下某些佛教徒所說的笑話，來笑一笑。」

「你還記得這些？實在不簡單。聽你這樣講，我想你三十年，也就值得啦。」

三

對於兩個「叛逆」性的家族怎麼會合在一起，共營男女關係，並產生了非我所能追溯的，逝者其苦已逝，生者其苦綿綿，以追思緬懷　國父及其他先勇先烈等人的大無畏精神於不墜者，乃在我中華民族之自覺意識。

以一個優良品種降生於如斯惡劣環境之中的我來說，我能說些甚麼？剛才我初戀的情人，那至情的說詞，甚至於也沒讓我掉下我本性很容易掉下的眼淚，可是沒有眼淚，也沒有爭執。兩個初戀的人經過三十年之後，他們的外在世界，和內在世界都變了。因之透過那麼簡略的不太切實的對話之後，讀者應該會焦急地等待更確實而直接的資料，以滿足人類對於未能滿足的某些事情的好奇。

先父從小以一個農夫、木匠，早晚勤習各家拳術。其啓蒙師父即爲我祖父，十六歲後，盡得祖父的拳脚功夫，於是在他婚後（十六歲時娶我異母姐姐的媽媽，一個十七歲修長漂亮的女性爲妻〕，除了照顧一塊被某大戶團團圍住的一小塊水田，及替人做水車，家具等頗富雕刻意味的木工出售之外，兼學古文及修習書法以陶冶拳擊家必須收斂的心性。可是由於我們施姓在當時的高雄，是一戶少姓的人家，又由於幾代的單傳，加上某大戶雇有包括唐山師父在內的許多打手護院，以執行日本剛剛竊據台灣猶未滿十年，而呈半無政府狀態，因而不斷魚肉鄰里，軟硬兼施以併吞小戶的水田，因之先父就在祖父那不怕強權，不斷反抗掠奪一家賴以爲生的幾分水田中，磨練出一身膽量，和嗜武如痴的性格來。因此直到先父聽說台南石椿臼來了一個奇妙的神秘人物，專用雙拳搗糯米成糕，速度快而且好吃，終於在每個禮拜從高雄挑一擔土產急走林投樹巷到台南，以表達他對這位後來當他如此地走了漫長的三年，除了閒話家常，從未追根究柢，以表示其傾慕之意，得於盡獲此神秘客帝師〔當時帝師及龜師爲台南兩大武林高手〕的拳術及醫術。而在先父幸逢帝師之前，他已拜遍台灣三十幾個拳師並學會他們的技能。然而在帝公碰到先父因而自甘毀誓以絕其嗣，不但把他從不教人的拳術教給先父，也把他得自其養父，清朝駐防馬公的總兵，即防衛司令教他的醫術，傾囊傳授。於是在先父五十歲之前，不僅已成南台灣第一拳擊家，也成爲南台灣最好的中醫師，從此他在衆多食客的慫恿下，從事地皮的經營，以至於達到全高雄有數的富豪之一。可惜不幸的是由於他結髮的夫人，在她婚後一年患了嚴重的胃痛，當時十七歲的父親由於還未由帝公處學到東方醫理，竟默許其妻根據鄰居提供的鴉片，治癒其妻的胃病，卻也使他終生背負那一筆無法計數的鴉片費用，並因之喪失了其妻抽上鴉片，無法照顧三個夭折的男孩，以至於使他痛感中國人那傳統的無後爲大，而在許多門生親友的遊說下，興起「叛逆」天主教規不能納妾生子的戒律，偷偷地派出他幾個得力的門徒，到處尋找五尺半左右健美的良田，以爲他播種得子的人選。

母親出生於台南縣的車路墘，八歲就負起燒飯洗衣的家務。這也許是爲了外祖母的性格中，含有太多陽剛之氣的男人性格，少做婦人的工作所致。外祖母身高五尺六、七。母親身長五尺四、五。這在當時營養普遍不好的時代，誠屬難得的體型，如果不是先父擁有六尺高軀，以我媽的身材，實在很難找到跟他相配的男人。因此在女冒險家外祖母跑單幫販賣金飾後，他們終於落脚於用垃圾土塡起的新生地——高雄最繁華的鹽埕區，銀座邊的左邊，經營起百貨店來，不曉得是因爲父親的名望，或母親的貌美（媽媽曾被公認爲鹽埕美人），父親派出門徒，終於順利地完成了初步說媒的工作，然後還歷經傳奇性的追逐和撞擊之後，雙親在羅曼蒂克的情形下，在橋仔頭秘密成親，其所以要秘密者，乃在躲避天主教神父來訪所可能引起的尷尬場面。

由於父親身材、風度的瀟灑，及其服飾的考究（據說當時頗爲流行英國風的高貴服飾，和中國風的飄逸），媽媽在我們長大之後，經常說爸爸當時給人的印象，不僅看不出是個五十歲的人，而且視其精力體力魄力，和臉孔的神采，頂多也只不過是個三十五、六的人。然而他們深切的互愛，卻也牴觸了外祖母，原本把媽媽視爲搖錢樹的初衷。如果不是爸爸派了他的第一高徒，賢文師，駐於橋仔頭的診所（其收入盡歸外祖母所有，仍然未能滿足老人家的胃口），媽媽在抗拒外祖母不斷要求其向先父要求更多財物於不顧，終遭毒打，而形成我那未滿三個月就流產的無名姐姐之夭折。因而導致先父斷然迎我媽媽回到高雄鹽埕區的醫院兼住家。如果沒有這一插曲，我不曉得在這世界上，還有沒有我們兄弟的生命存在著。

回到高雄鹽埕區的三層洋房之一的醫院及住家後，父親以一個名中醫像農夫在他的農田上先施肥，以便播下他養精蓄銳吃補練拳，以求從他不斷給予我媽吃藥補身，得以收穫健碩兒子的一連串作業中，媽媽也扮演神父得到異母姐姐們的密告，跑來巡視，以至於冒險從三樓的陽台溜到隔壁陽台的危險。可是爲了生我，我媽媽以一個從未受過任何正式教育的人，卻爲了胎教毅然接受傾聽手搖唱機那沒有歌詞的奇怪西洋古典音樂，以及她非常喜愛的台灣民謠。這一切，我相信必然是註定了我終生被困於文藝的胚胎時期所形成的。如果沒有先父的要求，和先母的力行，也許我們兄弟不至於如此多災多難，我們不也可以像平凡的芸芸衆生，過其平凡無懼的一生，不必追求、嚮往、執著於改善人類良知的諸多波濤裏。最後我還得感謝先母爲了啓蒙我在日本竊據台灣的時候，因見先父不僅沒到過日本，也拒絕學說日語，並時時溜返大陸，去嗅聞祖國土味的那股做爲中國人的傻勁，使媽媽爲了教育我成其爲中國人，偷偷地請來家庭教師教她小學的整個課程，於是在光復之前的二、三年裏，我的整個小學學業便在她嚴格的督促下完成。

爲了感謝全人類的父母，對其子女普遍付出的愛意和刻骨銘心的關顧和栽培之餘，我更要提醒他們，愼做破壞性的灌輸仇恨之念（譬如，先父以一個台灣人，嚮往祖國的心懷，他雖不說日語，但是他並不禁止我們追求語言或學習適合現實環境所必須的諸多事項），多做化解仇視的建設性表率，以便在我們的子女成其定型之前，爲子女，也爲社會，更爲國家，推而及於爲全人類的祥和、大同世界塑造更多和平的使者，以消弭禍害人類的暴戾之氣。

在此我更應提到先父一生嗜武如狂，但是他能以中庸的精神，勤習書法，偶爾只喝一小杯酒，一生練武，至死無用武之地，並一再地規勸我們：「如果你們走在街上，看到有一大堆人圍著，你們要儘快走開，要不然你們可能會被引入一場是非莫辨的糾紛中，因爲你不曉得爭執的雙方，到底人多的有理，或人少的有理；你們也無法預料人少的是你們的朋友，或是人多的是你們的相熟。因爲我們是練武的人，所以切忌參與視聞糾紛。否則，我教你們武功，就像把刀槍送給狂暴之徒，爲害社會、人類之大，莫此爲甚。」因此我記憶中的父親，是個仙翁似的和藹的老者。之所以我覺得他老，也許是因爲他那早已洗脫年輕人常有的火氣之故吧！

在這種父慈母嚴的教育氣氛下，我與老二，成爲嚴母貫徹其二十七、八歲的求好心切的犧牲品。七歲我跟父親學拳、學推拿之後，母親總會牽著我的小手寫字的情景，歷歷如繪，也許母親深感身懷重任，所以在她一再加緊、變厲的，基於愛意高度加壓的情況下，首當其衝的我和二弟，顯然有了兩種反應。我雖壓下所有童稚的怒言，埋頭苦幹，二弟呢？他在小學一年努力考了個第二名之後，便學了油條，視鞭策爲常事，並不時地爲了嫉妒要穿大他十一個月的我，那麼多病人贈送給我們，堆積如小丘的衣服，而頻頻與我找碴。好在我們兄弟生下後每人都有一個乳媽照顧到八、九歲爲止。所以那些乳媽，差不多總成爲我與二弟的調解人。其實當我現在想來，小時候我之不發脾氣，也許也是我二弟一再生氣的一種原因。譬如，有一次我們要上幼稚園時，他的乳母把我穿過幾次又洗了幾次的衣服，拿給他穿上，等他走出他的房間，看到我的乳媽從紙盒裏，拿出一套新衣服並爲我穿好後，我竟感受到他在不斷憤怒中，終於從他的書包裏掏出齊頭的小剪刀，不斷地歇斯底里地，從我的右後方剪破穿在我身上嶄新的西裝上衣。當時的我，除了正像現在的我一樣感受到一抹莫名其妙的驚奇之外，我感受到的是一種爲什麼父母要叫乳媽把新衣服先讓我穿一、兩次，再給他穿，因之才惹他生氣的這種不必要的麻煩，終於使他忍無可忍地做下了他這一生恆久積壓在他心靈裏的創傷。直到最近我還痛苦地由三弟的口中聽到他對其十八、九歲的兒子，那種跟我對我兒子完全兩樣的父子之情的關懷和表達。他對三弟說，他從未由父母那裏得到什麼，所以他的兒女，也別想由他那裏得到什麼「額外」的愛。的確，這使我心如刀割，我因此更深地感受到在子女成其定型之前，父母、兄弟、姐妹、親友的關懷，與細心的誘導乃是建立其人格的重大原因。

四

自從收到翠媚的頭一通電話以後，每夜她總在半夜十二點左右打電話給我。有時電話會一直響一個多小時，因爲我正在一個擁有十三部轎車，三個特甲級營造執照的病人家，替他治療其脊椎長骨刺壓迫神經的痛楚。他開刀後已痲痺了六、七年，不但無法站、走，甚至於還得請兩、三個小姐替他抓癢洗澡。

「喂，對不起，今晚莊先生爲了利比亞的營造工程，跟他手下的幾個幹部多談了一個多小時，等他洗完澡，從十點半開始推拿，直推到一點半才結束，所以回來晚了。」

「今晚好像等得比較久，我從十二點就在樓下，公公辦公室的電話旁，等你那邊電話的鈴，的鈴……等了快兩個小時。」

「妳爲什麼不掛斷再打，妳可以每隔五分鐘打一次，或者十分鐘打一次，要不然老是手舉著電話筒，會把手累出毛病來。」

「就是有一種掛念，一種怕我掛斷時，你說不定已經進了門，聽到電話響，而我又剛好掛斷，失棄了早一點聽到你聲音的掛心，使我繼續等。」

「他睡了嗎？」

「我想他應該早已睡了。」

「妳們不是分房睡的？妳怎麼那麼有把握。是不是又使他精疲力盡地睡著了？」

「嗯。」

「我倒是很羨慕他。」

「他假如曉得，這三十年來，我的心，一直在你身上，就睡不著了。」

「誰曉得妳說的心在哪裏，三十年來，除了從妳最近每天打來的電話裏聽到的之外，我怎麼曉得我是不是被遺棄了。」

——「請你不要一直這樣講，除了自殺過一次，被救活，我都不理你以外的男人外，我腦海裏想的只有你，所以看不到別人的好處。」

「好像不是這樣吧！妳先生就曾經在未跟妳結婚之前，為了妳姐姐佔據我們高雄火車站前的一間店鋪，一佔就佔了十年，我媽媽想要回來，讓我妹妹經營，結果要不是妳爸爸出的主意，就是外祖母，要不然就是妳的大弟弟，要妳先生和妳的大弟弟來找我，直到現在妳弟弟不是繼承了這個佔領權已經三十年了嗎？當時他們撐著的是兩個大男人，妳弟弟又是一個正在服常備兵的軍人，好在我當時也不是一個弱者，三言兩語，就把他們打發走了。後來，我才聽說另外一個人是妳現在的先生。」

「我不曉得有這一回事。」

「那個時候，正是我海軍退役不久，二十四歲。如果不是他們在理論中發現他們的武力太差，自知吃不過我，他們不會輕易地離去，而且他們本來就不是爲了講理來的，因爲他們知道無理可談，妳弟弟邀妳先生來，大約是幫他動粗來的。」

「我想他應該不會是那種人。雖然他現在在工廠當廠長，幾百個員工都怕他，可是我想他不會去找你打架的。」

「這很難講，也許他是爲了要表現什麼，以獲得妳家的賞識，進而得到妳。」

「我不是早已說過，他前後追我追了好幾年。先是正式說媒提親，我不理，幾年後他叫媒人帶來了他幾本厚厚的日記，裏面寫的全是他幾年裏如何想我的事，你又不理我，沒辦法，我只好嫁給他，還有，你也有了女兒。」

「妳應該曉得，那時我還沒結婚。」

「對。可是我去過高雄，而你又沒有跟我講話，我多難受。」

「不錯，我記得妳來過，我也從妳的眼神看出妳眼裏的情意，可是我能說什麼，我帶著我女兒，和她的媽媽要出去，妳又是在我們失去聯絡之後的十年後才頭一次出現。」

「我能講什麼，要是現在的我，我就會，我會從任何人的身邊把你搶過來，那是說如果你……還要我的話。」

「當然我要妳。可是妳沒想到兩個孩子，和先生。」

「……我，我的孩子都很好，先生也很好，不過孩子再過幾年大專畢業，我的責任就完了。先生雖然很愛我，我們也相處了二十年。假使我讓他自由，讓他找年輕、漂亮的小姐，他應該不會不放我吧！」

「妳不了解男人，男人可以暗地裏接受情愛肉慾的自由，可是一旦那種自由需要以他的太太的分離獲得的話，除非他是一事無成之輩，他一定不會同意。」

五

每個晚上，我總要跟她熱切地談一、兩個小時。雖然台南與台北隔得那麼遠，但是經由電線傳來的聲音，是如此的細膩，甚至於連呼吸的輕重、身體的擺動，都能經由椅子、酒杯、菸皿的移動，告知對方，以使雙方產生彼此眞確的狀況之認知。

諸如此類的電話對白之後，彼此的心身，已拉近到兩條線之密合只能以動物性的身體之結合，才能重疊的程度。

於是，那天早上，我穿上感傷的藍色西裝、襪子與絲襯衫，外加褐色法國製皮大衣，義大利褐色皮鞋，坐上計程車趕赴台北松山機場。

車裏王昭君錄音帶的悲愁，竟也令我這遊子產生了無比甜美哀戚愁思的澎湃發洩。

淚，默默的淚，像勞力者出汗似的，由勞心者、勞情者的腺泉中湧出。這撫慰了這些脆弱的人們，使他（她）們不至於憋在心裏發瘋。

飛機竟像火車那樣，也遲了幾十分。焦急等待的心情，在機場卻跟火車站大不相同，這也許是場所的氣氛大大地不同所致吧！

她終於出現在國內班機的出口處。她那五尺四寸略顯豐滿的四十五歲女軀，被包裹在厚厚絲絨的洋裝下，可惜到底是生活在南台灣的鄉下，即使穿上那身昻貴的衣服，仍然會由淳樸的生活，長期塑造所形成的一種怪怪的，異於大都市過慣排場的人們那種衣與身合，所顯現的味道來。

那是一種鄉土味道，基於這種味道，我想她如果穿上她平常所穿的樸素衣服，一定更能貼切地符合她這種年齡的氣質與風度。何況年齡的消逝，對於女人遠比男人更殘酷。女人像花朶，男人像樹幹，很少有長壽的花朶，可是就有盤結雄偉，頗具奇趣，頗現奇姿的松榕樹幹。

我迎向態度閒靜的她。也沒有多做飛機遲到的喋喋說明，我們坐上計程車，往我的施明正推拿中心奔回。

回到我的診所，我脫掉皮大衣，坐在我診療室的長桌前，點上一根香菸，指著右手的兩部電話機和我的座位說：

「我每晚就在這裏跟妳談話的，」

她迷茫地回顧牆上到處掛滿的鉛筆素描、水彩、水墨畫，然後看著桌子中央寫著「華陀再世」金盾之上，一幅我的自畫像和我七歲兒子越騰合嵌一起的素描，眼露憐惜，幾乎虔誠地深視著。

「左邊那幅是我從三歲就帶大的孩子，右邊這幅我的自畫像，是三年前幾乎無眠無日地治療病人，又要當母親，當修士時，照鏡子畫出來的孤獨、憂悒，和深深的寂寞。這張自畫像，我把自己畫老了十幾歲，而畫我兒子的像卻畫大了七、八歲，妳說這不是很奇怪嗎？」

「嗯！畫得實在很好。那麼像，那麼感人，幾乎比照相還逼眞。把你這一生的痛苦、孤獨、寂寞，和憂悒，都畫出來了。我雖然不懂畫，可是，我被這幅畫牢牢地抓住，我想哭都哭不出來，因爲畫裏的你不讓人哭呀！奇怪！你畫中那深沉的痛苦的眼神，怎會產生這種力量，這是一種直逼人心的透視的眼神，是一種深受苦難折磨，而又寬恕一切的堅毅眼神。而您兒子圓瞪的眼睛，和微撇的嘴唇，就像一個立場純然的人，在看他眼前扮演的世間，好像看戲一樣不置一詞的表情，我不曉得我說得對不對，最近這幾個月，跟你在電話中長談的結果，好像也使我學會了你的語氣和看法。難怪，你曾說兩個恩愛的夫妻，長期生活下來，相貌、動作會愈來愈像，終於會像兄妹一般。」

「對。妳還忘了我說過，人最喜歡的是自己。而又因爲人常在鏡裏看自己，他們也比較容易跟他們相像的人接觸和戀愛，因此表兄妹戀愛的情形，也就很普遍了。」

「不要再諷刺啦。我們不是已失掉了三十年的青春嗎？」

「好。我不會再自我諷刺。我要放一張你在三十年前唱過的台灣民謠，雖然我不敢確定這是不是三十年前，妳在我那長長的小閣樓裏所唱的歌。」

「我都不記得，曾經唱歌給你聽過。」

「那個時候，在我們還沒有被大人安排的婚事打擾之前，每當寒假、暑假，過年過節，我們不是經常在一塊嗎？」

「那是我一生中最快樂的時候。」

「看到妳講這句話的表情，我又回憶到我們在那段期間的種種。從電話中，我感受到妳的心還停滯在那個時期，那十五、六歲的期間，這是多甜蜜，而又可悲的事情！」

六

我們離開我的診所。爲了互相以心身擊火。我們逕赴一間套房，那裏只要有床，就已具備人們的需要。

在床上，她在我身上壓擠著，也擠壓她自己經由這三十年裏，由於她的婚姻生活，養成的慣性的、不能豁免的，動物性的排泄。

「怎麼會那麼快。」

「我已經等了好幾十年。」

「妳跟他也這麼快嗎？」

「不一定。要是他需要，而我不在乎需不需要的話，總是隨著他，那樣就比較慢。當然最後我還是會受到影響，我還是會在他之後，像剛才那樣……」

聽到這裏，我心想人是何其奇妙的動物。如果不是這幾個月以來，漫漫長夜的長途電話，那密集的，解鈕似的，一個跟著一個連銜起來的，猶似小孩子們拚湊七巧板那樣湊合我與她這三十年的個別遭遇，並加於濃縮，以達到水乳相融的話，我們的行爲，和對白，也就失眞到難於令人相信的程度。

然則，我猶能提供某些異於此類相互吸引以加速結合的例子：

記得幾年前，我看過某部外國片子，我深深地爲那個無名的主角——一個廣播電台的夜半音樂播音員，遭受一個女聽衆，在幾個月內，當她寂寞時，不斷經由空中送來的聲音，讓她自己經由自織的幻夢，感受到她與他之間，關係的密切，近而求歡未遂，終致興起欲殺他爲快的幻覺。

「你不要了。」

「不是不要。而是我在許多方面要得太多。這，我已經要夠了。」

我覺得她在我身上，她感到身輕似燕。而我由於昨夜今晨的酒，那不斷的酒精，滲入我的血液，導致我神經系統的失調，我在官能上已無欲求。

奇怪的是這幾個月那夜半的綿綿細語，加上逐漸深入的人性與動物性的那些可高、可低、可入骨、可滯、可滑於有形無形之間的言詞，已相互膠著，並爲這一遲來的初戀男女，提供人類自從原始至此文明已高度發達，仍然在兩性之間毫無變異的，總以激烈的動作撲擊心愛的對方，磨損自己，以達到撕裂一種類似急欲撕裂對方，瓦解自己的銷魂境地。

酒，除了酒，過度的酒精，加上一整夜爲了等她上來完成三十年前訂了婚，沒有退婚，就被別的男人，雖然是她現在的先生捷足先登，一騎就騎了二十年的牝馬，我失眠整夜。然而經由這一床笫，我發現她的先生並不是什麼特別騎士，加上她以一個賢淑的妻子，到目前爲止只有一個男人，因此由她的技巧可以判定，她這三十年的性生活也許只是克盡生子的責任而已。我溫柔地拉毯蓋起她那無法暴露在大白天，逐漸被光陰、衰老，啃嚙得失去三十年前的清新，十三年前的豔麗的肉軀這無可奈何的、可悲的生命，任誰都會遭受到哀愁，我憐惜地抹去她額上的汗珠，淡淡地苦笑著說：

「讓我們靜靜地聊一聊……」

「你眞的不要了？」

「可是你還沒呀！」

「妳出來就好了。」

「我沒關係，二十八歲到三十三歲，那黃金似的、沒出來的，不是也能夠過嗎？」

「你那沒出來的五年一定不好過。」

「比起我的四弟，從二十一歲被判無期徒刑，到 蔣公仙逝被特赦成十五年，那十三個漫無希望的年頭，我與三弟算是很幸運的。」

「雖然我的背駝了，三弟的脚跛了，四弟的脊椎也壞了，然而四弟終於能夠蒙受 蔣公的恩賜，在關滿十五年之後出牢，這是政治犯被判無期徒刑，本來就是遙遙無期的事實之外，天大的恩寵，這大概就是他出牢後，一直不懈地爲政治犯請命的最大原因。可是我還是想不透他爲什麼會有這麼大的勇氣，雖然我知道他是個偉大的人道主義者，但是既然已經被關了十五年，總要識時務，別爲別人，到頭來又給抓起來，關進去，唉，就因爲他那舉世無雙的勇氣，我很痛心地跟他疏遠了，好在還有老三夫妻，和妹妹夫妻不時地給他接濟，我不曉得我這個當大哥的爲什麼會爲了怕抓，怕疲勞訊問，怕關，而疏遠這麼一個比我聰明無數倍，一生克苦自己，專爲別人設想的人。」

「他實在很可憐。像他這種孝子，我們的親戚都說他是你們兄弟之中，最有孝的人，怎麼會有這麼悲慘的生命？」

「六十六年七月十七日我接他出來，在台北每夜帶他出去吃宵夜，妳沒有看到一個離開社會十五年的人，對於台灣在十五年裏達到非凡的經濟繁榮，是多麼的震驚。而他又因身無一文，所自覺的無奈，和一下子無法適應的、經過他強壓下來，以至於產生的既複雜又悲切的情形，急急離開我而回高雄，他一回高雄，聽說就直接跑到背叛他的妻子的父親的墓前哀悼，然後再到雙親墓前痛哭，他那略想盡孝，已經無親可以讓他盡孝的哀切，聽三弟說，他在那久久徘徊，久久無法自處……」

七

施明德我的四弟，終於又被關進去了。

可是在自由中國軍法庭空前的公開審判，與審判中的輿論之公正，已使中華民國的政治水準，達到一個高度開發國家普遍可見的程度。

我們三個兄弟和妹妹也共同地在審判庭中及其後的短暫時期的接見時，感受到軍法處看守所，已在這十八年後的今日，由其短暫的和藹遠非昔日可比而知其進步。這種進步、開明實爲全民樂於共享的。可是身繫如此異於遠昔囹圄的四弟，他念念不忘的乃是希望以他的死，求得處於全球的全民的大團結，和祥和。他願以他的死得能化解基於誤解他的人，因爲恨他可能會採取的暴力，和爲了信仰他、支持他的人，免於誤解他對世人深厚的愛意，因之身繫牢獄，做出違反他反暴力的暴力來。

「喂，是明正嗎？」又是那甜美的翠媚的腔調。

「嗯！怎麼那麼久沒有你的電話？」

「這幾天我打了好幾通，都沒人接，你到那裏去了？」她上氣不接下氣地衝口而出，這種口氣，我很少聽到，除了去年的某一夜，當她沉迷於深夜的漫談，不知其夫已躡手躡足到她身後好久，終於被她發現時，草草說了幾句結束的對白，而掛斷電話之外，她的聲調正像她在床外那樣，一直都保持著一種緩慢的節奏，和優雅的韻律感。

「沒有啊！我在睡覺，爲了四弟的事，我已全身脫力啦！也爲了他的事，我把兩部電話的線路都拉掉，因爲怕聽、怕接奇奇怪怪的電話。」

「這幾天我急死啦，電話又打不通，不曉得你人怎麼啦！」也許是聽到我的聲音放了心，她的聲調又恢復她一貫的韻律。像似舒了一口氣似的。

這是剛抓到四弟的幾天後，她從辦公室打來的，由於她在上班，因此匆匆地在她放心之後，我們就掛斷了電話。一百多天來，雖然她沒有打電話給我，可是我曉得那遲來的初戀的線已在她半百的心田，滋生蔓長像山藤，在崎嶇的山崖，不畏於萬丈深淵的險峻，當然會繼續在勁風中安祥地、飄逸地擺盪，它雖然會在擺盪中，被磷峋的嶺石磨損其皮肉，然而人類那祥和的，基於大自然律法的崇高性和普遍性，它將會像追求祥和的世人那樣滋長，並被祝福，也會被綿延至於無窮。

——原載一九八〇年六月《台灣文藝》第六十七期

渴死者

金屬哀鳴下的白鼠

一九六三年，我們施家三兄弟在台北青島東路的軍法處看守所，已待了一年三個月，等待判決的日子，是難於用簡單的幾個字形容的，因此，一年後，我曾用十五首一輯的詩中的大部分來刻畫它！其中一首〈白鼠〉，以實驗室的白鼠，比喻我們在柵欄裏的生態，〈黑色金曜日〉，描寫禮拜五和禮拜二漆黑的凌晨，死囚從囚室被拉出來槍斃前，旁觀者、執法者、多線條、多觀點，所產生的震撼。〈金屬哀鳴〉，鐫刻獄卒手裏一大串巨大鑰匙的碰擊聲、開鎖聲，以及劃過鐵柵欄，那跳躍，奔騰一如尖銳的彈頭破空擊向鐵柵欄，碎發的哀鳴，給人的恐懼和不安。這種聲音的恐怖，深沉在我的內心，久久無法消失。直到　蔣公仙逝之後，我在畫室裏爲他布置的靈堂，虔誠地禱告時，才把緊藏在我下意識裏可怕的金屬聲響，完全剝開、拋棄。雖然如此，如今，我在睡前，還要捏兩丸衛生紙塞住耳孔，以過濾、阻擋尖銳的聲響。

當你生活在一個絕對無法由你主宰的空間時，你會從逐漸學乖的體驗裏，形成某種樣品。由於人類異於其他生物，於是乎人類在多方思想、回憶，以適應生存的過程中，便自然地塑成了各種各樣的典型人格

在我們尚未被判決的期間，已約略知道我們的命運。因爲我們可以從起訴條款和當時所謂「叛亂」案件採擷的多寡，來推知一、二。像我這種頂多也只判個五年的小兒科，便只好在吃了幾次猶大密告的小虧後，三緘其口，把自己砌下一層無形的厚繭和圍牆以保護自己。可是對於同樣被以二條三起訴，未被上面接納，終於以二條一項重新起訴的四弟施明德，原本沒什麼危險的，卻在改變條文後，一變而有殺身之險。這種無休無止的擔憂，分分秒秒以其有形的漩渦，把我捲進無邊無際的痛苦裏。

同是天涯淪落人

本文主角是跟我關在同一柵欄的一個外省人。我已忘記他的名字，雖然我們每個人總有一個阿拉伯數字的號碼，做爲代號，但是我們生活在一個自由的地方，因此人的名字被保留下來，這也許是我們享受到的德政之一吧！我所提到的這個人來自大陸，當他

正以青年軍的身分，投筆從戎時，日本卻無條件投降了。之後，他隨軍轉進台灣，繼續保衛豎立萬丈光芒的自由火炬。也許是無親無故的孤寂，和倨傲的詩人性格，使他無法融爲綠色戎裝大家庭的一員。以後被派到宜蘭某個中學去當教官。不曉得是不是因爲隔著單調的大海，遙望那被籠罩在夕陽恐怖下的赤色大陸，因而昏了頭，有一天，他竟在台北火車站前，高唱某些口號，終以七條起訴，與我同關一牢房。

有些好事者，每見另一個生物被放進我們的籠子，總會過去撫慰同是天涯命苦者。除了僞幣製造者、走私犯、販毒犯等，能夠被調到籠外去執行雜役，以換得香菸、多吃幾塊豬肉、享受一些涼風的空間外，軍法處看守所可以說是乾淨的地方，它沒有司法看守所司空見慣的惡習陋規，這裏幾乎是人世間另一個經常發揮人類愛和人性光輝的地方。可是這也是一個磨碎高貴人格的磨石機，在這巨大的碾石機下，能不變形的，萬人之中，大約只有一、兩個。

每天吃過飯，我們在收起各人的碗筷，擦淨是散步的地板，也是吃飯的桌子、椅子，又是睡覺的床鋪，更也是讀書寫字的桌椅以後，都會不約而同地一個接一個在柵欄內，一圈又一圈地打轉。

開始參加這項打轉的生手，也即新客人，都會感到暈眩，因爲這兒空間不大，兩、三面是鐵柵，一、兩面水泥牆，如果你不能把注意力移離於幾寸外的柵欄，那柵欄似乎會向你飛奔而來，迅速倒向你的身邊。這些無味已極的活動，使你深深意識到你是被參觀的實驗品，是某種生態學家、獵人和園主的傑出樣品。

這種打轉，在看守所裏，被公認是維持生命所須的重大條件：運動。可是，半坐半蹲在牆角裏邊的他，卻像一隻受驚過度的飛禽走獸，動也不動。我們只好在他身邊打轉。就像開始打轉一樣，收轉也是不約而同地，一個跟著一個逐漸離隊，由點線連成圓的圈圈崩潰了。人們在半個小時左右的溜腿中，重複了延續卑賤生命的重要課題，開始掙扎於在起訴時早已被決定的刑期宣判。

待在看守所裏的人，有十之六、七都已被起訴，十之二、三是判了刑，不敢上訴，以免惹怒命運之神，給你來個不知悛悔，怙惡不赦的結果，以靜待兩、三個月後，被分發到比較沒有肅殺、恐怖的執行單位，去接受消毒和隔離。最後還有兩種人：一種是未被起訴，在等起訴的人，這種人也大約可由他自白書、其他被告不利於自己的口供、和檢察訊問筆錄，略知自己未來的起訴條文和命運。由於起訴書很快就下來，所以這種人，便相對地減少。最後的一種人便是不服判決上訴，由十二年，變十五年，再變無期，然後死刑的確定者。而我待了一年五個月，跟三弟同被改成五條。判處我們幾乎知道是五年的徒刑後，被扣上有生以來第一次帶上的手銬，送往台東泰原。在我讀過的許多文學作品裏，每每看到外國跟我們同樣的情形被判刑者，在押送的途中，總會有人立正、脫帽以致意的情景；我們從台北到基隆所坐的軍用交通車隊，雖然沿途戒備森嚴，也有兩列憲兵機車隊開道護送，某些唐吉訶德型的囚犯，總把兩人合扣在一起的手，阿Q式地舉向窗口，顯示給好奇羣衆看，以洩幽禁一、兩年，不見外人所積壓的鬱悶。

以鐵柵敲腦袋

有一天，我們在牢房打轉過後，每人各忙各的，誰也不想去打破那沉寂。

忽然，一陣奔過木頭地板的脚步聲，和頭蓋骨撞上鐵柵欄的悶響傳了過來。我跟同房，還有對面柵欄裏的人，幾乎同時抬頭，尋找，而且馬上看到用腦袋當鼓，藉鐵柵敲鼓的他，正站在鐵柵前發楞，在他確定沒有把脖子上的鼓給敲破以後，頗爲懊惱似地，雙手緊緊抓住鐵柵，像拉單槓，又像鬥牛場的牛猛烈地撞了起來。

這種不是開玩笑的行爲，已大大地違反了他一向大不爲的常態。於是乎，他旁邊的人，和全柵欄的人幾乎同時地把他拉離鐵柵欄，我看到本來面向鐵柵欄，無法看到的表情，那是我這一生很難忘記的一張臉。從光頭流下的血，爬滿整個臉龐，人靜靜地笑著，兩顆牙尖破裂而被擠成內V型的門牙，特別引起我的注意，使我聯想到，這些牙齒很有可能，也像他正在奔流著血的頭頂，是在夜深人靜時，沒咬斷鐵柵而斷裂的。

當他被看守我們的班長帶出去塗了紅藥水，再送進來後，他又恢復了那目不斜視、寧靜已極的痴呆狀態。

有些人挪過去勸慰他，得到的反應，一如我們看到他以來唯一的表情：一尊泥菩薩。於是那些好事者，好像在敲了門沒得到回音之後，對他有了種種猜測。其中比較令我無法贊同的是說他在學孫臏，裝瘋賣傻，以換取改變條文，判他無罪，或者判了無罪，送他去政治犯的天堂——土城的生教所。過那沒有鐵柵欄，也不鎖門，可以打球，也可以帶著妻子、女友一塊兒上廁所排泄的日子。

可是，我總覺得這個人，像極了文學名著裏的悲劇人物。

我注意到他在接到起訴書後，一直沒有打開過。他幾乎是我所看到過的犯人中，東西最少的。沒有筆、沒有紙，沒有顯示他坐牢以前帶在身上的任何東西。他正像每個沒有親人接濟的人那樣，除了所裏分給他的一雙筷、一個鋁碗、一支湯匙、一條毯子，一套藍色囚衣（冬天，可以寫報告多要一條。但是他沒有寫過字，所以……）之外，只多了一套綠色內衣褲。因爲他本來是個軍官，所以我無法肯定穿在他身上的內衣褲，是不是從象徵著有限自由的外面穿進來的。

雖然我們房裏正像其他房裏那樣，總會有人買紙、筆和其他用品，甚至於把親友送來的水果、菜餚分給沒有親友的「同學」（我們都慣於使用這種稱謂來互稱）共享。但是，他好像從來沒有跟我們共享過，因此，好像連答辯書，也是我們同房裏的一位老先生替他寫的。這位老先生可能是從他的起訴書裏發現這個小同鄉，並在三問三不響後，基於同情心，根據起訴書草擬了一份答辯狀，並在他沒有答應，也沒有反對的情形下，送了出去。因此，我把這個人列入絕望已極的人，應該不會太過分。

他很快被判了七年。七年在當時的行情，幾乎是僅次於五年的最低刑期（知情不報，不在此限）。正像我與三弟，和其他大多數的人那樣，不服上訴的有效期間，十天很快就過了。

這個對我來講仍然是沒有名字的他，以不同於一般人的方式，塑造了另一個生存的苦難典型。追溯其源，我乃豁然發現那是一種淒美已極的苦難之火。

他，這個用「不爲」來追求「有爲」的苦難同胞，雖然生活在我們身邊，卻以其「不爲」隱遁其形象，使我們完全漠視其存在。

有一天，我們突然發現，他的肚子像氣球般愈脹愈大，他的小同鄉，那位乾瘦的老先生，嘴上喊著：班長、班長。一邊過去把開足水龍頭，猛灌自來水的他拖離水槽，一邊指著撒滿碎饅頭屑的地板說：

「報告班長，他剛吃下十幾個饅頭。」

「鬼叫什麼!?慢慢講。他怎麼會有十幾個饅頭？」班長隔著鐵柵欄問道。

「他把每天早上的饅頭，藏在他的帆布袋裏，這幾天他緊抱著它。」

這個開頭用鐵柵欄擊頭，沒自殺成的人，竟會想到用發霉變硬的十幾個饅頭和不知幾加侖的水，來結束一條卑微的生命。可是保護我們如此嚴密的獄政，卻救活了根本拒絕活下去的他。此後，他被關到別的房間，並跟我們一塊兒被遣送到台灣的東南方，台東的泰原。

台東泰原的一羣

這個以「不爲」成就「有爲」的人，好像在沒脹破肚子之後，稍稍正常過一陣子。聽說，他也寫過好些白話詩，不過由於跟我提起他的人，根本不關心白話詩，所以我無法知道他到底寫過些什麼，要不然他的詩裏，應該可以發現他的苦悶，並進而替他做做心理分析什麼的，以拯救這個做賤自己、粉碎自己，幾乎達到極度自虐狂的人。

在炎熱的台東泰原，我們住在一個頗具清涼詩意的清溪山莊。我與三弟、四弟在那裏度過了充滿悶熱陽光的三年多時間，早飯前和午睡後的半小時散步，使我們的生活竟也成爲詩樣的記憶，閃耀在出獄後，東闖西奔，急欲重振被撕破的家園，而遲遲不可得的落魄時期。

他在泰原曾經穩定過一陣子，有時他也在放封時，跟著「仁監」二、三百個同學，繞牢房（全山莊分爲仁、義兩個監獄。山莊蓋在斷崖之頂，佔地十幾甲，圍著高牆，頗像一座山堡。）在高牆邊的長形方場，兜著圈，畫起圓。爲了安全，我龜縮在我孤獨的硬殼裏。散步時，我絕少跟人結伴同行，以免被虎視眈眈的監獄，留下結羣成黨的壞印象，也爲同一個理由，我曾擺脫過他跑過來，跟我談詩的雅興。因爲我怕背上黑鍋，怕被上面誤會我跟他的談話內容影響他在散步時高唱反動的口號。

就這樣，我失去了解他的機會。往後，他就在喊口號、關禁閉、用水泥磚撞擊他那傷痕斑駁的光頭頂的日子裏度過。

就像蠟燭即將燃盡那樣，一匹壯年的困獸，在無眠無日地揮霍他有限精力下，終於變爲疲憊、無力、失神和虛腫。許久，他從我們的視界消失了。

仁慈的監獄官，派了一個癲痢的外役日夜照顧他，爲了便於關顧這個糟蹋自己如此猛烈的苦命人，他們一齊被安置在二坪大小的房間裏與監獄官室只隔著一條通道。

從此我再也看不到他，雖然放封時，全監的同學都會經過他的小房間，但是好像沒有人注意過他。我也自覺身處是非之地，應該潔身自好，明哲保身，於是我乃埋頭創造詩、畫、小說、電影分鏡頭脚本和翻譯，並完成施明正推拿術。

回憶面壁五年的生活歷程，我覺得頭一、二年和最後一年的日子，最爲緩慢而痛苦，第三和第四個年頭，由於習慣了，刻板的日子便機械式地飛馳而去。

就在這麼缺少變化而寧靜的日子裏，牢房的通道口，起了一陣罕有的騷動。開頭，我們都想不到是他製造的騷亂，因爲自從他由我們的視界消失後，已有好長一段時間，全監獄聽不到他的騷動和消息。由送早餐的外役耳語中，我知道，他成功了。他死了。

他的死，怎麼能算是成功？可是自我看到他以來，他的行爲，好像都集中在尋找死路上；不斷地試、力行，而終於完成他的弘願。也許死的魅力，一直深深地誘惑著他；可是我不了解，要找死，不是應該留在監獄外？在那裏，你要怎麼死，不是頂容易的？然後，我又想到我們中國人，是一個絕不流行自殺的民族。因此，他的尋死，說不定是在喊了不應該喊的口號之後，落了網，才慢慢形成的。或者他的死，也是三島由紀夫式的一種行動美學之追求：他死於三島由紀夫之前好幾年，因此不能說他摹仿了三島由紀夫。寫到這裏，我深切地後悔沒有跟他做過任何溝通，以了解他尋死的原意，和他對詩、對人生、對人類、對世界，究竟有過怎樣的看法。何況被他垂顧的，僅有寫詩的我而已。

聽說，他的死法，非常離奇，他在癲痢頭起床外出洗臉刷牙時，脫掉沒褲帶的藍色囚褲，用褲管套在脖子上，結在常人肚臍那麼高的鐵門把手中，如蹲如坐，雙腿伸直，屁股離地幾寸，執著而堅毅地把自己吊死。

——原載一九八〇年十二月《台灣文藝》第七十期

指導官與我

一

當你生存在二十世紀八十年代，全球無日不在戰爭的時代，許多無辜的人，即使免於諸如車禍、戰亂的死亡，或傷殘，仍然免不了空氣、水源、良知、格調被汚染的慢性毒殺，與既有權勢、財力、學閥的確保，世界各地的統治者們都有安全資料的施設。

這些建立安全資料的無名功臣，基於維護秩序所加之於某一社會、人物所產生的因果、命運，跟其運作過程的形形色色，毋寧是構成傑出小說的題材。

下面的故事，我就以自己可恥的半生某些片斷，來探討生於斯的人們的某些遭遇，以感謝維護一千八百萬同胞的無名英雄，不分晝夜勞苦功高的精神，和世界斷難做到十全十美的職責，以勉勵他們，願他們從不斷地自我期許中，成爲維護生靈、財產的現代貴族團，更願同胞與人類高貴的情操，能由這些既可維護也可毀損的人們諸般的操作中，獲得提升，免於沉淪……

生命的可貴是任何人都已肯定的。在二十一年前，未被羅織成囚，因而能從那個生命的分水嶺，這一豐脊滾下恐怖的深淵，變得非常可恥的懦弱、邋遢、屈辱、無能、貪生怕死以前，我已被先父、耶穌、文學——尤以詩，教養得非常熱愛人類崇高的勇敢，視其爲做人當然的美德之一。可是目睹目前的己身，已是如此不敢照鏡，以免發現自己如此膽小得遠比一隻小老鼠還不如地見笑【台語：慚愧】，因之唯一的妹妹，施明珠的女身，便越加令我體會到，生存在這種男不如女的時空，我是非常不適合於生而爲人，尤其是生而爲小男人，畏縮了的生之標本——在此時此地。

緬懷曾經有過的往日勇敢，我的確非常欣羨世上沒有被驚破膽的人們。更羨慕、敬仰驚不破膽的鐵漢、嬌娃、父老。和那種明知恐嚇的威力而不用恐嚇來製造膽小、分裂民族的人格、良知的時空據點，一如父兄之對其子弟、君臣之對其子民；聖雄甘地生葬的時地。

風吹草動、杯弓蛇影，都會是我自虐的對象。想到這麼一個可憐無奈的生物，如果還能被叫做人，能說不是造物的異數。早知如此，我的父母便不該生下我來恥笑萬邦。放眼周遭，心疼於類似我的這一已被接枝、插種過的人種之所以多到自成一種族類，應該也是後世的人類學家，酷要研究，且警惕後代的當代人，斷斷不能行此揷枝、接種的反人道行爲，據以形成此類向祖先無法交代，也見不得邦人的同胞、族類之無形「照顧」。

心靈的殘廢者，這一標頭【台語．商標】對我這個豬狗不如的廢人來說，還算是高攀。

三十幾年來，我們經常會聽到某些獵人打手，在頗具權威的某些報紙上，大言不慚、公開而理不直氣勢宏壯地說過：「如果沒有做賊心虛，就不會怕，也不用怕聽夜半敲門聲，更不怕電話像尤清說過被人監聽、錄音。像我，就從來不怕這些。」君不見古今中外，少數統治多數，多數供養少數，以至於總是千篇一律地可以看到、聽到這類腸肥腦硬心狠手辣的勇士們自以爲是的宏言謬論。

對這類似是而非的舉證，如以反駁，當然也會形成對於這個已被獵過，並且已成心靈殘廢者，擔當不起的心理負擔。固然這類反駁，雖說輕而易舉，然則明確地舉例指名加於說明，便會造成又一件獵人，據之繩我以法的心態佐證，做爲安全資料，不知哪一天會被再度用來逮捕、定罪，則這種舉證的行爲，便只好讓給衆多未被獵取過的有志、勇者去發揮，我想，這也是歷史之所以成其爲歷史，以其使命在召喚人類，使人類有別於禽獸，更免於像我這般癟種族類，逐波隨流，明哲保身，以待隨時都可任人宰割一般。

二

民國五十一年（一九六二年）七月下旬，北台灣台北市青島東路三號，門禁森嚴，氣象冷煞，就連陽光普照而入庭院，都會因其被擋阻、被過濾於嚴密的天羅地網、日頭也甚覺怯怯的軍法處收押庭，送來了三個獵物——我、三弟明雄、廖南雄【一個高瘦、英挺卻未成年，從不曾相識的所謂同案共同被告】。

在兇夏午前十點左右。我立正站在一位看似和藹的尉官桌前。一如某些佛教徒，喃喃著：「南無阿彌陀佛」；我的右手在額、唇、胸口、雙肩畫著聖十字聖號：「一十字聖記號，天主吾等主，救吾等於吾求；因父，及主，及聖神之名者，亞孟」以鎮驚止抖。接受看似曾經學過正統軍法訓練，或許也甚把這種全世界最嚴厲的嚴刑竣法的職責視爲應該神聖，可是不曉得到底有過幾個能夠客觀、無私地不摻一絲絲從十三年前的民國三十八年大陸陷匪，因之當然視匪爲人間極惡，非加以剝皮袋粗糠而又無法逮到正在蹂躪錦繡河山殘殺同胞的罪魁惡首，只好畫餅充飢製造一些酷愛自由、不知天多高地多厚、在戒嚴令下不應碰這也不能踩那，要不然就會在細作密告獎金之下經過偵訊處的烤爐被壓揉成扁扁的一塊餅，加了發粉成爲一座澎澎的麵包。然後被送到收購此類安定民心維持秩序的總機構的大盤商的小夥計英俊官長的面前，我想大約是個書記官之類的人物審視我與我的安全資料以及成其爲一塊餅一座麵包的自白書。

我們這三個像餅又像麵包，也像獵物的貨物【台語諧語．意爲廢物】，正被七爺八爺似的××市警察總局保×隊的既可愛又可敬的仁兄，如獲至寶似的做餅師、揉麵人或獵人八股式地移送到這個鬼門關的入口處來承受交接儀式。

兩個小時以前。我們三個人，剛由狂風暴雨的南台灣高雄市——一個在早年是可愛、純樸的故鄉，三十幾年來已變得非鹿非馬到處可見變形變體陰陽怪氣者所盤踞——被押上中型囚車，送往台南機場，分乘兩架軍用螺旋槳飛機。想不到一個小時車程的短距離，台南機場竟像破涕爲笑那樣的女人，已不見陰雲密布，散髮似的雨陣亂摔的氣象，當飛機在微雨豔日中，升上美麗寶島的上空，我邊畫著聖十字聖號，並以默禱沖散沖淡打從進入偵訊室至此，一直緊箍著我全身的恐懼。並首次從空中俯瞰我的祖先，受苦受難從幾百年前的荒蠻開拓得這麼漂亮，遠看很像我當時畫過的現代抽象表現主義帶著幾何構成的綠色系統完成過的油畫，卻還不得不讓祂們的子孫活受烤爐煎熬獵人追捕的疆土。

下了飛機，踏上台北松山機場。由於無法不對已被羅織的罪狀，籠罩所自覺的緊張引起的內急，我們解過手，對著洗手台上的鏡子，我看到好幾天以來沒有看過的自己的臉，並沒有因爲成爲階下囚的恐怖，和無法修臉，而使我二十八虛歲的英挺俊臉無光。對鏡，我苦笑了一個頗爲滿意的，幾乎可以媲美當代的世界名片扮演這類角色應有的帶著澀味的虛無的苦笑。

不理那些想到我自己的受騙，終於形成他們的獵物的這種旣可笑又無奈的感覺。我痛感於竟比這些因其心中老是盤算著如何害人、坑人、整人以至於形之於外浮顯於體膚終至於成爲牛爺馬爺的原型更蠢的我之可恥，和他們看到我的苦笑湧現的覬覦。我想牠們居然發現被牠們所陷害的這個傢伙，竟有閒情逸致對鏡，以雙手往上往後梳著數當時我還非常黝黑鬈曲的長髮。我無視牠們相顧然擊發出的共同心聲。也許牠們感到：這個小子，眞不知死活，還會笑，還笑得出來，而發出的牛馬似的諷刺笑聲吧！

如今，經由速讀著我安全資料與口供（自白書）的書記官，嚴肅的態度，與他看我的和藹表情，我感到他對我的資料與我，有著某種程度的興趣。從他翻紙的手勢，與他的動作，我解讀著他的動作表情術，這是我從電影、文學、戀愛，以及先父教我如何從萬物形意裏，探求國術自我修練所得的。

因此在他每一抬頭視我時，我總對應著他，如投手與捕手，更像知友們、戀人們似地，我盡可能發揮我從小習得的形意國術，以求得與他取得和諧，進而產生共鳴，和默契。

「你知道安全資料對你的命運很重要嗎？」

「……」我憂苦著俊臉，搖了半下頭，然後驟然點了下頭說：「是。……」一種煩像漏氣的輪胎，發出的無奈回答。

他微乎其微地泛起了些許憐惜吧。他又低下頭，手翻我的安全資料。也許感染到我的搖頭，他竟也酷似像似意欲揮走什麼思緒地搖了三分之一的頭，繼續閱讀下去……

突然，我全身發軟，恐怖的寒意，遍布全身。幾萬隻其小如芒的螞蟻，一如幾天前我被偵訊時感到那樣地又在我的四肢百骸的骨節裏咬嚙起來。

我知道我已浪漫地成爲我在電影上、詩歌、文學名著裏所看到，並羨慕過的那種脚色。

可是異於觀賞品味上述諸種作品甘美的心情，自認聰明的我，竟會被網罩在四弟的同學的同學們，那些在我眼中只不過是一羣小蘿蔔頭的黃毛小子，等到被判了刑，服刑中的後來才曉得他們中的一、兩個職業學生，其實正被刻意地培養在細作網的整個可大可小的運作中，經由他們的亂咬，而被獎金的魅力所動的某些獵人集團所編導，我，一個脆弱的人，只好按著牠們的編排，陷入自供的自白書之編寫。無風自抖地，俯視面前的官長，跌入追溯我的生涯中，某些可能會被，或已被列入安全資料的回憶之流。

三

我憶起民國四十四年二月十九日，以常備兵海軍第一梯次進入海軍士官學校受訓成爲電信士官的一年多遭遇。

那些青春期的不信邪的幾乎可以說是「愚勇」的異色行爲，已被寫在我的小說〈箭流的鯉魚〉裏，發表過。

其中在文末提到爲了捨身搶救我的知友Long，正像落湯雞被政治戰士那些羣蟻圍攻，而我爲了崇尚古中國人信守雪中送炭乃是救難的義行，以及力行當時貼在禮堂牆上的口號標語：「助人爲快樂之本」，固然很識時務地，違反常識面對當時從來沒有人膽敢對抗過，以指導官代理中隊長指揮所謂政治戰士所導排演的榮譽座談會的批鬥攻殺站起來發表一篇力求團結奮鬥，要求和諧，消除爭鬥後，針對Long的危機，雖然好像過去，卻在當天三更半夜以其回旋風降臨我的頭上。那頂經由指導官代中隊長所硬鉗在我頭上的帽子：「陰謀分子」、「幕後主腦者」等等聞之眞會在當其時三不五時【台語·經常】不管在學園、社會、山林、草地都已因之失蹤、死掉很多這類被莫名其妙地好像踩死狗蟻一樣地踩死大量異己和不合作者的時代，你們說我怕不怕。好在我提出我拚命爲中隊長所付出的獵取榮譽的各種事實，應該不至於爲了我準備窮我的一生孵出一個文學藝術家所必須擁有的永遠在野，永遠絕對自由，以至於不能入黨成爲政治戰士，卻永遠會是救國救民的黨的知友諫士；和以人類愛、友愛所做的救難行爲，應該沒有他想像和擔心那麼可怕。雖然後來由於他用他自己的拳頭體罰過阿片林，不知由誰向校長告了一狀，調去受訓。這些資料也許在此刻以安全資料的可能性和變形體左右著我的命運，闖入我的腦海。

這些被曲解成一頂什麼帽子的資料，經由總是被暗中記錄下來使你一生受用不盡的事情，大約已成爲這個時代集人類史的大成，在此處被發揮到極致，以保護你我他的安全在這麼的小的島嶼，令你插翅難飛，叫你站叫你坐，叫你往東叫你往西，叫你成爲你現在的模樣……

四

雖然在士校被戴了帽子之後，不像六年後的一九六二年七月十六日（四弟於六月十八日在金門被補）在偵訊室那樣確然地使我身上的勇敢一掃而光，代之以永恆的烙印，烙印我成爲一個懦弱的可憐蟲，和將被監視終生的脚色，卻顯然地以其恐嚇，稍稍嚇阻了我正在突飛猛進的心靈成長。

從此除了追求文藝及戀情，我已變得非常消極。

幾個月後，我與Long被分發到基隆的小砲艇，去享受如果不是穿上軍服，任何此島的住民，除非你是他們一夥的，便無法走近，要不然有得你好受，或從此失蹤，而肥了獵人的海岸線如鐵蒺藜。在掌握中的漁民倒是例外。因爲誰都忘不了鮮魚的美味，和它的營養價值。

因之，當我被派赴幾十艘（據說五、六十艘）百多噸，光復後，從日本遠洋漁船接收過來，改成交通砲艇，時速七、八海哩，已是光復後保衛我們十個年頭，一年後就要光榮退伍陸續報廢的可愛、浪漫，雖然已近徐娘半老，可是在我們這些吃飽飯沒仗打的愛撫下，槍砲兵、輪機兵，既像醫生護士，又像影劇界的化妝師，經常把我們的砲艇打扮得漂漂亮亮。

要不是塗著灰色厚漆，前後各艙上按有一門機關砲:，位於砲艇中央，駕駛台和電報室上的艇橋，有個信號燈和一門重機關鎗，我的服役會是一種度假。

以一個已被點油做記號的電信一等兵（我與Long等都以一等兵分發，退伍時升爲上等兵，不像其他同學以上等兵分發，退伍時升爲下士）代替下士官，我名副其實地成了全艇的人欣羨的少爺兵，得以進出全艇的心臟地帶——駕駛台，那裏除了艇長、副艇長、航海士官長一名、航海士官一名，信號電信士官長各一名，士兵如我者各一名之外，就是貓似地可以到處嗅聞、搜巡的指導官（目前的政戰官）。

電信的密碼簿，被鎖在駕駛台中的左邊，另隔一間一坪左右的電信室抽屜裏。鑰匙存在電信士官長的口袋裏妥善慎重地保管著。

對航行於一望無際的大海中的船隻來說，正如浮沉於苦海無邊的人類一樣，電信的密碼一如生靈的呼吸之對於大自然息息相關的依存，和人類樸實、純實、正義、人道、公平、公正，及光明磊落……等等德性，構成人際不偏不斜等均衡秩序以之做爲互爲依存的準則那樣，我敬畏它，像保護我們免於流離失所的安全系統的無名英雄。

因此爲了過度懼怕到處喧囂著的「保密防諜」，所產生出來的自保自衛，和纏繞在意識裏已被烙印的記憶，竟致使我不敢接近密碼簿，和畏懼收發報機，以免被人誤以爲收聽匪區的廣播或什麼與匪通訊。

好在我們的砲艇只是一種駐防在外島金門，或馬公、淡水、基隆、花蓮，以做爲運送夜襲匪區的成功隊（隸屬陸軍的蛙人，水中爆破，潛往匪區擔任特殊任務的英雄），和在外島接運勞軍團的工具船。工作和任務並不繁重，我的頂頭上司電信士官長，總以胞兄似的關愛，替我擔當了應該屬於我要收發的報務工作。於是我得以浸淫於世界名著的閱讀，和寫詩、繪畫。

跟我同時被分發到跟我的砲艇約莫相似的姊妹艇去的 Long 不像我爲了救他，雖然在外表上正是英姿煥發，傲視天下同年齡的男士，可是自覺心底已被烙印的恐懼，稍稍捏破過膽子，雖說已經大致發揮了它的自療能力，達到差不多看不出受傷的痕跡，卻由於那道疤痕乃是集時代控制人的巨掌所形成的威力，時時總會以其多樣式多變體的魍神飄忽不定，闖入先父生前所遭遇的許多經由我的回憶降臨的可怖感觸中。

與我剛剛相反的是，Long 好像不僅早已忘記他在士校，曾經被關過兩次禁閉，和在榮譽座談會被政治戰士的圍剿猛攻，他的現代遊俠之風的性格，就在踏上頗像風騷的女性之船的生涯裏，逐步展開追求他獨特的遊戲人間的修練。

當時二十一、二歲的我們，浪漫的足跡，隨著我們的砲艇，從基隆、淡水、花蓮港，遠達馬祖、白犬、東引諸島。這些連做夢，對啦，除了做夢，要不然只能以討海、留學、偷渡——可是一想到當時戒嚴令對偷渡者的懲罰，是那麼嚴厲而又神秘到接近死亡時，偷渡，他就沒有人，或者除了亡命者，抑或如不偷渡，便很有可能也是死路一條的逃亡者，才敢做夢，執行——或是說少數，或並不太少數的特殊階級，才得以突出本島與離島絲網。因之我們的足跡，像被無形的可長、可短，但是總以其堅韌無比的繩子似的約束力，制限在園主容許的極限之內。

很被世界名片，海鷗、野雁等候鳥所吸引的我的詩心，總在我與 Long 的砲艇，頭尾並排地泊碇在碼頭時，漫遊暢舒彼此的嚮往，和對電影的抱負。在認識我之前，幾乎不看文學、電影的 Long 卻在與我相識並相知後，很像乾海棉，早已吸走了被我消化掉的世界級人類心靈的高級遺產，我們計畫著有朝一日，將由我自編、自導，並與他共演的本島電影，打開當時我們的中國電影從來沒有想要獵取的坎城、威尼斯、柏林、奧斯卡……諸影獎。並渴望以此突破被制限的自由，得以紓解。

五

對於總是喜歡以打牌撿紅點贏錢，或抽香菸的 Long，終於又一次在我們的砲艇駐防在淡水碼頭時，因收聽日本歌曲經由擴音器轉播給同艇官兵同享，竟與一位排斥那類歌曲的山東大漢起了衝突，並以一等兵打傷士官。雖然是脫掉軍服軍階言明徒手決鬥，卻被他們的指導官和艇長裁定，從關禁閉一週，與理光頭之中，任選一項處罰。

他跑上我的船，要求穿好外出服的我，準備跟他一塊去沐浴淡水的落日，探訪紅毛樓的史蹟遺痕，以緬懷先祖開拓本島的無畏精神，以做來日編劇、拍片的參考。

「明正，你說我應該剃光頭，還是關一個禮拜的禁閉。」

「當然剃光頭。」上午我已知道他闖過禍，不過還不知道他的判決。

「我也這樣想，可是你也要陪我剃光頭。」

「好吧！不必多說。走。我們去剃光頭。」

就這樣，兩個擁有自知剃了光頭，非常不適合於扁頭的知己，便爲了其中如有一個還留著漂亮的長髮，很會使另一個顯得失色，甚覺自卑醜陋——當然這是毫無根據的少男過分重視外表的時期，產生的幼稚心態——的情況下，很自然的自我犧牲。

雖然這種自我犧牲看似沒有什麼，可是對我這個在基隆有兩個女友，台北也有兩個，淡水有一個，高雄花蓮各有一個，必須繼續扮演情人角色的我來說，無寧是要我在往後的三、四個月裏，在頭髮未長長之前，爲了不獻醜，只好認命當個和尙，不去找她們。

剃過光頭，帶著很不是味道的心情，邊喝著包在報紙裏瓶子中的橘子酒，爬過淡水的丘陵山徑，踩過夕陽飽飲青春的苦澀，我感到 Long 爲了感激我平白犧牲的頭髮，帶給他急於要用他賣力的演出補償我的熱情，抵銷了我心底裏懷念一頭黑黝黝自然鬈曲的長髮失落的悵然。

翌日，土撥鼠似的指導官以訝異的眼色看著我的光頭。

等到他從 Long 的砲艇踏上我們砲一一一後，找上我來。

「聽許聰敏的指導官說，他又賭博又打架，才罰他理光頭。那你理光頭，到底是爲什麼？」

「……」我赧然地漫應著：「友情吧！」

六

「你知道，你的安全資料很糟嗎？」這位五官端莊頗顯壓抑著溫情的年輕官長，看著我文情並茂的自白書及不知寫著什麼的安全資料，搖著頭說。

我的右手又下意識地反射著畫聖十字聖號，並在心底默禱著，把自己，這正陷於狂濤中的孤舟那樣無依的命運，交給造物主，以減輕自覺的恐懼。我首次體會到宗教的實用價值，活生生最明確的例證，產生在我身上。一如鎮靜劑之在精神病患者身上所產生的效果。我變得不那麼可笑。那是我羞於看到人會露出的狼狽。

我又跌入回憶之流……

那是在淡水陪 Long 剃光頭約莫半年前，剛到基隆報到兩、三個月後的事。

我被喚進位於駕駛台下艇長室（在甲板上）下面的中艙裏，站在指導官鋪位前。

「坐下來。」長得很像幾年後迷醉過全球無數影迷，主演過《齊瓦哥醫生》的奧馬雪瑞夫，那紅紅的深沉瘋犬似的大眼睛，和有力凸出的下巴，堅毅如鯊的嘴形的指導官，大約比我年長二、三歲。他告訴我他是屏東潮州的客家人。他的國語很道地。捲舌音很顯著。

「謝謝。」受寵若驚。自覺報到以來，言行並無重大錯失。只是每暗日頭落山後，正像一些水兵慣有的嗜好那樣，也喝一瓶最便宜的桶酒（當兵時還有這種比米酒更便宜的烏豆酒裝在桶裏待人而沽），配著現代詩，而非菜饌。享受著青春期造物主給予人類，最無價的最高享受。

「我看過你床墊下的藏書。」

難怪疊放在我床墊下，印有施家兄弟「尖・嚮圖書館」橡皮印章的新舊世界名著的一小部分，一百多本傑作，經常有被人翻過的跡象。

「不過聽說，不，正確的說，應該是看過你的資料，好像你曾經看過不少俄國小說。」似笑非笑的嘴形，與意識得到薄唇後兩排潔白銳利的牙齒在迫人的瘋犬目如探照燈般睒閃射著……

對當時那種肅殺的時代，沒有體驗過的人，誰都不可能體會出，最高的國策，乃是反共抗俄，這一鋼則。這是全民必須付出十成眞力去擁護力行。

在這種氣氛下，由監理全艇官兵思想行動的可敬官長口中提出的問話，不禁令我墜入恐怖。

「我看過托爾斯泰的《戰爭與和平》、《安娜卡列尼娜》、《復活》；果戈理的《死魂靈》；杜斯妥也夫斯基的《少年》、《白痴》、《賭徒》、《罪與罰》，和《卡拉馬助夫兄弟們》……」我據實坦率地告訴他，我十四、五歲就跑遍全高雄，和台南的舊書攤，蒐購這些人類偉大精神遺產的中譯本和日譯本。這批中譯本是跟著逃難來台的大陸同胞，越海送來的可貴禮物。

它們在我先父有次被政治性地逮捕後，搜查全屋時，也被某些便衣官長翻閱過，也詰問過，那是非常恐怖的早年回憶之一……

「那是俄國革命前的作品吧！」

一聽「革命」兩字，一顆心便下沉到肛門，和膀胱壓迫它們。我感到內急，幾乎屎尿好像要同時失禁那樣……

「你讀它們，有什麼心得？」

「我……我覺得他很能描繪人生，刻畫人性。他們好像寫出了我對人生的看法，不過，我還年輕，我的閱歷還不夠，要不然我一定要窮我的一生寫出媲美他們的作品。以證明我們中國人不僅只有《紅樓夢》，和五四的那些作品……」我嘴裏這樣講著，心裏卻想到托爾斯泰最擔憂的事莫過於全人類，到目前為止，都在濫用狂熱的民族主義與瘋狂的國家主義的口號，去襲擊和他們意見不同的人，這些狂妄的激情蠶食了人類的理性和人道，也迫使正義死亡，因此，他以為擁有維持秩序均衡的中庸的孔子，和無為、無慾，進而與天地同呼吸，與自然合一的老子的中華民族，應該以這兩種看似矛盾，其實合而致用，便會解決全人類和平共存的中國人，應該是未來奠定世界和平的使者與治亂良藥，和最高準則。心理雖然這樣想著，口裏卻不想多說，以免萬一說錯了什麼，又會授人以柄。

「你想他們的作品，對於後來的俄國革命，沒有直接的影響力？」窮追不捨，凌厲無比的掌心雷，當心打來。

「我不喜歡政治，我從未就文學作品與政治的因果，做過任何比較。我的一生，是註定要成爲一個最純粹的文學藝術家。政治就讓喜歡政治的專家去處理吧！」

「可是你在士校看過鐵血宰相《俾斯麥傳》，還有《甘地傳》，他們不是政治人物？」

「我是把他們當做傳記文學來看的。本質上，我不是以政治的角度去看他們。而是把他們當做某一個時代裏出現的人物，去看他們，並沉思如何會有那樣的人，活在那種時空裏，他們又用什麼方法去處理他們自己與他們的國家和同胞，而不失做爲一個人便應像一個人那樣地恪遵做人應有的德行，且波及全人類的情形。這是很有趣的，讀這些傳記充滿了異國情調的浪漫感受，就像我們在電影上，看過的傳記片那樣深受感動。」

「你有沒有夢見過　國父？」他嚴肅地正坐著。

我做夢也沒有想到他會有此一問。本能地併攏雙膝、挺胸、抬頭、收頦。

「非常抱歉！」我輕輕地自覺慚愧地說：「沒有。」

「我就有，且經常夢見，他在教導我。你應該相信，日有所思，夜有所夢吧！我建議你應該朝這方面多多努力。」

「是。我希望我能夢見。以後我要是有這種榮幸，我一定會感謝指導官，並報告指導官。」

「好。你可以走啦。」

「敬禮。」我舒了一口氣，立正敬過禮。轉身離去時，緊張地左右雙脚的襪子裏，掏出「新樂園」香菸和火柴，點了菸，急急跑往艇尾的毛坑。

對於五、六年後，在偵訊時，被問及，並被嚴厲地強求交出五個朋友的名字，在紙上時，我有意無意地寫下「現代詩」的盟主紀弦；「創世紀」的瘂弦……等等確實是我的知心詩友，得來的反應，便因他們是光復後來自大陸慢來的各省同胞，因之爲了編排案情難以掛勾，得於免疫，不被採納，終於硬被要求寫下另五個本島人（日據時代的說法）。

其中的一個畫家林天瑞，由於被約談過，從此直到一九八三年陰曆的元旦相聚後才恢復似兄似師更是知心至友的關係，因此幾乎有二十一年彼此成爲陌生人，爲了安全跟我畫清界線，就像許多具有指導官共性的人物；甚至於影帝柯俊雄最近據說也因與我關係密切，在喝咖啡聽音樂的開明約談後，要我與四弟等「美麗島」陰謀分子畫清界線一樣，他說當他被問及我的腦筋，有沒有被洗乾淨時，他表情很火大地說：「我怎麼知道？除非你們把他的頭剖開看看，我怎麼會曉得。」因此你（指我施明正）最好少講什麼三民主義統一中國等等你老是喜歡掛在嘴邊講的話。

當我理直氣壯地告訴影帝這些不是全國的人都應該日夕擺在心裏放在腦中掛在嘴上，而且還得起而做，以實際的行動，比如在爲了紀念鍾理和紀念館的開幕，而在前一夜舉行於高雄中正紀念館文化中心的民謠演唱會當主持人的高先生，與朗誦〈唇〉的瘂弦，在會後參加過高市獅子會的邀宴，再被邀赴某個黨內的可能會出來競選立委的某先生處喝洋酒，而我回報以我的素描，也畫下高先生與瘂弦的畫像準備補滿一百幅贈送鍾理和紀念館自由中國當代文人羣像時，我對著他們說：爲了奠定二十一世紀世界的和平，我想應該是我們擁有十幾億人口的中國人，義不容辭的責任，可是放眼大陸，我們悲哀地眼見全世界最勤勞的中國人，竟因三十九年來，由於假借無產階級鬥爭爲藉口的政權，那種信仰不斷地鬥爭異己，不僅已使流著中國人血液的中國人很不像愛好和平的人，也因其沒有私有財產，已使十億人民變成磨洋工的惰蟲。因此解救大陸同胞的神聖責任便落在復興基地千百萬黨內外團結奮鬥已創造過經濟奇蹟的我們身上，如果每個人都能表裏如一，絕不口是心非，說的就是心裏想的，做的就是嘴裏說的，那麼以三民主義統一中國，也就是恢復私有財產制以誘導正深陷於磨洋工的十幾億同胞，恢復古中國人勤儉爲本，敦親睦鄰的和平性格，再以這十幾億愛和平的人爲磐石，做爲穩定二十一世紀全球的和平，不信可能毀滅人類子孫的第三次世界大戰，不能在十幾億心平氣和，恆以微笑、仁義、禮讓、公平、扶弱惜才等等正義、公理、人道的美德之發揚和力行中得到自尊的中國人奉獻給全人類以做最大禮物之實現而消除戰亂。上述這些應該就是三民主義統一中國的結果吧！

要是我說過這些，眞有什麼不妥的話，我眞應該遵照影帝要求於我，爲了免惹我再也惹不起的麻煩，我能夠不創作，只以他要求我的方式、喝酒、下棋、玩女人，而把好不容易窮我畢生的精力心神塑成的這部自動創造清理垃圾的文藝機器置閒毀損嗎？

何況想到把我這個集時代過敏症於心靈殘廢者，遁世如縮頭烏龜拉出去曝光的乃是我們的亞洲影帝柯先生。

一九八二年之前，由於一九八〇年人權日帶來的風暴，我幾乎經常整個月足不出戶，每年約束自己只寫一篇用兩夜便寫成的〈喝尿者〉等等，不過想到寫過這類小說的施明正，還能自由自在地喝著洋酒吸著洋菸、戀著愛、醫著病人，豈不是我自由中國之所以能夠以三民主義統一中國的明證。

也許柯先生自以爲因他曾經「揹過國旗」，他便拍著胸膛，要我跟他出去酒廊、酒家、餐廳喝酒玩女人，可是對我來說，我的一生眞正是個純喝酒的人，我最喜歡獨自淺斟狂飲，因之我從不猜拳；對於女人，我也從不喜歡用錢買得到的，所以我之跟他出去鬼混，乃是我的行動「醜」學的一種隨波逐流，以便像流木在狂風暴雨之中，經由山頂衝下河道碰脫繁雜的枝椏粗皮，成其被剝光了且振落了鬆脆不牢之雜質，得於完成一粒粒白細殺的白米粒似的潔白玉心。以供後世的文學愛好者做爲知情不報也不會被判一年到七年徒刑的這個時代生活苦難的見證。

對這位始則以拍胸膛拉我出去，變成在我看來也眞正受驚不少的影帝與我關係的點點滴滴，讓我將來在〈影帝與我〉的小說中再加細述。現在讓我們回到剛才沒有談完的林天瑞之所以跟我斷絕關係二十一年的時代背景，和生存氣氛，絕非身不在此的人所能了解，而「這麼」（台語：現在）應該總算稍稍見識了一些些吧！

話說直到愈來愈開明的近二、三年，當林天瑞環遊過歐美旅行寫生，因而治癒了緊鉗了他二十一年的恐懼症，據說二十一年前的約談，使他的屎尿失禁了一個多月，回想他們夫妻今年向我提到這種外人聽來很會掩嘴笑將出來的情狀，是在當事人的林天瑞毫無笑意的沉重表情，和見證人的林太太（與我同齡，從早年一直是高雄芭蕾舞家李彩娥的助教）也許頓然憶起想當年的苦楚、哀怨、無奈、無告而帶著集人類尊嚴於不顧，卻又因她是個虔誠的長老教會的耶穌的信徒，便也有著我們天主教聖修女那種開在堅忍人之苦難成為靜穆花朵似的臉容。好在林君這位很會自嘲以嘲人，一如我的小說那樣的人，在敍述這些時，一反常態地，不僅不用嘲弄的方式來嘲弄自己與世事卻「眞劍」（日語：認眞）到一如「稽古」（日語：模擬、演練以重現）那樣地解釋二十一年前如何以「謹愼」（日語：意謂日本戰國，或幕府時代，世子或大臣被近臣密告意圖叛逆的罪名，所賜之判決，賜罰「謹愼」者為了洗脫罪名往往以自殺切腹表白己身的清白）的沉重態度接受其友，羅福獄精神病醫生的治療，並勤讀羅醫師提供的幾本治療精神病的書籍，以代替他除了繪畫聽古典音樂，也像我愛聽台灣民謠，遍閱世界名著，才把如影隨形的約談恐懼症暫時使其屎尿正常，至於他的繪畫卻因受此打擊，驟然停斷了他的飛速進步，很長一段時間裏，他掙扎於約談所摧殘的心靈之調整，和徹底的治療，在這之前，林君早年即已獲得省展及台陽展的最高獎。

跟林天瑞相反的 Long，據說以其思念我這個把他的名字寫下來，因而使我自己不得不成爲害了他的惡友兼勾魂魔鬼，因之接到約談通知，便把當時由他管理得相當不錯的隆田農務，交給光復後兩年的事變後被逮，促使其父變賣二十幾甲耕地救得長子一命，卻因奔波，憂患過度身先死的父親，所留下的幾分耕地，讓其大哥接管，準備在約談後跟我一塊去坐他視之爲光榮的政治牢。

七

一個只會夢見自己經常狂熱地指揮畫筆，和色彩繪畫、使用國文創造現代詩、編織人物情節結構著小說的人，慣常夢見的是一個個活生生的女人，和自己，而不是偉人。這麼一個微不足道的自認，也被認爲美少年者，除了談談戀愛、寫寫詩、畫畫畫之外，還能有什麼大志，配得上被偉人垂青託夢。

因此我總是羞於無法在碰見指揮官時，報告他我答應過他，我曾經應許過，用他教導的方法，來實踐我的諾言。

不久，我們的砲艇駐防於馬祖灣。拋錨在碧綠的海水中。一隊康樂隊便在前甲板，唱起歌、跳起舞來。

我站高樓看馬相踢，那樣地從駕駛台頂，架著一座機槍的艇橋，俯視全艇的官兵，正與慰勞我們的藝宣隊，沐浴在歡樂的音樂、熱烈的律動裏。

唯有我孤寂地從兩、三丈高之處，手執畫筆速寫著這一羣望梅止渴、畫餅充飢地歡樂著的人。

當時正像二十七年後的現在一樣，我從習畫以來，即嚴格要求自己絕不使用橡皮擦，以自勉並完成我獨特、有力而準確，一如高超的外科醫生使用手術刀那樣地鍛鍊我的素描力。

這當然也跟自小從先父習得的拳術推拿，與撫觸過無數的人體，因之洞察人身的機緣，遠比古今中外無數的畫家雕塑家爲多，不無關聯。

當我畫著畫著，我的身後，響起一聲觸心酸軟，令我渴望抽口菸、飲杯酒的女聲飄來。

「噢，畫得多傳神，想不到英俊的水兵也是個藝術家。」

「謝謝。過奬了。比起羅丹流利無比的速寫還差一截。」

敬業的精神，使我從不曾在完成一幅速寫前，停過筆。等我完成它，大約十分鐘不到。我瀟灑地轉身，面對這一羣勞軍康樂隊，最出色的台柱的女尉官。

不過生來自認總不會被女人不喜歡的青少年時代，我透視的眼光，看穿身著筆挺、土黃色卡其軍常服的酥胸，和細腰翹臀。

這是一個成熟的女體。我以一個不是平常的士兵能夠擁有的充滿信心的男人眼光，逼視這個被我看得雙頰升起紅暈，竟忘了軍階的威嚴，差距所可能造成的情狀，顯然無往無不利的大男人沙文主義者的魅力，已在刹那間發揮了最高度機動性出擊因而全力布網，一舉成擒的技擊態勢。我知道，我又獵獲一個女人的芳心。所不同的乃是象徵著國家尊嚴的制服與軍階，令我微起敬畏，不敢心存遐思。卻更能挑動好奇爭勝不敢心存踰越而又渴望一探踰越的冒險激情。

可是對於遠離我熱愛的台灣省幾個月以來，從未看過漂亮的小姐，因而被迫幽禁禁慾的男心，男體卻在上述反動的激情中愈壓愈高漲，幾幾乎使我熱昏了頭，好在她能及時解除了我們之間的一見鍾情（顯然古今中外的詩歌、小說皆有如此這類的描寫，其可信性大致不差，不用細述。）形成的尷尬。她笑了一個酒渦在右頰說：

「能替我繪畫，送我嗎？」她細長的纖指輕掠著被海灣的微風，吹散的秀髮，吹蓋一隻重而明的雙眼皮的大眼睛，與高挑而起的眉毛。

「是，報告官長，這是我的榮幸。」敬過禮，兩、三下淸潔溜溜地掃光了我心中的隱憂和擔心。並對自己能在敬畏與愛慕之間，取得平衡和諧，慶幸著自己的好運道。

把這股渴望異性垂靑的能源化成筆筆猶勁，卻瀰漫不能用語言表達，以免被誤會有意冒瀆官長的柔情蜜意，我把拂人涼心的海風形象，畫在她沒有化妝的蛋形臉上，那些飄搖著粉頸卻騷亂著我心；觸癢她半透明的耳後而扎醒我的小玩意兒的秀髮上面。

送上畫。自負的微笑著，盯住她。

「哇！好美。我有這麼漂亮嗎？」

「眼神的柔情蜜意，是很難表達的。不過我畫眼睛很有把握。因爲像你，我也有一對不比達文奇遜色的美眼，每天對著鏡子畫眼睛，已經畫了六、七年。論功力自己還差強滿意。」我撕下畫，送給她。

「還沒簽名呢！」

「我的畫，還不能簽名。大約要再等個二、三十年，才夠格簽吧！我的藝術是長跑家的。不過，雖然現在沒簽名，將來人們也必然會看到絕對屬於施明正獨特的線條，那種勁道。這樣的話，我就不虛此生，也算回報了保護我的政府，和養育的社會。」

「哇哇，想不到你還頂會演講的。」

「不敢。我的口吃，才剛剛在士校不久之前，被幾個好友逼出來出洋相，結果卻意料不到地以贏得一場辯論演講會時，由自己和酒治好的。」

就在這時，指導官攀上艇橋。我立正舉手向他和她敬過禮，準備鼠竄，以免替自己惹來像似被貓戲弄的無謂麻煩。

「施明正。怎麼就要溜了。你畫些什麼?拿過來讓我看看!」鯊魚在耍著威風，就像貓公耍著老鼠，更像火雞公攤展著胸毛，咕嚕咕嚕地吹脹著軍階那兩條橫槓吸飽豐陽的光芒反射過來的刺眼閃光。

「報告指導官，我只敢畫人物，從來不敢畫風景，和軍艦。因為我知道軍事重地，和軍事機密，是畫不得的。」守法第一，何況我們的頭上心底身邊打從一九四七年春天以來以戒嚴令實施的軍事統治，所散布的無數禁忌無時無刻不以動輒得咎的嚴厲性緊箍著我們。

「嗯。」指導官把我的速寫簿翻了翻，不屑地遞還我，示意我可以離去。我再補行一個禮多人不怪的禮，並在心底擔心著疑心甚重的指導官會不會又對我產生禮多必詐的誤解，並用眼睛向女軍官送去收斂了柔情蜜意的眼色，再行一禮，急急遠離他們。

八

脆弱的人體，在生病或暈船時，從小從父母周遭等所謂文明習尚所習得的美相逸姿，很自然地便會崩潰。

當我們的砲艇護送勞軍團駛往白犬島時，這位基隆人的女軍官寶球，在暈船的嘔吐中，婉拒軍官們的床鋪，跑來找我，要我把我的床位讓給東倒西歪地晃過來衝向我的她。

服侍病患原是施家的老本行，加上服侍的又是美女級的異性時，異性相吸的本能便也使我這個不務正業的電訊士兵發揮得淋漓盡致。

我備妥供她嘔吐的面盆，和讓她漱口的杯子，也像艇上熱心的夥伴，加入慰勞我們的勞軍康樂隊。這些很有吸引一顆異性芳心，並激發異體出泉的看家本領的接觸，使她返台後，每週必會陸續寄來一封封洋溢著某些熱情而含蓄的信簡。這些信，幾乎可以聞到情書的香味。當然這也正是我發揮我的書簡體散文詩的良機。這種有病呻吟，對我的文學生涯不無貢獻。經由她自歎不如的文字駕馭能力，和我濃濃的文學藝術氣質，雖然在當時還自認是個未被完全孵出巨蛋卻已衝破石殼冒出雛形凸出於石中的石筍般，我因飽食終日、浸淫於古今中外第一流的偉大天才心靈之中，滲入骨髓、形之以外的這種不爭的事實，我在她的心目中，除了是個白玉筍般挺直的美男之外，已不像別人必然會感到軍階懸殊的差異，可能造成無法跨越的鴻溝。要是心存些許疙瘩，乃是保防措施所須的查閱信件，有無引起指導官人情之常的反感。我們的信件，全是經過他寄發收受的。這種顧忌，使我的濫情不至於一瀉千里地在孤寂的外島傾瀉給她，因而把她溺死。

終於我們在互盼相見恨晚的幾個月後，重逢了。

由她最後的幾封信中通知我，我們抵台的那晚，她將在基隆的中山堂演出話劇，擔任女主角。並要我帶著她的信，到後台找她。

毫沒有因為我身著水兵白制服，和我只是一個一等兵的軍階，令她在把我介紹給她們同台演出者時，沒有流露出她那份毫不虛飾重逢的喜悅和興奮，一如任何深墜情海的熱戀者般。我坐在她叫工友搬來的沙發中，在舞台邊的幃幕後，吸著菸，喝著酒，觀賞她賣力的演出。為了不讓我這看慣世界名片的銳眼，感觸到平淡的劇情，和誇大的演技，我關掉批評家的眼，代之以情人眼中出西施的朦朧眼，看穿她女人味十足的女軀，任由男人的慾火飛揚暴脹。

劇後，她婉謝了應該赴邀應酬的高官宵夜。匆匆與我逃出衆人的視線，遁入非常屬於情人幽會的夜色。在五月的夜風中，左手互握著左手，右手環抱她的腰肢，右肩承受她柔髮的壓擠，嗅著髮香，觸著柔體，步上基隆公園的樹下花叢，尋到一片幽僻的草皮，鋪上不久之前剛從布店剪來的十尺紫紅布條，攤開它和我們的身體，舒展著我們的戀情。

身著便於拉開拉上的短上衣，百褶裙。速戰速決地把我們的軀體躺擺在韓國草皮上的神秘布條中，展露人生如戲，演技在我們的攻防戰上，我們的嘴巴早已完全不用在言語上，像似我們在路上早已說盡心底的話語；我們的手指在各自的異體上寫著詩，畫著畫，譜著曲。

時光如流星，感覺如波濤，中指與食指老是被阻於一層薄薄強韌凹下的牆。

「答應我，娶我，就給。」大約當時本島的女人，全是被教養成在這種關頭，總要講出這句話的吧！

「我是個不準備結婚的人。不過，結不結婚，我都會讓妳跟我住在一起，那是說退伍後，妳願意的話。」

「那就留到那個時候吧！」

當時我在這方面還是個很純眞的人，雖然已是情場老將。因此我的戀史不曾有過麻煩。我信守坦誠。絕不講出做不到，和沒有感到，不曾認知的任何謊言。

一場情戲，如蜻蜓戲水，暫告結束。我約她翌日同上台北。然後由她送我返艇。艇上的衛兵即刻把我的緋聞傳遍艇中。

隔日我帶著爲期一週的准假證，趕到遲到半個多小時的火車站，以爲她也許早已惱怒地離去，卻看到身穿粉紅洋裝的她含笑撐著白洋傘站在火車站前，無視於同艇官兵的注視和指指點點，熱絡地挽起我臂彎，走入車站，踏上車廂，無語卻熱情地依偎在我沉厚的肩膀。

看過電影，坐過咖啡廳，我牽著迷迷糊糊的她，趕往台北火車站，注視她意亂神迷地在站內的郵筒，投下一封請假的快信。像我懷裏的小貓隨我南下高雄，一住三天。

在那分房而眠的三天，我不僅讓她備嘗到，就連她們戲團的所謂劇作家也無法想像得到的浪漫情調，纏綿情景，也以我信守中古時期歐洲騎士風諾言，絕不輕越肉杯一寸贏得她全心全意的芳心。

要不是第三天指導官突然降臨我家，仔細嗅聞我的尖•嚮圖書館做了些筆記，並接受我媽親切的洗塵、豐盛的酒菜，與寶球跟我同看一場電影，我在接受媽的忠告，不再留她與我再度四天，她很可能便會再寄一封補假四天的信，等我過完一週的假期，再同返基隆。

分手時，她一再叮嚀返基後，絕對不能讓她空等，務必要在返艇之前先去看她。送走她，與回鄉的指導官。我心裏迴響著我媽擔憂的話：

「你眞無目瞷，沒看到那麼好的官長看她的眼神？你給我乖乖做完兵。千萬別在這段期間出什麼差錯。要不然就是不孝子。」

「媽，我聽您的。回去後，我想辦法避避她。」

爲了諾言，我還是去找過她幾次。然後急流勇退，趕緊懸崖勒馬，煞住了對她的親暱。並以職務和創作做爲藉口，疏遠了她。

不久這位可敬的熱衷於職務的指導官，也許已整理好他認爲再也無事可做的安全資料等工作，要求上面把他調派更有戰鬥性，更能發揮他神聖職務的戰鬥艦，去監視，並整理保衛復興基地與人民的安全，維持社會秩序，不可缺少的政戰任務（因此，不知到民國幾年，政戰官的名稱也就取代了指導官，習用至今）。代他而來的是剛由復興崗政工幹校畢業的年輕指導官。他即是上述問過我爲何會與許聽敏，後來的許晴富，我們家人和知友都叫他Long，一塊理過光頭的指導官。對於這位蒼白、瘦削、沉默的新長官，留給我深刻的印象，大約是一想到他，就會聯想到土撥鼠之類東張西望，然後對準獵物盯著凝視的神態……

九

這些回憶怎麼說也不可能壞到哪裏。

可是，由於安全資料是絕對不可能讓當事者過目，和知情的，因之我終於無法針對我毫不知情的事態，與執筆者對事物的反應——憑其甚爲主觀的、已成官樣模式的，剛由當時之前八年，民國三十八年大陸淪陷的慘痛經驗，這血肉橫飛的新鮮傷痕所得的教訓所擬定而訓練出來，鞏固復興基地淸除赤禍，因此過度敏感地演變到視文藝（反共八股式的東西除外）爲蛇腹蠍手，加於本能的排斥；抑或利用其爲宣揚政令視異己爲魔鬼加於無情的猛擊的工具——也無法以我不知執筆者到底以何種心態猜測我的心態所建立的安全資料，提出任何辯駁、更正，以閃避不知在何時何地就會被引爆，或繩人於法的無奈。只能像所有的人那樣把自己的生命，盲目地交給所謂命運。

「你的安全資料，雖然很糟，不過你空洞的自白書更糟。等一下檢察官會傳你去訊問，你要記得。」我所認爲的書記官頓了頓，隨著把音量降低，並下意識地稍側他的視線瞟了一眼，從高雄押解我們三個獵物的牛爺馬爺。他們正像把獵物帶到趕集的市場，準備脫手換得酬金的獵戶，坐在收押庭入口處，另一邊的木條長椅上，翹著二郎腿，抽著菸，不時地看著翻閱他們所創造的劇本，而由身不由己的我執筆並蓋了拇指印模的自白書，和在他們之前無法計數的，所謂安全人員所創造的有關我的安全資料的書記官，如蒐購土產野味的全買全賣配銷給閻羅王的專賣局的夥計，和可憐兮兮的我。

「你千萬要記得，你自己沒有做過的事，還有別人沒有做過的事，都絕對不能胡亂承認，也不可以胡亂把自己對別人的猜測加給別人，要不然，你不但會害了別人，也會害了你自己，會被判得更重。」書記官，以一種像似醫生，和神父的長者，與專家的關懷，在閱完我的安全資料，並蓋上卷宗時，微露幾乎看不出來的擔憂神色，對我如是說。

後來，我才曉得，這是受理庭時，絕無僅有的恩寵，許多受刑人都說我碰到貴人。然則沒有想到亂咬我的共同被告，卻還是緊咬著我，以至於我的翻供沒有得到實質上的功效。

當我被檢察官問過話，並推翻了在偵訊時經由恐怖的操作所逼出來的口供，胸前掛了一塊三分之一張稿紙的名牌，拍過囚犯相片，雙手塗上墨油打了指紋，成爲另一些安全資料後，被送入警備無比森嚴的，從來沒有人逃亡成功的，布滿尖銳破瓶片、鐵絲網、和崗哨的高牆之內，有個籃球場大小的水泥地——往後，等我隔日參與十幾分鐘的散步，才曉得，這片水泥地之所以面目全非，乃是被無數的死囚沉重足鐐之間的粗鍊子所擊打形成的——彼端，有座兩層巨大很像庫房的洋樓之中，以大腿般粗的杉木圍栅釘成巨型狗籠的囚籠裏，一個半面相識，瘦小的二十歲左右青年怯怯的招呼，對於這個後來才曉得他名叫陳三興的小傢伙，當時的怯怯，而矜持的無恥之進入我的感覺，乃在領取巨額編案獎金的獵人，就是根據大頭病甚重的此君，及其同學們之中的兩個人，顯然是被訓練來當奸細如在每個角落，遍布每一行業團體所已存在且生根壯大的細作團的一份子的部下所出賣密告，推舉陳君當頭目讓他過過領袖癮，卻害了我們施家家破人亡，且被獵人在偵訊時提到先父以及我們三兄弟，總會戲噓嘲弄我們施家是什麼革命世家等等（這種牛爺馬爺贈送的烙印，逐漸變成施家恒被誤會、（永遠洗不清的罪名，因而恒被追蹤）叫人啼不得笑不出的苦樂，以滿足就像那位頗具神父心態那般的書記官所提示過的：他害了別人，也害他自己先被判了無期徒刑，關了十五年，蒙　蔣公仙逝的恩寵特赦出獄之後，當然像我一樣地變成膽小的鼠輩，考上師大，不久剛畢業。而在當時他是以跟他哥哥學得的鑲牙師爲生，並可笑地以其害人害己的領袖慾的空頭領袖身份，亂咬我四弟是他的領袖，也咬緊我四弟兩個砲校同學，其一黃君後來分發到戰車營去當中尉，另一張君在金門與我四弟同當中尉砲官。更咬了就讀陸軍軍官學校的另一個四弟省立高雄中學的同學蔡財源，於是經過串連編劇，竟把陸官校一大批在校，和早已分發到遍布各單位的台籍軍官都蒙上了一層灰塵，因爲在我們之前不久已有一批陸官校的學生，由於被認爲有個台灣同鄉會的存在，抓了一些人，顧慮影響軍心士氣便也沒有以「叛亂」起訴，只以非法組織判了其中的案頭一、兩年，此君出獄後不久又給抓起來，歷經百般修理的結果，這個據說非常優秀聰明的人便成了到目前的二十一年後還是癡呆、瘋癲的廢人。放後半年第二次抓他時，他的大哥也入了籠。據說他的另一個兄弟在剛退伍要返家時，卻神秘地身首異處橫死在火車輪下的縱貫線火車路上，因之他的大哥和這個癡呆的人，就回了家。如果你們有興趣，到他家附近走走，經常可以聽到他拿手的淒厲無比的台灣民謠，免費的供聽，那些歌聲好像不是一人的獨鳴，而是千萬歷盡冤屈而死的幽靈借助他神智不清，一如乩童無意識地以其自動性技巧，好像某些抽象表現主義的畫家使用色彩和線條表現的繪畫；而他是使用了聲音、字義，與動作做那觸目驚心的表演。

至於蒙主垂憐的施家三兄弟的命運，實際上得自四弟高雄中學（我們三兄弟皆出自這個與台南一中齊名的學校）一個留級一年正好跟陳三興成爲同學的人所賜。這個郭姓同學被判了十幾年回家後，也成了半個癡呆的比我更恐懼的人，想到還有比我更恐懼的人多少使我臉上有光，心裏也舒服些，雖然這是自私的劣根性之一。據說這個郭姓脚色的毛病，連他父親一個西醫也無法治癒他，因爲當父親的人，並不是爲了痛惜一生行醫所賺取購買的房子地皮都登記給這個被判了刑，連帶查封沒收的產業，而是痛惜望子成龍，卻眼看弱子成因的心理摧殘，這種普天下的父母，無法代子受罪受苦的無奈悲慟，竟使其父由一個醫人的醫生變成一個病人，這個時代衆多病人之一……

經由那個郭姓少年介紹陳姓頭目跟四弟見面，以至於能夠促使領取串編更龐大的劇情之完成，進而導演、編排、選角、擇地、彩排以網羅當時遍布全復興基地各學府的大學生，及軍校學生，與服役的軍官以達成肥了獵人獲取的獎金，也許很使獵戶的子弟蒙其金澤甘露成爲另一批更勇猛的獵人，不過但願這些受過民主教育的獵人，會以理性、人道、公正、公平等大中至正的正義之心，善爲經營以寡敵衆的復興基地，以我們一千八百萬有爲的同胞每人扮演復興古中國讀書人諸般美德，如像鄭板橋做過那樣如欲養鳥便在屋前屋後多種幾棵樹，好讓鳥兒飛翔其間，而非把它關在籠裏。

當時對於文學藝術、身材面貌、品德格調自視甚高的我，怎麼說也不可能把當時還就讀於我的母校的這些後生小輩看在眼裏，不是因爲他們只是十七、八歲的小傢伙，而我當時已是「現代詩」盟主紀弦心目中的能詩能畫能酒能戀的美青年，而是除了醫病人之外，我在沉溺於詩畫戀愛和酒精的熱情中，不屑於理會其他俗事，就像絕望於光復後兩年的事變形成的體制，消極地不看不聽不理不睬的許多後來被整死的隱士那樣，當時我還不是由於怕，而是看不起結羣成黨的惡賤卑俗，因之對於四弟問我可不可以帶些朋友，到家裏來坐坐時，我雖曾忠告過他，千萬別亂交朋友，尤其剛從退伍不久以前的軍中，知道了一些生存於軍事統治的戒嚴令下，不得有多於三個人的集會，要不然，如果被密告誰在非法集會，小報告裏要是添油添醋，那是很難令人消受的，何況先父被逮的案例不也是明證嗎？可是對於先父仙逝後，除了名義上是戶長，實際上又是先父傳下的傷科診所的接棒人的我，當就讀於砲校偶爾返家的四弟的要求，執意非做不行時，我只能首肯。並吩咐女兒的媽媽，我的同居人，買些水果汽水等供給四弟，招待郭姓帶來的陳姓和他的同學們。

雖然就讀國防醫學院的三弟明雄，因在台北受訓，也有學校正式具文證明，三弟在被視爲上述唯一的聚會時（案發之前兩、三年），有著強有力的不在場證明文件，而此君及其同學基於他們脆弱的人性之利己，和愚昧受騙，終被羅織，也羅織了我。在偵訊中把我也製造成跟他們一樣可恥的工具，而咬了我的四弟（四弟在我之前一個月被逮，問不出口供，因此根據陳三興等人的緊咬，才抓了我來咬我四弟，此案才得於大功告成），並咬了根本不在場的三弟，可是當時爲了逃避修理與疲勞訊問等恐怖偵訊，以及爲了證明亟須洗脫被獵人逼出來的五個被我寫出的朋友的名字，跟我一樣是什麼都不知道的無辜，我只好以咬我親兄弟來證明我不能也不應該害了朋友，而我想到我三弟的國防醫學院，一定會證明三弟當時確在學校，即使禮拜天放假，以當時單程最快的車速從台北到高雄要費七、八個小時來說，絕對分身乏術，具有絕對可信的不在場證明，這應該會洗脫剛放了暑假的三弟（五十一年七月十七日，三弟在我之後的隔日被捕）的罪嫌，可是後來的事實證明，庭上不採納強有力的證據，而採用自由心證所據以採取的安全資料，和入人於罪的自白書，以及共同被告不利己口供（上述這三種入人於罪的時代產物，乃是二十世紀修理異己的政權無上法寶）。

現在讓我補述剛才已經提過，在我進入囚籠，陳君向我打了招呼，並提醒我，他曾去過我家，因之使我猛然記起偵訊的關鍵，乃是此君所咬的傑作時，我天眞地告訴他，我剛在收押庭翻了供，其實就以我連他都不認識的程度說來，我怎麼能跟他們串通成一夥搞「叛亂」（這時我的囚房正像其他囚籠一樣也有奸細在收聽以便密告，這是我後來才曉得的，這些留到〈密告者與我〉再描繪），現在讓我繼續描繪我爲何會說陳君在我心目中是個可恥的人的經過，就說要叛亂，我這種人怎麼說也不可能成爲他的部下，因爲一直到被抓爲止的施明正，在哪一方面都是頭目級的領導人物，從小學、中學、士校，我早年參與的生涯我都以領導者自居並被視爲理所當然，何況誰不知道四面是海的台灣島是全球最難叛亂成功之處。

可是當這個傢伙，隨之被傳出庭接受我的檢察官訊問，是否？一如我與三弟剛剛翻供所說那樣時，他竟又咬緊著我。當他不知恥地回房，並大面神的告訴我，他爲了要取信於檢察官，也許相信獵人應許他會使用政治解決，因他承認得愈多愈荒謬，愈有資格被目為政治解決的大對象，於是乎他便在挖空心思編寫常人任誰聽到都會為之心驚眼跳，在戒嚴令之下一定會構成殺頭罪的許多罪狀，而這個聰明的人竟會相信許多早已成為幽靈的人被騙相信，到頭還不是死路一條那樣地抱著可能判他無罪的僥倖心理。

廖南雄是他的結拜兄弟，同時也由於南雄在被認為在我家的聚會（他們說四弟招待他們的那天是開會，目的在協議所謂把陳君的組織，併入我四弟的組織成為聯合戰線，由我四弟統一指揮，眞是活見鬼的說詞）時，還是個十四、五歲的小孩子，因此得到陳君替他開脫的美果，後來只以知情不報判了兩年。

害了人又害了自己，卻幫獵人領取了巨獎後，陳君被判無期，其弟陳三旺判了十幾年（獵人會先問你有沒有朋友，誰能沒有朋友，跟著就會要你寫下五個朋友的名字，然後就會問你有沒有告訴他們，你說沒有，好，沒有就讓你好受，直到你說有，於是他們就成了你的模子印出來的樣子，他們在偵訊時必得重蹈你蹈過的一切，如果他受不了也承認了，他就必定最少判個五年，而你因他被判五年，是個叛亂犯，又因他是你吸收的，所以你便從五年的可能性變成吸收叛徒的人而必須坐十幾年的牢，這種方法用了二十幾年，還眞是彌久猶新，用這麼簡單的方式，任何人都可以把任何人判個五年、十年，因為人體是脆弱，人心是可笑的），出獄後以家傳的鑲牙師維生。

陳君的傑作之一是害死了一個在「二二八」後自首過的親戚宋先生，被槍斃。我與三弟蒙他所賜，以參加叛亂組織判了五年。四弟卻被陳君送上的高帽子，並以陳君所封賜的「領袖」判了無期。

林天瑞、許聰敏〔Long〕、凃先生……卻在被約談後無事地離去。

此後林君帶著二十年的恐懼症一如上述地生活，直到最近自由中國很像要創造經濟奇蹟之外，再創政治奇蹟應有的開明時，目前在美國以他解凍的健康，爲鄉土國家爭取世紀畫家的再出發。許君老是遺憾著沒有伴我坐過牢，卻在十八年後，以藏匿四弟被判七年，卻害我老是被跟蹤、被困擾於線民的密告等等安全資料之重建加厚及加強，等不知何時又要把我推入罪名的陷阱之運作。凃先生在我出獄後看不出有什麼異狀。據說，當我被逮的隔日，當時以ICI西藥外務員到處跑的他，來我家找我，馬上被便衣官長如獲至寶地訊問，他與我的關係，當他一如隔了幾天被傳到台南某單位去接受約談的許君同樣異口同聲說是我海軍士校認識的好友，並回答他們，我只是一個狂熱的文學藝術家。之後，他們雖然平安地回了家，卻在往後的一段歲月中，被管區派出所的主管，經常的關顧下，展開他們的生涯路，凃先生目前已是西藥的大亨，在許君被逮之前，我們經常聚餐歡談，而在許君被逮之後，凃先生連我的電話都不敢接了。也許他也怕安全資料再被點油做記號吧！

想到要是沒有這些遭遇，也許我還保有很健美的身材，和公子哥兒的逸樂習性，因此我的作品，說不定會因爲我沒有嚐試過人世間的極度艱苦、恐怖、悲哀、怨憤、屈辱、無奈等等有話無帝講的苦楚，對於同情人類的錯失、憐憫同胞的哀怨、體諒異己的狂妄等等人類崇高的情操，就不至於那麼執著熱衷地推舉它們，因而忙煞了繼續在建立必須爲了維持社會秩序國家安全所必須的個人安全資料的各路英雄好漢，以至於還像到處可見遍地皆是的文藝家們自私、苟且地躲在安全地帶酖樂於空靈、美色、甜膩的官能之追求；不顧同胞與人類良知、格調的喪失帶給人類最大的死對頭，那可怕的、巨大的、無形的、無所不在的，應該面對而不是逃避，因之愈躲愈糟，愈怕愈是助紂爲虐的極權之迷信，等等追逐與歌頌。

這樣說來，我委實要感謝贈送給我那被關五年再教育的洗腦，目睹同胞的苦難，以及身受折磨試練一如天主教徒堅信除了殉道者、嬰兒、聖人，任誰都必須經過煉獄之火消毒，提煉才能升天進入天國那樣，我要感謝牛爺馬爺等獵人以及從未現形的創造它們給我的賞賜者——這些無名功臣；以及害人害己，害我由美男變成很性格的鐘樓怪人的陳三興等共同被告的受難者，願大家爲二十一世紀世界的和平，人類大家庭的和睦相處，別再製造予盾、殺戮，爾虞我詐、積非成是、指鹿爲馬、你瘦我肥、站高樓看馬相踼；讓人人爲人人，就像搶救你的親兄弟、親骨肉、親父母、親囝兒，那樣捨身爲人，代父受罪、代子受死；這種托爾斯泰早在七、八十年前期許過解救人類免於浩劫、解除世界末日的重任，應由出現過孔子、老子的中國人提供救世如耶穌救靈一般的預言，豈非應由十幾億的現世中國人，人人有責，人人擔當嗎？

這樣想著，一片聖靈之光，必會，也已在冥冥中，披照到所有人類。願貧富、貴賤、美醜，都能同享這種脫胎換骨的自我修練，願每行每業，願孩子與大人，願妻子告訴丈夫，兒子告訴父母，父母告訴祖父，從現在開始在你的心中體現救世救你將來的子孫要居留的地球，是個可能改造得非常和諧之處，幾乎不是不可能建設得接近我們都會無可奈何的拋下他們在有朝一夕撒手西去的極樂世界，而在那裏苦惱地後悔著沒有在生前能夠多爲子孫修改良法，化解冤孽的時候，不趕緊爲後代適於和睦相處，集思廣益，分秒必爭地著手搶救地球免於浩劫，能夠這樣的話，豈非遠勝於偷搶欺詐億兆金山鈾海，更能造福你所獨獨關懷的親骨肉親子女嗎？

十一

六年前的民國六十六年六月十七日，四弟關滿十五年蒙恩赦出，並跟我找到本來要合開，卻又沒合作成的診所，經過半個多月的裝潢，掛出巨大「施明正推拿中心」的壓克力招牌後，二十二年不見的指導官，那位世界影奧瑪雪瑞夫瘋犬眼似的他，突然來訪。

看到我雖然早就沒了少年的美姿英俊，他也不曾提起我被關的五年乃是當然經由他創造的成果之安全資料所促成，小說家的我也沒有興起由他所間接塑造成鐘樓怪人之性格的現貌中的我，可能會感謝他恩賜之舉等等怒斥，就像我早已歸天入地的人類祖先，或是我們現世未死，可是每秒都在自然死亡或者橫死、冤死等等任誰都要死亡，而在死後，不管在地獄、天堂那永恆的相處中，誰還會計較生前的互害、互殺、互騙、互爭的不義、不仁、無德、無禮等等無道呢？

就在以禮相待中，雖然我一點也不再有過不好意思的意識興起，當時其實根本連想都沒想到，就在我二十六年後的現在飛筆清理我現世所爲的垃圾而寫下來，證明我以我的實驗性行動美學的實證體爲基準所創造的世界性垃圾文學獨特樣相時，才自然地興起上述不好意思的意識，即使就在知友不知爲何藏匿——這個人爲了拯救去年陸續放出幾個，已被關滿三十幾年的本來是無望，現在卻以愈來愈開明的全國上下皆想繼經濟奇蹟再創政治奇蹟的情況之前，幾乎爲了促使政治犯無期就是無期的道統，得於調整成適合二十世紀八十年代標榜民主自由的國體，終於又付出回籠的代價——我的四弟之後，我經常爲了被各種有形無形的跟蹤困擾所布滿的蜘蛛網所糾纏，曾經在三更半夜飲酒痛涕

以哀告　國父、　蔣公在天之靈保佑我們全國歹生活的人民，能夠在夢中垂青他們的信徒們，經由託夢的指導誘導他們，儘早建立一個不僅是喊了三十九年而是眞正的愛民、親民，而沒有怨聲哀啼。並以他們代表國家、政府的美好形象的肉身所圍成的活生生的柵欄，在他們日夜保護秩序中表現其無私、公正、公平、和藹，一如父兄之對其親生子弟、同胞兄弟那樣，免其子女兄弟在他們保護下成爲癡呆、瘋狂，或者如我這般恐懼的廢人。

因此我非常抱歉無法告訴來訪的指導官，我早年未成熟的胡亂答應，所應許過的諾言——乃是人應遵守諾言，這豈非我中國人的老祖宗以成語的方式警世、勸告、酷欲後代的子孫信守做人必須一言放出駟馬難追，因之不能胡言亂語，王二麻子，稱彩講講的；以竊取一時的譁衆取寵、諂媚上司、蠻騙臣民、欺詐兄弟姐妹親戚朋友——我終於無法告訴他二十二年前應許過他的話，而其實我一直都在想著美女、詩、畫、小說、推拿，因之我到目前爲止不曾在夢中，而是曾在白天或夜晚，心靈極度恐懼時頻頻呼喚哀告過那位他所崇拜的偉人。

可是當他看到如生存在中古世紀歐洲天主教控制下的，怕被異端裁判所逮捕受刑的人，那樣的我在我的巨桌之上，全屋最尊貴之處，供奉著三位聖明的玉照後，由於我所供奉的乃是他們的宗教的教主，他便和藹地表示他在台北市政府服務。並在翌日再來一趟，大約他已確定我從民國五十六年六月十六日出獄後，經由到處碰壁的落魄和求生的奮鬥中，十幾年來的安全資料，大致已是個遁世求生縮頭如龜的，不問世事的心靈傷殘者，便不再垂臨。

然而四弟卻在出獄後，熬不過雲林縣黨外女省議員（當時還沒當選）之夫×某三顧三弟明雄的診所，要求四弟出馬代其妻執掌助選幕僚的牛耳，因為×某也曾以無期關了十五年特赦出獄，也為了其他某些有朝一日，我也許會執筆的故事之代我化解某些戀情的疙瘩，參與我完全怕聽怕知，卻還是照樣以出獄後被保護的各種方式，得到政戰官們那種幾乎已成共性人物的同一面孔的來訪；而四弟就在那一次成功的選戰中，使被支持者以全省最高票當選。

這也許，也就布下了四弟假釋出獄，未滿三年，再度入籠而使他目前雙肩擔著兩個十字架似的無期徒刑，可是想到堅邀四弟出馬的那個家族，在四弟被判第二次的無期之後，也許也基於恐懼吧，卻從來未曾送給受難家屬一絲絲的慰問，以跟那些英勇的辯護律師羣的大無畏正成強烈的對比，留在史料中。

一九八一年的某一夜，快要再度捕獲四弟的前幾天，全國的報紙電視喊殺連天的時陣，陰魂不散的指導官竟又跑來問我有關十九年前經常到我們艇上的許晴富（當時的許聰敏），好在我不知道我的四弟被他所藏匿，要不然我一定不可能毫無懼色地提到，當年我們如何地在許君的砲艇，從基隆駛來馬祖換我們砲艇的防務時，剛抛錨，許君即手執兩瓶在瓶頸縛著繩子的烏梅酒，跳入海，而我也像他一樣的換上泳褲，衝入碧涼的海水中，互相游向對方，而在暗綠色的深海灣中，邊游邊喝著甜甜的酒，是欣賞著美男對美男，既無同性相斥，也無同性戀傾向的純粹友誼高貴友情的宣洩。

現在回想起來，當時四弟的行蹤，必定已經掌握在有關方面的網裏，而收藏的許君，他幾乎每天都會打電話跟我聊天，三、兩天即會與我見面一次。

而我不知懸有有史以來最巨額獎金以逮捕的四弟，竟會被藏匿在他家，可見許君演技之出類超羣，指導官的來訪，也許也是某一種方式的鑑定或查核，這樣想來，我之所以沒有參與過任何政治活動，也因我坦誠地把我自己弄成一個在太陽底下，不管從那個角度看我都會是一個透明的人那樣地，任由想要蒐集我安全資料的人一目瞭然，可是這幾年來，我們已經不勝其煩，也許單位之多，來訪者之衆，問話的千篇一律地無味，加上線民素質、態度的惡劣，委實使我們頗感不勝其超載之苦。

指導官在告別時說：

「過幾天，你能安排我跟許先生見面嗎？我請客！」

「不。我請。如果你想現在見面，我馬上可以打電話給他，讓你們聊聊。」

「啊！今天不用啦。我還有事。過幾天，我會再來。我走啦。再見！」

的。

「再見！」

送走他。心裏頗感陣陣寒意洶湧。不過這是一九八〇年的人權日以來就風雲密布著

從此，我不再見到這位指導官。不過我們無法逆料，我何時何地會再蒙他垂青賜見，然而卻在他的變形體的同一共性，不斷湧來的日常生活中，處處有著他的屬性的人物一再降臨，以保護著未被關起來之前，我們深愛的「安全」，乃是這一類無名功臣之賜予，卻是千眞萬確的吧！

——原載一九八五年一月《台灣文藝》第九十二期

島嶼上的蟹

苦戀劫

一

一九七九年十二月十日，本來也只不過是個一連串平靜日子的又一個踏實、無波、無驚無險的日子，就像技藝純熟的創造者按照他精心構想的藍圖，或劇本，等待砌上又一塊巨石在他有限生命酷欲完成的巨牆、巨塔，抑或雕刻一座荒禿的孤山，以成噸的炸藥，代替槌鑿，炸出一個臉、一尊像，或者一羣可泣鬼神，震撼人心的羣像，以修飾造物者創造的地殼，歷經風化、腐蝕、變滑、變鈍、變得不像山嶽，既無法寄生草木，以其排泄物—氧氣營養動物；也無法以其峻險、醜怪補益平庸遊客的靈視境域，以做孕育，觸醒無數代創造家的媒體。

我的既定航線，和塑造短暫生命那無限目標的日程表，在這一個歷史性的日子，被一個懷著熾烈無比的二十歲少女用她初戀之火，噴向我這個沒有年齡之感的四十五歲男人；更被一對夫妻因其顧全社會性的輿論自告奮勇地自薦，爲這個出自全台灣最大企業家之一的名門閨秀，由於患了無藥可救的初戀熱疾，而伸出援手，企望幫我治其心疾，解我這個終身不想結婚，卻又無可奈何地如不以結婚這一重大的自我犧牲，則無法救助這個愛我如斯之深，以至於深陷如斯困境的少女執著的灼戀。這對夫妻就是許晴富及許江金櫻，他們在二十八天以後不知爲何會藏匿我的四弟施明德。這個被軍事法庭，經過自由中國有史以來，最公開，也最精采，甚或也是轟動全球，一生被判兩次政治性的無期徒刑（二十一歲被判無期徒刑一次），因而許晴富在三十天後當四弟施明德於一九八〇年元月八日在其住宅被逮投了案，終於在數月之後，隨同另八名藏匿者藏匿被裁定爲叛徒的施明德而被同一軍事法庭，判處七年有期徒刑，其妻許江金櫻則得到合乎情理法的寬容，判處二年有期徒刑，緩刑三年。

這能說不是命運在主宰人的航程？或是人的航程被暴風雨似的驚濤駭浪所干擾，因而被折騰、被試煉；假如每個人是一條船，那麼在完成其成爲一條船的造船、試航中，豈能不把汪洋大海，那多變的季候、氣象，預先列入承受巨變震盪的力學結構之內。雖然人類承受巨變的能力，也像船隻一樣有其先天壽命的極限，這也許就是人類和船隻共同的脆弱性所呈現的悲劇，和無可奈何。然而歷史和史詩往往在記載並歌頌這些人在被折騰和試煉中，所表現的無比淒美、宏壯、堅毅、苦澀的悲劇性甘甜；就像苦瓜湯的去火，好茶的醒腦，和醇酒的振奮人心。

從南台灣高雄市那純樸的故鄉，到這個經常可以看到包裹在時髦服飾外的棻棻的多脂，或少脂的被養成肉雞似的人羣的台北來，已經四年一個月又十一天。

當時我以破釜沉舟的心情，口袋裏只裝著四百多元。和蓋在龍潭的兩棟賣不出去的兩層樓洋房，每棟三十幾坪。據說它們被蓋在鄉村計畫道路內的馬路上，由於將來有一條馬路會從這兩棟洋房的右邊的一角斜穿過房子，而在左邊那棟房子的對角穿出，因此賣不出去，也由於我執拗的個性使然，既不廉售也不出租，以做爲紀念和憑悼，陷我於如此困境，而又棄子施越騰結束三年同居生活的鄭馬利伊，帶給我們父子如此狼狽和艱苦的一面鏡子。

牽著一個虛年四歲的小男孩，和剛由高雄搬到蓋好一年多猶無水電供應的水田中的八棟房子中，屬於我每年繳付房屋稅的兩棟房子中的一棟去住了幾天。一生中最黯淡、惶恐，卻也在燭火搖曳、淒風彈奏竹叢，和眼看由於失母照顧，而我又正在治療病人，終於沒有盯牢他，因而在一個多月前，被高雄診所隔壁的地下鐵工廠，壓榨螺絲帽的兩人伸臂合抱的大齒輪，壓碎右上臂的骨頭，從杯口大小的那個無肉的洞上，每天我替他換藥時，可見碎成無數塊的破碎骨頭，那觸目痛心的傷口，正以無數無形的形態靜靜地煎熬著：一個爲人之父者無能代子受傷、代子承痛，爲何又要生下他來承受這苦難多於歡樂，歡樂極易腐敗人心，苦難有時也難於提升人格的世界來。

從龍潭的絕境迂迴地經過台北市南門市場，斜對面一家兩個外甥合開了十幾二十年的傷科診所，那頭十一個月零幾天，收盡光芒，不敢大展得自先父潤口師的推拿，以免打草驚蛇，遭人妒忌，在未廣被人知之前，即被外甥識破推拿工夫之所以高深莫測，除了先父苦心盡傳十三載，每日以其身做爲調教我的技藝手法的試藝台之外，涉獵中西醫理之廣之雜，也是獲致我完成推拿醫術的重大原因，因之這十一個月也就成爲我收斂光芒於學忍，然而懷才不遇的落魄感也在每夜就寢前的一瓶米酒中，經由感受來日成功的虛幻遠景之編織，得於聊慰每月不管吃，只拿四千五百元的低薪，那令人啼不得，笑不出的苦境。

在這種叫誰也不可能相信月薪四千五百元的推拿手，會有多大能耐的漸進下，我終於奇蹟似地在一年之後，被衆多神經痛的病患所接納，並被當做累行奇蹟療效的奇醫，被無數病患傳揚開來。

一九七七年六月十六日我的四弟施明德在被關滿十五年之後，由我經過一整夜寧靜的自酌狂飲，並寫下一首未發表的長詩以懷念他的種種無法用文字發表的東西後，受我邀請駕車載我去接我四弟施明德重返社會的人，卻是三年後（差八天滿三年），幾乎是同一天與施明德一塊兒被關起來的許晴富。

對於這兩個絕頂聰明的人，為何會做出被逮捕的事，連我這個自認為並不笨的人，委實也難以下筆，不過歷史應該會對於他們有所交代。

發生在一九七九年十二月十日的我的事件，並不是高雄美麗島事件。然而由於一個叫王順慧的少女從實踐家專的往校路上，跑到我的施明正推拿中心向我求婚，卻關聯到我辛苦建立於台北市的醫務。位於台北火車站前那條忠孝東路二段三十號的施明正推拿中心，由於它的建立是在四弟出獄後的第三天，和我一塊從報紙上抄下，出租廣告的地址，找到並租下。為了向合會標取二十五萬會款需要開出十幾張支票，而我又由於差幾天未能領取支票，只好硬著頭皮違反一生從不輕易向人借錢、借支票的原則，向許晴富借到支票（三週後，領到支票，即時還清），並順利地借到了這筆開業必須償付押金十三萬和裝潢費的一部分錢。而這一天王順慧如坐熱鍋等待許晴富自願到她家向其父母提親說媒，所度過的時間和心情。一如我抱著複雜的心情，無可奈何地領受這份最難消受少女情的啼笑皆非，所形成的異樣鳴奏。最有趣的卻是我屋外，鋪著大紅磚的人行道上，一棵擋住入口處的碗口粗細的相思樹，卻在三天後通緝逮捕那一羣施明德的美麗島核心人物後，由於溜掉四弟，在風聲鶴唳，草木皆兵的情況中被莫名地從膝蓋處鋸掉，而在懸獎巨額通緝獎金二十八天後，逮到正犯被受容者施明德及從犯藏匿者九名，並在判處了上述諸人的刑期後，門前白色鐵柵欄中翻掘成盛開花朵狀的泥土裏，赫然被栽下一株，初生的嬰兒手臂那麼粗的另一棵跟兩排相思樹的行列，極不相稱的如同大人的隊伍裏，整齊地羅列著，一個早熟的規矩的故做大人認眞狀的八、九歲的小孩，靜寂地站著，把他稚嫩權枝似的手抬起來，向籠罩在大都市上空，那恆常毒害人們的混合著過多的一氧化碳，和二氧化碳之外的遙遠的太陽，那帶給全地球以生命的降福者，致敬並招著手。

二

我無意識地拉著門口，那株碗口大的相思樹幹，胸口的激憤之火擴大著，在我更龐大的自我克制下，我頹然發現我拉不動它。驟然，我不露形跡，卻有點洩氣地，再加了一手在它身上，並把雙手往上挪，像似掐住某人的頸項，那離雄壯的腰身發力，而釘根入土的脚步較遠之點，我以全身之力，加在那看視較爲脆弱之處，渴欲扳倒它似地，我發出了吃乳以來積存的猛力，我撼動了它，但也僅僅只是晃動了它而已。在我心深處，一個小小的形象，那經常在譏笑我的自己，露齒竊笑，竊笑自己竟然忘了「拳不離手，三日無溜，爬上樹」的拳理。我看著身旁的沉的、烏雞，卻故意不去瞧一瞧造成如此敗局的許晴富，和他的太太。

我憤怒而無可奈何地瞧著人行道旁，一個空空，卻滴了幾點油垢的慢車道，那裏幾分鐘以前，還停著一部價值新台幣三百多萬的賓士四五〇。

那部車子橫蠻地載走了，一個已滿二十歲渴望嫁我的少女，她堅持要放棄父母許諾給她的一切身外之物，不想乖乖地聽其擺布，就像住在鴿舍裏，那成羣配對的鴿子似地，著手實施「背叛」擇偶之權不在自我，而在鴿主的這個事實。

三天前，剛送走一年級兒子施越騰，躺上床，就在睡意朦朧中，我被鳥叫的電鈴吵醒。

身穿實踐家專校服的王順慧，背著書包，一反往日的柔順，刁蠻地拉長臉，執拗地說：

「我無法待下去啦。」她放下書包，繃著臉說：「如果你不要我，我今天也不回家啦。」

人世間最辣手的事，莫過於勸解一個執迷不悟的熱戀者，抑或菸毒犯，或者民主運動的追求者，放棄他（她）們深墜其繭，擺脫其網，化解其險的這件明智之事。

「今天不回家，你要怎麼辦？」我心裏發著毛，叫著苦。

「我不要回家啦！」一如面對不能罵，也不能打，更無法被勸服的孩子似地，她鐵硬地說。

「不回家，妳要去哪裏？」我似笑非笑，明知故問地問著。

「如果你不要我，我只有去天主教堂，等著當修女。」她滿身是刺地衝刺著：「要不然，爲了怕牽連到你，我絕對不想告訴你，我去哪裏。」

「那怎麼行。」這一驚非同小可。雖然我已用天主教規，那先賢先哲研究出來束縛並保護天主教徒，爲某些無法適應受苦受難的人生，或許想要擺脫，擺在眼前，那現世無望的苦難遠景，免於長期忍受痛苦，以至於每每興起：長痛不如短痛地、快刀斬亂麻似地，跳樓自盡。我也繼承了天主教徒，勸人不得自殺，要不然永遠不得進入天堂的教規那樣，我頻頻地開導過三番兩次，突發異想，拒絕承受家庭壓力的這個身陷純情之災的少女。

也許是不忍看我一再地爲她的安全擔憂，她放鬆了緊繃著的全身，幽幽地說：

「我不會去找死。我就是爲了怕家裏的人找你麻煩，我才想到要自己找個工作，也好躲避媽媽無時不刻的疲勞轟炸的審問。我想我如果不能替你整理家務，我大概可以爲了耳根清淨，自食其力，去當個下女，這樣不但吃住沒問題，每天也可以多打好幾通電話給你。」

「不當閨女，當下女。這怎麼行，妳怎麼沒想到，妳家的人會來找我。」

「所以，我剛才不是說過，爲了怕連累了你，我不告訴你，我去哪裏嗎！」

「妳沒想到妳這樣做的話，也等於無法打電話給我？」

「對啦？可是有什麼辦法？」

「每天不通電話，妳能過嗎？」想到初戀女的痛苦，我不禁黯然。

「有什麼辦法？」凜冽之音響起。

「有呀！只有忍耐，再忍些日子吧！要不然妳會變成落翅仔。」面對豁出一切的她，我又重複著，這唯一離家出走，可能碰到的險境，我再次提醒她。

「又是忍耐，你叫我忍到什麼時候，是不是又叫我忍個七、八年，忍到我二十七、八。」看到我被轟得垂下雙肩，她收斂了她的尖銳，我爲她的溫柔體貼鬆了一口氣。停一停，她好像想到以往我提示過她的某些緊接著的話，刺激了她，以至於她接著又說：

「你是不是認爲等到那個時候，如果我還愛你，雖然那個時候，你已五十三、四，我也二十七、八，感覺上比較不像我們現在這樣，猛一看，二十歲跟四十五歲，好像年齡差得太多？」她冒著火的氣勢，像極了發著連珠彈土槍的槍膛，她紅著臉，不顧一切地說著。

我知道我已無法說服她放棄，想嫁我的這一個鐵定的決心。

「好吧！爲了怕妳變成落翅仔，怕妳自殺，我投降了。」

「眞的?」如果人的臉之善變，有個標準的話，她在這一瞬間所表現的突變，幾乎是超等的，由愁至喜，從苦至悅，烏雲散盡，淸朗到來之速，實非筆墨、言詞所能形容。

「當然啦!除此之外，我能有什麼辦法?結婚可不是妳的目的?」我無力地應著……

「對呀。」

「想到結婚，我的頭可大了。」

「是不是公證結婚?」

「嗯。」我只好頹喪地點著頭，漫應著。

半晌我告訴她，我會打電話給許晴富，請他當我們的證婚人，另外再找世紀大飯店的小開，那個自幼患了吱唔症，口齒不清，手抖腳跛，朋友介紹給我治療，沒收其錢，欠我情分的人，讓他有個機會還我一些人情債，以消除他來治療時經常過意不去地感到的尷尬。

然後我催她趕快上學，以免當天沒辦妥公證結婚，又曠了課，被其母發現，行動會被緊束得更不自由。

因爲我知道這兩個人都是「晚空鳥」。尤其是被電影界戲稱爲許博士的許晴富—Long，平常他非到深夜一、兩點，大約不可能上床，有時甚至於很難找到他。

可是她的態度，一下子又成了陰雲密布，僵硬著全身，好像我又要使個緩兵之計似地，於是我只好先打電話給 Long，把他從睡眠中吵醒，告訴他打電話的原因，終於知道他當天下午兩、三點要載他媽媽回台南縣的隆田，第二天晚上才會回來。Long 口氣惺忪地答應我，禮拜一（即第二天），他會替我們的公證結婚，當證婚人。不過，隨即，他的口氣一變而爲清醒的說：

「你一定要先存她的父母（台語意謂：先徵求其父母的同意），你一定要先請人通知她的父母，告訴他們你爲什麼要跟他們的女兒結婚，才不會遭人物議。」

「這怎麼行。這樣一來，如果他們反對，豈不是會引起她被關得更緊，打得更兇，完全無法解救她的局面。」

「說什麼！嘿，以你現在的成就，跟當年我替萬福啊，他們夫妻說媒的條件比起來，不曉得勝過他多少倍，你又不是不知道，結果怎樣？叫她放心吧！」

爲了怕她不相信，她沒聽到話筒裏 Long 的話，我遂把我的意思轉告 Long，並把電話筒交給她，請 Long 把剛才他在電話裏安慰我的話，複述一遍，以堅她心，以慰她愁。

送走又被 Long 肯定的承諾，鞏固了散沙一盤心意的她。我倒下去，企望睡眠的來臨，可是睡意一直不來，來的盡是夢魘似混亂的擔憂，擔憂我苦心經營，頗獲薄名的施明正推拿中心，會在這一霍然公證結婚的突變中，被她父母摧毀。然則要來的，總是會來，我知道，我知道，我已無法以一己之力去挽回我將陷入的陷阱。何況，這一陷阱，乃是我自願經由不可輕嚐的戀情之諸多漸變中，走近因果的突變所形成的。

電鈴的鳥叫，又把我從一團糟的紛擾、零碎的、似夢非夢的假睡中喚醒。我知道這是我兒子放學的時間，因為他的鳥叫，總跟他那尖叫，急促的聲音，極爲相似。不久他呼喚爸爸、爸爸的聲音，一定會跟著鳥叫聲，鑽入門隙破空擊來。果然如是……

每當離開他幾小時，聽到他的聲音，心裏總會升起一股莫名的喜悅，這種既甜美又溫暖的感受，幾乎支配了我這六年來父子相依爲命的一切，包括過著隱士一般的孤寂生活，和推拿時每秒必須付給衆多神經疼痛，痲痺的病患，以綿綿不斷的內力，透過指尖，一如修補雕像那樣，解除他們身上的病痛。

……

「最近我要公證結婚，你能當我的證婚人嗎？」我邊推拿著下午三點開始診療的頭一個病患，世紀大飯店的小開阿榮，邊問他。

「你可以找亞洲影帝柯俊雄。」他從生下來就患了手脚筋硬化，口齒極度不清的毛病，經過中視的小生張健的好友小梁介紹，已經讓我治療了兩個多月，病情大有起色，本來只能聽到一連串糾結在一起，不知道在表達什麼的吱吱喔喔的聲音，已能顯現出抑揚頓挫、有條有理的聲浪，介紹他讓我治療的小梁，兩年前在台南從二樓摔下，摔碎了一節腰椎，從X光片，可以看到受傷的那節腰椎，好像被巨槌，槌壓成半節，躺在逢甲醫院一個月，全身激痛動彈不得，到我施明正推拿中心，經我每天推拿兩次和敷藥，十六天即能起床，十七天學走，十八天就能外出打了兩圈麻將，因此相信我的推拿術，乃是人工物理治療中，最具功效的一種療法，所以當他認識了這個阿榮的角色，並深感由於他身罹這種長期痼疾，羣醫束手，並因其疾，上不得慈父的器重，下不得自己的滿意，心情惡劣時幾大杯紹興一入口，脖子、雙腿一軟，馬上可以像鼻涕那樣，從椅子上淌下地板，如果人手不夠扶他上床，他可以在你的地板上，一睡睡到翌日下午兩、三點。他就曾在我的治療床下，過了幾個夜晚，那是因為當我只有一個人，不敢冒著傷到我這一副承受不住搬動，他那胖胖的身體時，他曾賓至如歸地，享受過，是畫室，又是診所的地板。

「不用啦！」本來我是爲了讓他有個機會還我沒收他的治療費，給他的一個榮耀，可是聽到他那樣一講，我的手，好像有點脫力似地，覺得治療這個人，委實使我頗有浪費我有限生命裏，每天虛度在他身上的十五分鐘，已變成非常可惜的感覺。這種感覺使我的治療行爲，成爲一種酷刑。

雖然我不覺得施恩予人，必須心存受報，可是這麼明顯的拒絕，我有生以來，頭一次婚事的證婚人，加上我也不是找不到別的證婚人，這件事，的確，使我深深受到刺激，這個刺激，乃是由於本來我是想用這麼輕而易舉的方式，使他每天受我治療時，減輕他由於無法付出，原來介紹他來讓我治療的小梁也想不到的，他的寒酸，所給予他的難堪。

據說，他曾經爲了交友不愼，已被其父列入嚴加管束零用錢，達到極度拮据的程度，因之治療費的付出，便非常奇怪地，成爲他無法負擔的，一種幾乎是諷刺式的難題。

……

翌日是禮拜天，她只有假借買麵包的機會，偷偷地溜下大廈，在公共電話亭給我打了每天必打的電話，以慰她那灼戀的懷念。

……

今天一大早，她在我送走兒子之後來臨，看到她滿臉的喜氣，我矛盾的心情，愈發忐忑著。

雖然我知道，我已無法使用任何的言詞，遊說她放棄今天結婚的堅決念頭，也無法使她延緩她渴望結婚的激動，然而就像一個打仗的人，必先抱有絕對強烈的取勝心，才能打贏一場艱難之戰那樣，相反地，我是一個不想戰鬥的人，因爲我在人生的道場裏，已經遭遇了太多的戰役，我已疲於面對構成使其成爲戰役的大小事件，因此，我的生活，遂在我刻意磨滑的沒有稜角的、沒有風險的、諸多可以經由自我操作的旅途中，一步步一段段地推進，那是因爲我還要背負著一個八歲的孤兒施越騰之故。

可是，面對這個把結婚視為非達到不可的灼戀者，任何打消她既定渴欲追求的言詞與行動，不僅無法得到她的認同，甚或很有可能造成悲劇的傾向。

於是我半被動，而懦弱地投入一九八〇年十二月十日，改變我生活的戰役。

我打電話給 Long。

他太太許江金櫻，睡意頗濃的把電話交給 Long。

同樣被睡意圍攻著的 Long,告訴我,他昨天深夜剛由南台灣的故鄉,隆田開車回來，剛睡沒多久，我們的婚事，只有等他睡飽後，跑一趟王家，才能舉行。因此當他知道她的乾爸由日本回來，要跟她的全家一塊吃中餐時，他告訴她，叫她去參加，下午他會到她父親的公司去見她父親。

就像絕大多數閱歷不深的人那樣，她看到我既然那麼相信他，而平常也曾在幾次，聽他臭彈種種他的得意遊說艱辛婚事成功的例證中，她深信了 Long 的能耐。

而我正像怯場的演出者那樣，我只感受到一種能夠多延遲一些時間，上場去面對一場不是自己想要扮演的演出似的，懦弱，卻憋住氣，稍稍舒了一口氣般，暫時解除了目前的緊張，卻又墜入更深、更黏糊的、猶疑、躊躇的泥沼似的自我譴責，和蔑視自己的行為，那無能的痛楚裏。

看到抱著深信 Long 能夠替她遊說雙親答應她的婚事，或者如果她的雙親無法答應，我也會跟她公證結婚的這兩種想法。她幾乎已能從長久積壓的愁情怨念中，微露剛剛萌芽，即遭壓鬱的少女純情的喜悅。我心如刀割。委實不敢再視，這麼純於情，堅於愛，苦於戀，卻被禁、被阻，被其家族出自保護的心裏，任誰都會反對自己的女兒，嫁給一個多她二十四歲的男人。

送走她去赴雙親給她乾爹洗塵的午宴。我遂進入我不想迎接的，這個將要來臨的，人生史上最重要的婚禮之戰鬥。

不久她回來啦！然後，她一直催我打電話給 Long，而我總告訴她，讓他多睡些，直到心裏興起不忍再拖延爲止，我終於給 Long 打了電話。聽到遲遲沒人接的電話鈴不斷地響著，我的心好像定了一定似地，告訴她，也許他去吃飯，或者，他已去她父親的公司，說媒去啦，等等。

就這樣，我與她從午後一點左右，直打到三點，診所開始應診，又看那個使我下意識裏，已經無法出力，可是仍然不得不付出，今天對於我來說，必須多留一點力氣，以迎戰一場不想打，卻又被迫不能不打的悶仗的人，他當然是那個既令人可憐，又令我覺得其實應該被可憐的人，說不定不是家有幾億，有嬌妻，子女有母照顧的阿榮，而是我這無妻，又不敢娶妻，有子無母照顧，卻又不敢替兒子找個母親照顧他的我。

等我從 Long 與人合租的一室，以經營影片生意的夥計綽號烏雞那裏知道 Long 夫妻跟朋友在××喝咖啡時，我心裏覺得非常不是滋味，因爲我覺得他好像忘記，他已答應替人辦一件人家一生中，最棘手而重要的事。

不敢把心裏的話告訴她，我遂安慰她，再等些時候。我告訴烏雞，說我有急事找Long，請他替我聯絡Long，並託他務必千萬火急地代辦。當這個本是小梁手下的人，聽到我一向沒有過的如許焦急，他問我是否因爲財務問題，要向Long討債時，我告訴他不是。並把我要公證結婚的事，透露給他知道。

從此我才眞正地進入急躁的情況，說媒的人，竟優閒地跑去喝咖啡，而讓分秒必爭的當事者，處於熱鍋上，就像螞蟻似地，任由擔憂之火，緩慢地煎熬，這像什麼？不過，當我一想到Long這個人，在他這一生裏，盡是做些充滿矛盾的人的種種有說無做的往事，乃是我的咎由自取，怨不得誰的。這樣一想，心中的怒火，已平息了些。只好婉言轉告她，多等些時候，我再去找他。

可是看到一邊替我準備病患貼的中藥，一邊憂心忡忡的她，滿臉密布的焦躁、煩惱。我一面推拿病人，一面叫她繼續打電話找Long。並婉辭幾個病人，匆促離開診所，攬車馳往Long家，奔上四樓，又奔下來，這一趟空跑，只能算是做做樣子給她看，也給Long剛下了課的兒子看，以便Long打電話回家時，讓他曉得我們的焦急，和他的輕鬆，是多麼強烈的對比。

衝進推拿中心，看到她的焦躁、煩惱，已包裹在深厚的沮喪裏，那早來的哀怨，代替了本該開朗、清新的大眼睛，從那充滿無助、惶恐、擔憂的眼神裏，我深覺灼熱的戀情，已把那無邊無際，浩瀚無比，深邃無底的戀慕，籠罩在這個二十歲少女的心身，折磨她如此激烈，以至於令她幾幾乎喘不過氣來。

看到我，雖然鬆了一口氣，好像放鬆了我離開後，由她孤獨地獨撐一面，以抵擋，隨時都可能會被她的父母抓走的情勢，卻也從我的眼色裏，看出找不到Long，而顯現的惶惑，她不禁滴下幾顆眼淚，但是想不到的堅毅，卻不讓她多淌淚水似的，及時振奮了她，她默默地走向書包，費盡全力以重振脫力的雙肩般，她背起書包，靜靜，卻又哀傷已極地瞥了我一眼說：

「我走啦。」

「去哪裏？」

「不用問啦！」

要是用柔順的水，來比喻她的個性，這時她所顯示的水性，倒是一瀉千里的決堤水勢。我知道正面地阻止她，適足益增其水性的澎湃氣勢，於是我順著她……

就在這個時候，烏雞闖進來說：

「施大夫，二哥叫我先來，他跟二嫂馬上到。」

由於烏雞曾經是小梁的手下，而小梁又是張健的拜把兄弟，而張健是Long三弟的同學，因此他們都以Long在許家的排行，叫許晴富二哥。

「你找到他？」

「接到你的電話，我馬上到處找，結果找到啦。不過好像來晚了些。」見過不少世面的烏雞，一進來就看出僵在那裏，鬧彆扭的她，於是乎三言兩語地，替我化解了我窮於應付的場面。

我邊斟了一杯紹興酒給烏雞，邊埋怨著：

「平常不守時，倒是無所謂，你看，在這麼緊急的時候，怎能叫人窮等，甚至於連電話也不打一通，怎麼不叫人懷疑，他是不是忘記了，他答應人家去辦的事。」

「本來還要跟××導演吃飯，看到我便辭掉了，他吩咐我們先叫飯，他們馬上過來。」

她那無望已極的絕望感，打從烏雞來到，就像落水的人，碰到木頭似地，產生了無比的安全感。

跟著，她替我打電話向三舍飯館，叫了五、六個客飯。

這時沈的也來了，他是我的病人，雖然聽說他的職業是台電服務處的收帳員，可是由他鷹般的銳眼，和那敏捷修長的強壯身材，Long跟我都認爲，他可能是維護社會體制的安全人員。因爲湊巧，Long記得他曾在某些台灣電視劇的攝影場，看到沈的在那裏當過臨時演員，或什麼的。

有這種人經常在我們身邊走動，對於不想犯法的人，委實是一件天賜良緣。因爲，他可以使你感到不會被誣陷，也因爲有這種人常在身邊，你便不至於忘記身處戒嚴地區，不是因爲他抽的是梅花牌的香菸，也不是因爲他是河南人，而是因爲以一個二十四歲的年輕人，他所具有的耐性、毅力，和全身每個細胞張開來吸取你的訊息的那種機警，時時會使你不至於天眞到大談民主自由的種種問題，而不慄然一驚。因此，我頗爲不在意他在我的診所，一待幾個小時，甚至於邀他一塊喝酒、上街，等等。

Long 夫妻終於姍姍來到。

吃飽飯，他們問明她父母喜歡吃的水果和糕餅，以及住處，頗有信心地出使說媒。

不久，她媽媽的臉，便出現在我診所的門框裏，果斷，而不失禮地問：

「施大夫，阮阿慧，有沒在這裏？」

「在裏面。」停下正在推拿沈的脊椎，我指著臥室外，通道裏擺著藥罐、水箱的長桌說。

「我跟她講幾句話。」她邊說邊走進來，走過我身邊，走近坐在桌邊的她跟前，開始勸說起態度堅定的她的愛女來。

這時，我已感到 Long 的任務敗壞了將近一半，因爲，他怎麼能在事情沒談妥時，讓她媽媽跑到我這裏，而不先打通電話，通知我們倆，好讓她儘快離開我這裏，以免使她在她母親來到後，由於不跟她媽回家，去被幽禁，也無法跑開，而被抓回去痛打。

「施大夫，請借打一通電話。」她走近電話，像似不答應也要打那樣，反正，這通電話，一定非在這裏打不可，要不然，她既無法勸走她女兒，也無法盯牢不順從的女兒，獨自走到公共電話亭，去打電話，要她丈夫來把不想回家的女兒帶走。

「請吧！」事到如今，不瀟灑，便會鬧得更僵，更難看，何況，我們施家的人，雖然在我們這一代，不能跟王家比財富，到底還有醫術、詩、畫、小說、和坐牢的紀錄可以阿Q式地比一比。

「她在這裏，快點來……」說完話，咔嚓一聲。掛斷電話邊說：「多謝！」邊快步走向後面流著淚的女兒。

當然我不是那種會在這種場面，製造阻擋她，以便讓她的女兒跑離我診所的人。雖然我看出她打電話回家的用意，以及她速打速決的態度，皆在防備我與烏雞、沈的，這三個男人，萬一可能製造上述的情勢，實在不是她所能抗衡，和化解的。可是，我當然不會這樣，雖然，如果我請烏雞幫忙的話，大約不成問題；可是沈的，就大有疑問。

這些分析，好像是事後歸納起來的，因爲，當時我之所以或許有過那些念頭，斷然不是我做人行事的主流，其所以在此剖析它，乃是我這四十幾年來，不斷追求，不斷自我養成的課程中，逐漸形成的一種癖性。

透過這些癖性，人們可以親近神祇，也可以變成魔鬼。

早年，當我在敬畏天主，崇拜耶穌，景仰聖母瑪利亞的父教下，慢慢成長到，造物主製造我們世人，都會因爲體能的發達，達到思春具慾的程度，於是乎，在平時嚴格教規的緊束下，夢裏頻頻的違規，竟也成爲酷慕聖人，苦修士的我，在那三更半夜，透過窗戶吹入室內，撫摸我被無法控制的綺夢，誘出童男精液的夜風，那凜冽涼意迫醒。這些無可奈何的煎迫，不斷地反覆在夜半的驚醒，聖堂尷尬的告解，和愈墜愈深，越抗拒，越纏你的夢境中，遂把一個冒瀆神祇的少年，推給魔鬼，使他乾脆不當好話說盡，壞事做絕的僞君子，那偷偷摸摸、虛情假意、獻媚密告以飛黃榮耀的人。

經由把無法自制的夢境，歸咎於自己的犯罪心態，那既可愛，又可憐的少年期，有些人便會產生一種自虐的傾向，往往會把自己言過其實地，嚴厲無比地判於重罪，於是魔鬼之名，便在聽你告解的神父那裏，飄入你的意識，當你發現你的確無法抗拒其實任誰也無法控制的夢境，反而變本加厲地一再重犯時，你的犯罪意識加深，你爲了不想褻瀆神聖殿堂，你遠離了祂，而在遠離祂之後，或許你便會，由於你下意識的犯罪屬類的驅使，使你走向你以爲是你所屬的魔鬼的族類那裏，可是當你歲數漸長，閱歷更深，日夜追思苦了你一輩子的這些罪與罰的問題之後，你會恍然頓悟，你已因爲自令爲魔鬼，而在魔性的神通下，你日積一非莫爲，慢慢地也許，你會走出魔界，漸近神光，終被神祇所眷顧……

為了家有變故，盡關招牌燈，以婉拒病患，並深鎖的門，又被鳥叫聲啄響。其父，一個結實的五十男人，師大體育系畢業的董事長，頗有威儀地，跟著我打開的門，說：

「失禮，打擾你。」隨即，急步走入診所，走往後面她的所在地。許晴富夫妻緊跟在他後面，也走進來。

眞是「請鬼拿藥單」，求醫的我們，竟託許博士，請來了閻羅王，可是我心裏還存有某些僥倖，或許其父，要當面問明她是否自願嫁我；抑或許博士可以在其父母確定已成年的女兒，願意放棄一切，而結婚時，幫我們說幾句緩和尷尬場面的話，以達成他說媒的任務。

可是，一切竟是如此簡單、明確，許博士夫妻站在我的左邊。遠離其父母，和她竟有一、兩丈之遠。我瞪眼看著兩邊的人，再看第三類的人烏雞，他已跟著其父走近她，吃喝過我晚餐的沈的，卻垂手站在離我身後頗遠之處，看著熱鬧。

「阿慧，回去。有什麼事，回去商量，在這裏無法解決事情。」嚴厲之聲，低沉地迸出。看她不動，其父遂急步趨近，怒極猛拉其女，烏雞眼看弱女猛被拉傾其體，閃身挨近，其母怒叱烏雞：

「你要怎麼樣？查某囝阮的（台語：女兒是我們的）。我們要拉回去管教。」

傾身倒地的她嚎啕著，把烏雞的小腿，當做溺水者手邊的木頭似地摟住。其父猛力踢出右脚，像似球場的足球健將，目標正是自己的女兒，她的頭、耳根，和脆弱的脖子。不絕於耳的哀嗥，伴著被其父攬腰挾著，拖著的她，那求救而無人可救她的眼神，表露著恐懼、惶惑、悲哀、淒絕與無助。

自始我即以想要呼喚 Long，或任誰代我替她解圍的無奈心境，無助、無言地環顧朋友們並與其父保持兩公尺的適當距離，以免被她父母誤認我會出手阻止，他們教育自己女兒的家務事。

夥伴們，也許由於我的無為，而楞在那裏；也許由於拿藥單去買藥的人，買回來的藥方，雖然是霸道已極的藥包，因爲別人不知藥單的處方，以及藥方的藥性、藥效，所以不敢揷手於阻止霸王藥，是否應不應該被病人承受。Long 的夥計，烏雞密切注視著 Long 的神色，我卻無能地任由碎心、割喉的哀嚎，隨著她被繼續拖著的，無能的雙腿，和那無法以言詞求助的眼神，吸引我，尾隨著她，想呵護她，又無法伸出一根手指，爲了一伸出去，便會被誣指爲暴力的行爲。雖然解救她被拖著走，像拖著拖把，乃是阻止暴力的理性行爲。

就這樣，像橄欖球員把他成年的女兒，球似地挾拖出去，淒厲的驚心哀鳴繼續著……

不知是誰，去開了深鎖著的鋁質大門：也許，我下意識裏早已意料到：其父的來臨，必然會把女兒拖走，或是今晚的戲目，最精采，而決定性的演出，正在上演，而這道門，乃是入戲與出戲的關鍵所在，或者起碼也是主角必經之道，因之，隨著戲碼的需要，不再深鎖。可是如果沒鎖，也應該要打開那道半自動的大門呀！那麼，又是誰，替挾持者開門的？是她媽，或是沈的，Long 夫妻，抑或他們的司機，或者，爲了不讓她多受恐懼包圍的罪，因之爲了提早結束她的活受罪，我由尾隨著，被背負的十字架似的她，那也許以他的心態，和立場也頗像耶穌的父親，微微地洞察了他的苦衷，然後不知使用何種方式，在難於穿過任誰，而不引起誤會的情況下，超前打開門戶，哀送她的出去，以提早結束她被拖的痛苦，和屈辱。

一九八〇年十二月十日夜晚八點半左右的台北市忠孝東路二段三十號門前，一如平常那樣：恬靜。那是說以一個住在都市，而不想被都市的嘈雜傷害，他很可能會被訓練成畫家似地，不看他不要看的空間、景物，不聽他不想聽的聲音。

我門前的人行道，並沒因爲她不斷的哀嚎，圍聚著人羣，這也許是人行道前，四線道的大馬路，正有車光聲浪，梭行不絕之故。

在闕熄台北市有數的大招牌：施明正推拿中心壓克力內的光線照耀下，門前的幽黯，好像也付出了背景配光效果的一份職責。

絕對不像虎頭老鼠尾地，她的嚎啕，和拒絕被押解回去之聲，繼續澎湃，衝激著空間和時間，當然已烙印在當事者的心版上。

左右鄰居，由於冬季，也由於文市（台語：公司、行號批發之類生意，不屬於長時間營業的鬧市──武市），大半已關了門，沒關門的也因爲防備北風的吹襲，關緊鋁門，放著暖氣。

銀灰色賓士四五〇的右後門，被司機打開。扮演著類耶穌似的他，一時無法順利塞入他挾拖著的、傾斜的十字架，因爲她的左手拉住了轎車後座的門框，雙腿僵直地釘入柏油路，拒絕如水流入車內，右手伸向，扮演著小丑似的我，爲了烙印她的淒切哀絕的眼神，和無助無奈的弱身，我半蹲半坐地，以放屎馬的拳脚步伐，與她同沐在悲哀和屈辱裏，突然，我已顧不到雙方衝突的危機，卻堅定地，以半個小箭步，躍上前，左手撿起，她右手習慣性握著擦淚抹涕的粉紅手帕，右手急速拚指勾住她放掉手帕，向我伸長的手指。

「你要做什麼？」宛如戴著塗抹厚粉面具的她媽，厲聲叱問。

「只要說聲再見。」我反而不可思議地輕聲細語著。並把不曉得是她無意，或故意掉下，以留給我做爲不祥之分離的手帕，急速交還她的手裏。瀟灑地向卡在車框中的她，那代表追求灼戀，鍥而不捨的十字架，投個注目禮，然後，閃身後退，放鬆地蹲在被塗著白漆的鐵柵欄，圍繞著的，那棵碗口大的相思樹下。

透過三尺高的鐵柵，和柵欄裏的相思樹，我看到，不知何時，已滑入車內，雖然她仍被挾持在那個人的懷裏；雖然哀嚎依舊，雖然淒絕的眼淚，不斷地湧出，更像灌滿哀氣離情的氣球，迅速而清晰地膨脹，以至於留給我無限的哀楚、憤怒、以懷念深蝕在我心版的，她那令我至死無法磨滅的慢動作影象……

跟著賓士四五〇的駛走。無形的氣球炸開了。

留下意識到自己的，幾個早已變成觀衆的演出者，楞楞地或先或後地，甦醒過來，並開始爲自己的失職辯解著……

我辱極地站起，怒極地伸出右手，抓住相思樹，突感不能發怒，而又無法不憤恨地，用力往懷裏猛拉著相思樹，我扳不動它，因爲相思樹，被關在白色的鐵柵欄裏，於是我意識到我面對的相思樹，已被強有力的財閥的鐵柵欄所禁閉。於是我伸出另一隻手……

……

憤恨地走進我的推拿中心，看到她依靠過的長桌上，擺放的剩菜、髒碗，怒火不禁飛騰起來，我帶著不屑，瞥視在場的衆多夥伴，最後我看到我的兒子，施越騰，正以超越他那八歲智能和感性的憂悶，與無奈，伸長著他稚嫩、細小的手臂，透過無形的空間，撫觸受創頗巨的孤寂爸爸，沒發一言，猶勝千言萬語的臭彈，這給我無限的力量，不知爲何，我遂深深地感受到，已開拓了的，自己的推拿中心，不也可以用來印證，並指導自己，尋找一條解決這種棘手的問題!?那是說：別靠別人。一切的成敗，完全決定在你自己。因此剩下的只有鬥志的問題。正像學拳如無假想敵，學拳的意趣必定索然無趣一般。

Long 的馬後炮，砰砰地響著。不過由他發出的砰砰聲，我已知道，今晚他已面對了一個使他成爲無用的人那樣，不能有聲有色地，隨意發射他那不納稅金的洪嘹炮聲，轟隆、轟隆……「明秀，你眞差勁，剛才你應該向他下跪，以阻止他踢他女兒，這樣不但表現了你對她的眞情，也使她覺得你對她的戀情負責的態度。」Long 一進門馬上先下手爲強，以責備我來遮蔽自己的挫敗。

「……」對於可以把黑說成白的 Long，我跟他辯論的最好方法，就是顧左右而沉默。

「我就知道，我沒準備好。」Long 的獨白。

誰相信你沒準備好，開玩笑。你一向是不需要準備講詞的人。除非你把他看得太大，攪覺你攀配不上他，可是這種例子，舉起來可又長了。因爲，你不曾碰到過這麼匆促出使，對方又完全不理你，而在你與他的任何既成事實方面，他又如泰山壓頂似地，使你仰之彌高，怯之愈切。我想你是被你的自負給誤了。你沒想到，從前你碰過的巨星、財主、大導演，是在你無所求他們的情況下，他們沒有排斥地、緩緩地、一如消遣似地，聽著你的巧言宏語，以至於深墜你那無害的清淡沙灘，去享受一次郊遊，抑或欣賞一場免費電影，而又發現樂趣無窮那樣，肯定了你的角色價值，然則也僅止於他們要你扮演的，那種對於他們絕無害處的角色而已，因此，你的整個一生，不就在取悅，一個階層的頂尖人物，再經由那個寵你的頂尖人物，升高到上一層頂尖人物。以矇騙自己存在的價值，並磨損了你本來可以不必只爲娛樂一兩個對你無用的人，付出你的一生。你應該是屬於全世界的觀衆，需要共享的，極度稀罕，難求的表演人才。

「我從來沒碰到過，這麼難於跟他講話的人，在我說明來意之後……甚至於連交換名片的禮貌也沒有，別說我的名片連瞥都不瞥一眼，也不請坐，直到他反問我們。」Long用拇指，斜指著身旁的妻子，搖頭微露苦笑繼續說：「如果你們二十歲的女兒要嫁給一個年齡相差二十四歲的男人，你們答不答應。」他好像提到一個事不關己的笑話那樣，竟也禁不住笑了一笑，然後跟他妻子交換了一聲幾乎聽不到的微歎：「我們當然回答：我們也不會答應。」許妻點頭，證實他先生講的話，並發現最後這一句話，對於請他們去說媒的當事者，所造成的意義時，略爲尷尬地，蹙了蹙眉，與她丈夫傳送了一個微露歉意的眼色，Long的自白卻漸入佳境般滔滔不絕起來：「她父親這才把坐著的身體，移向前，並叫人倒茶，遞菸，並交換了他的名片，看我的。明秀，你知道，我如果不這樣先贊同他的想法，根本無法跟他講話，還談什麼溝通。」然後，好像自我陶醉於回味又一次征服了一個有地位的聽衆那樣，他自滿於剛才那場對於他的辯才，甚爲出色的表演：「首先我提到你是個絕對看不起錢的藝術家，因此你絕對不是爲了這一點，跟他女兒結婚，對於這些，和對於你的才華，他也表示過沒有異議，他反對的理由，只有一點：年齡相差太多。他不想讓女兒當年輕寡婦，因此就憑這唯一的理由，什麼都不用談了。當然我也告訴過他，你是個不想結婚的人。因此，這一次的求婚，其實是他女兒的意思，所以如果要反對這樁婚事，只有把他女兒送出國，要不然，父母怎麼反對，也無法阻擋一個陷入情海那麼深的女兒……到此爲止，我總算獲得他相當程度的信任，你看！他還拜託我，在他下週出國赴菲，接受菲律賓總統夫人邀請的行程中，阿慧萬一有什麼問題，還要請我多多照顧。一說完，他不知道我們自己有車，本來要我們跟他一塊坐他的賓士四五〇來這裏。」說到這裏，Long 甚至於非常滿足於他又完成了一件使他幾乎要雀躍起來的妙事那樣，全身透露著壓抑的欣悅。

之所以需要壓抑者，乃在他所感受到的雀躍、欣悅，是在已經成爲過去式的時間裏，在有別於這個空間的場景，和不適合感受如此愜意且剛剛相反的情況下，所感受到的。

也在我的沉默，智者的沉默，因爲誰也不能妨害，並阻止雀躍者的雀躍、除非自然地斥責沉醉於歡欣、雀躍中的兒女。

應該埋下憤怒，隱藏離情，收斂責問，成爲一個卑賤滾地的圓球。我，而我，的確無法如此這般地扮演這種角色，於是乎，我繼續猛喝三天來，一直沒絕對清醒過來的紹興酒，酌量的，由本能的舉杯，啜飲，以至於對於自己的挫敗，不做無謂的獸鬥，更不做可笑的掙扎。

我既不感謝 Long 的成就，也不正面指責他的世故，雖然我大大地絕對不以為然於他的處理今天之事，然則對於寡於知友，且當我刻意的企盼累被推辭，終被其接納如許艱辛，而不討好之事的知友，又做如是表現的現在，我又能如何？

箭流的鯉魚

頭一次看到 Long，是在一九五六年二月，當時他在衆多剪掉頭髮的光頭羣裏，已顯現他出類拔萃的俊美俏姿。

之所以說他俊美，並以俏姿形容一個男人，乃在他姣美的臉部整然的輪廓，猶帶著柔嫩的女性化，過分美好的、無瑕疵、無皺紋、無鬍鬚，也沒七、八年後長粗，長長的濃眉外形，除了與我具有同樣被二十幾年前，台灣的母親們，共同接受並力行的撫育嬰兒程序的常識，那不得習慣於單一方向的餵乳，以免在嬰兒初生期間，因其頭骨的柔軟，造成後腦部偏向某一方向，而在習慣性的壓抑中，形成一生無法矯正的頭形及臉形的塑成。

因此，嬰兒的仰睡就在母親們的長輩，不斷督促和提醒下，成爲講究下一代子女外表的父母們，可資塑造自己兒女的外形之一種後天性方法，風行著。

遵循上述的哺乳和睡姿，所塑成的頭型，必定會使兒女具有後腦部由頭頂，至露在頭蓋骨外的第二頸椎之上一寸左右的枕骨，形成刀削一般的平面，一如我們面壁所視的牆壁那樣，假使我們靠近其後腦，幾寸之遠。

這種從任一左右耳朵的方向瞧過去，都會發現後腦像高雄的半屏山那樣的「扁頭」，也許在當時已風行過相當時日。當然，絕對不像髮式與服飾的風潮那麼短促，和過期性的循環善變。

在那麼多剃著光頭的二十歲男人中，他的「半屏山」那扁頭，正像一面鏡子，吸引著我無限的關注，因爲我也有被父親屢向親友誇獎爲母親督導有方而被乳母力行的扁頭，在我十幾歲之前不知已重複了多少次，由父親甚爲嘉許和滿足的父母交換樂在無言的笑意裏，得到東方的台灣模式完美頭型之肯定。

可是，就在十五、六歲那吸收浪漫的西洋文藝與電影，並被其中的男主角，具有形成長方形臉部輪廓，那必須在嬰兒期以俯睡，促使嬰兒本能地以左右頰，交迭換位，得以塑成長方臉，和剃了光頭，更能顯現美感的圓圓的頭型，一如尤勃連納。因爲他具有東方蒙古人的方型臉，再加上西方嬰兒的睡姿，終於形成那麼完美的頭形和臉形的結構比例。不像純白種人那過分狹長的圓頭，和長長的臉型。

當我們成爲知友以後的 Long，竟也跟我同樣對於扁頭不適合於剃成光頭，抱有同樣敏感的審美嫌惡。

促使我看到 Long 的頭一個印象，並吸引了我注意他，大約是從他沒有頭髮遮蓋的扁頭開始，跟著令我執著地，不能擺脫地，繼續在每個月增加兩百個光頭羣中，尋找他，並馬上就能看到他跟我幾乎是物以類聚的俊美臉型，幾乎成爲我一生中僅次於二十八歲坐了五年的政治牢，這影響我一生頗爲重要的團體生活，給予我的一切形成，甚爲重要的入伍訓練。這對於嚮往絕對自由形式的詩人、小說家、畫家的我，顯得非常枯燥、非情的生活，以些許的個人色彩，並以這一微小的異色，像酒母那樣，使我被徵調三年的海軍生活，成爲非常浪漫，異常富於詩意，而回味無窮的抒情詩。

當時的 Long，也許早已意識到自己的英俊，總是倨傲地鶴立雞羣。而我非常之早熟的「愛戀自我」的英挺俊美，以及戀慕一切詩人、畫家、小說家，和史家給予我的開導，且磨銳的心眼以非凡犀利的評審、剪裁，和囊括。遂令我在緊張的爲期三個月的新兵入伍訓練，絕對嚴厲和無色的單調生活中，跟我入伍前半醫、半追求詩、畫、小說，賦以無時不刻籠罩著綺美戀情的多彩多姿，形成另一種異質的堅硬詩調。

與我這個可以在任何逆境愜意地生存得異常舒適的人，比起來，也許在那個時期，他還具有純眞個性的稜角，Long 在頭一次，我們海軍第一梯次常備兵可以在禮拜天，接見家屬親友的機會中，被剔除。因此他滿不在乎地，成爲服役於海軍常備兵健兒中，頭一個被關禁閉的人。

對於大多數守法成性的台灣青年來說，甚至於連未入營以前，摻雜著由三教九流中的末流，那些地痞流氓匯集一營的軍中生活，以其鐵的紀律，絕對剃光頭、穿戎裝，和不間斷地促使體力消耗殆盡的基本訓練，在在都在促使二十歲的強壯體魄耗盡體力，和少有餘的時間，去胡思亂想，並因之減少調皮搗蛋的行爲。

可是，Long 總能以他聰明的腦筋，和靈敏的動作，在操練上，偷工減料，只以形似，蓄存十分之五、六的精力，以繼續他緩步、急躍於人生的旅途。

跟他異技同屬的我，不知是巧合，或是什麼原因，卻也能在拚命認眞到幾乎像傻瓜蛋那樣，聚精會神地遵循教官的要求，徹底地付出十成的體力，以令從小精於動作美學的拳術之我，經由操練中感到舒暢的力之甘美，並因之獲得榮譽。

不曉得是由於上述的因果，或是由於我剛入伍，未剪掉鬈髮的頭一天，還穿著當時少有人穿的時髦西裝，抑或班長在排成粗具隊形，那十二位一排，三排一隊的隊形中，檢查每人帶去的包袱和口袋的私有物，竟發現，我除了4B的兩打素描鉛筆、畫簿、削筆刀，和幾本翻譯的現代詩、世界名著之外，好像還有從小開過刀，仍未痊癒的鼻蓄膿所需要的一整包衛生紙。由於檢查我的班長，竟是酷嗜現代詩，這一上癮，就像抽上鴉片那樣，難於擺脫的嗜好者，我遂幸運地被他所眷顧，以至於被排在他的班裏，並在他幾天密切的關顧中，順利地被認定，因之被派爲他的副班長。

也許是由於我被嗜詩班長的賞識，在嚴格地禁止外出的入伍訓練期間，能夠特准外出，返家從畫室裏，帶回用慣的高級畫筆、顏料，以主持並主筆於屢獲冠軍的壁報創造，和嗜詩班長，教了一遍便交給我，帶到樹蔭下，操練的異色行動，吸引了Long，這個高傲到幾乎從未見他與人打交道，一如我也從不把珍貴的、有限生命裏，並不多的時光，浪費在對於我，總會覺得跟些沒有素質，對我沒有營養的人閒聊，不如獨坐冥想，獨立觀察，蹲厠閱詩來得有用。

因此，我在嘈雜的團體生活中，能夠毫不被雜質同化地，浸淫於孕育我成其爲文學藝術家的閉關修練裏。雖然我總會有禮地跟隊友、室友簡單地打個招呼、點下頭，並參加了各種拿手的球賽，比如足球、排球、桌球等等。但是說來奇怪，開頭總不單獨跟人打交道的Long，卻總是以他學什麼像什麼的維妙維肖的瀟灑動作和幽默，機智的妙語，語驚全體，引發波濤似的笑聲，就像突然的，即興劇的演出那樣，他總在出人意料的場所，意想不到的時間，以料想不到的速度，開場演出他獨特的獨幕劇，沒有劇本，沒有導演，有的只是他身兼數職的、得天獨厚的、獨創式的，魅惑了人，馬上掉頭不顧他人，就像他剛才的言笑，不是對你、對誰，而是他自己在消遣自己，並以消遣別人，來滿足自己視聞的感受一般。

接受過鍥而不捨地追求萬物的形意，以營養自我靈性，成其爲詩、畫、小說家的一個自認爲巨蛋的我，大約是頭一個星探似的，發現他具有表演天才的純藝術家的人。在看不到電影、電視、話劇的入伍訓練中，他抒情的演出，無疑地成爲士校生活的異色，娛樂過當時幾百個隊友同學，卻也使他被目爲團體生活中，必須加於糾正的角色，就像馴服的羊羣中，那頭獨立殊行的羊哥，如不加於密切監視，便有把這羣羊引到羊主不想羊去，卻可能有一天會發現，羊羣已被引去，糟蹋一畦蕃藷園的顧忌。

於是他在充滿猶大、尊敬猶大的地方，命定成爲問題人物，而加於嚴加考核，終於他被包圍，被純粹被他娛樂過的觀衆，也被猶大們。由當時他的瀟灑，我曾有幾次很想警告他，提醒他愼爲自己的純眞披上保護色，可是當我看到諷刺猶大的即興劇，竟被他列入戲碼後，我知道以我的能力，已經無法正面規勸這個喜歡玩火的玩世不恭的人。果然，他榮幸地，起碼我覺得他自以爲非常得意地，成爲全台灣服役於海軍常備兵第一個被關禁閉的人。

從此，開始了他小過不斷，大過不犯，以身試法逆水搶流的鯉魚似的，充滿了刺激性的服役生活。

直到這個時候，他僅僅只是我心儀的人物而已。因為究竟，我也是個自負的人，除非順其自然地，被適當的機緣所安排，我到底不是那種非要結識某某人，而使用技巧，像寫小說那樣布局、執行，以完成目的的人。

也許命中註定非要與他結下不解的緣。我終於頭一次跟他講了話。其實，當時口裏已講不出話，我首次跟他講話，並非用嘴，因為我的嘴巴和喉嚨，正在擔當更重要的使命，它們正像抽水機那樣，幫助細小，已顯得不大管用的鼻孔，吸著氧氣，吐著二氧化碳，以排泄體內過度燃燒著的熱氣，我以他看不到的眼色，和幾乎要脫力的手勢，向他致意，而聰敏如他的名字的他（當時他叫許聰敏），竟能在迎向搖搖欲墜，雙腿脫力的我，並敏捷地以右手攬胸，抱住我，然後輕而易舉地把我一七二公分練過健美的身體接住，使我全不用力地把自己的身體交給他，並輕快地順著他抬著我的左手，把他的頭迅速地揷入我的左腋，順勢將我往前傾斜的身體，做了九十度的迴轉，使我面對我剛剛跑完的萬米長跑，讓我看到我來之處，正有稀稀疏疏的脫力者，拚命跑向我已到達的終點，做出如我一般盡力付出全身的力氣，以完成競賽的使命。

「喂，來兩個人，準備給藝術家揉腿。」Long 繼續拖著我，後退著，他半背半扶地攙著雙腿僵硬、伸直地拖在水泥地面的我，倒退慢跑著。

「現在且慢讓他停下來，那樣他會受到內傷。」他向好幾個跑來幫他扶我的人說著，然後跟我說：「再忍耐兩分鐘，我們再慢慢地停下來，我扶著你，讓他們揉軟你的雙腿，等你喘過了，我才會讓你躺下來，全身給你按摩。這樣才不會受內傷，我知道你練過拳，應該同意我這樣做。你在同樂晚會裏打的拳頭，實在不錯。不過……」

這個玩世不恭的人，竟是這麼善解人意，體貼非常的人。我頭一次把自己的身體，無憂無慮地交給一個幾乎可以說是陌生的人。並深感安全，愜意。

「……我早就知道，在這種水泥地上跑了萬米，因爲地面太硬，不像在土面上跑，我們的鞋底彈性不夠，會把人累死，加上我們又沒有練過長跑，只在比賽前跑了兩、三週，這算什麼？所以你看，那幾個跑在你前面的山地人，他們不是赤著脚，用他們在山上跑上跑下的習慣性方式，跑贏了你嗎？可是他們也累成那樣，我想如果沒有你緊跟在他們後頭，他們也許不會這樣。」隨即他又換了一種口氣說：「雖然你的精神不錯，可是太划不來啦，我在兩、三天的預習時只跑了頭一天的兩千公尺，和第二天的三千公尺，我就知道，不能當傻瓜，所以我請了病假，準備扶你這個認眞得好像在拚命的人。」

他就是這麼聰明的人。雖然跟我追求什麼，總會全力以赴的性格不一樣，可是他的先見之明，和他表現這種態度的方式，竟使我在默許他的說法中，有生以來第一次感到有一個人能把事情，用簡潔的、有力的方式，表現出使我雖然無法完全贊同他的意思，卻也令我覺得不無道理，並溫順地不想反對的論調。

在他以身作則，殷懃、體貼、精確無比的照顧，和指揮下，我結識了士官學校入伍訓練以來，黏在他身邊的另三個菁英，加上Long和我，往後遂成爲被羨慕被追隨的「五虎將」。

當我半躺在他頗富彈性的腹肌上，被他們按摩著，我刻意鍛鍊過健美、舉重、拳術，而塑造得既不過於龐大，也不太堅硬，那不失優美和雄壯的每塊肌肉時，我意識到Long已把他的上衣脫下來，叫墨西哥（後來成爲他的四妹婿）在我頭上像張傘似的，遮蔭著炎熱無比的南台灣七月午後三點的烈陽。我躺在他伸直張開的長腿間，後腦牴觸他的腹部跟我同一方向，好像在划船那樣地把他的雙手，由裏向外，既像蛙游的划姿，也像划槳似地，俯下他光嫩、潔淨到幾乎會令人聯想到女性的臉龐，有力，卻溫柔無比地揉著我因跑完萬米，腹肌糾硬，胸肌由於擴張和收縮得過度頻繁所形成的疲憊鈍痛。

「你看，究竟像你這種跑完全程的人，並不多，好像還不到十分之一，如果沒有被沿途吆喝著的班長，不斷的鼓勵，半途而廢的大約會更多，你再看，現在進來的，已經不是跑的，而是走的，零零碎碎地走進來的……」

跟剛才搖搖欲墜地，拚命跑到脫力似地，到達終站的零落跑者不一樣的，是一些臉露腼腆的，微喘的快走者。較遠處，是一些既不喘也不羞的大面神（台語．不知廉恥，又大搖大擺的人〉，他們不僅不把班長的斥責當一回事，甚或結羣成簇地邊走邊打納涼〈台語．開玩笑〉，然後在距離終站丈把遠，露齒玩笑著做出誇張的滑稽狀，猛跑進來。

一幕嚴肅的萬米賽跑，正像人生的歷程那樣，呈現了多種頗爲耐人尋味，頗富哲理的鏡面效果。如果有機會將參加者當時的表現給予分類，並把一倍於他們的歲數的二十四年後，他們的成就和人格做一比較，並以當時做爲起點，此時做爲終點，追蹤他們在這二十四年裏到底如何地跑著走著，抑或拖著他們的步伐，觀察他們到底使用過何種心態，演變成目前的角色，以視是否跟當時的心態，表現有無必然的關係，以印證人格的形成，是否完全跟二十一歲以前全無關聯，或者已在當時顯露出日後形態的雛型之端倪，並與日後的遭遇、環境、親友，以及時局、政策的方針有著何種程度的關係。當然高名巨利的表徵之獲得絕非成功的本質，就像二次世界大戰中，統治法國的貝當元帥〈戰後被判死刑，而被戴高樂赦爲無期徒刑〉，怎麼想也想不到他的炫赫，會在戰後變成判刑的資料。

從此我用以冥想、閱讀的孤獨寧靜，已被這幾個顯然對於我隨便提到的什麼畫啦、詩啦等等跟它們的創造者的生活、性格、軼事趣聞，以及艷史結合在一起，所產生的奇異效果迷住，並斷然地給予他們日後的生活，以無比的羅曼蒂克，也許這些無法使他們發財，可是確然已經給予他們遠比別人那只會窮追金錢名利者，以豐富他們一生的生活所需要的藝術氣質。

其中尤其是Long在他認識我並像一個海綿，不斷地吸取我所孜孜閱讀並被我消化掉而混合成，我那獨特的醇酒似的詩、畫、人生觀、金錢觀、戀愛觀以前，他竟不自覺於他是一個特具世界性一流演員的素質。也毫不珍惜其才能，只以他娛人以自娛的方式，在當時一有空就明來暗去地以任何方式，不斷地跟任何人爭論和爭賭任何事物，而贏主往往總是他，因而遭人嫉恨。

跟他相反的，對於不能用自己可以主宰的努力以獲得的事物，和浪費我時間的爭論，我全然沒興趣。因此，我的一生絕對遠離賭桌和爭吵。也不參與任何賭輸贏的勾當。如以這種絕對相異的性格來講，我與Long之所以會成爲莫逆，而且在相交二十四年裏，其或在他被捕之前的最近，也經常感到就連他的太太也無法像我那樣地了解他，就像有時候他也頗爲了解我一般，因此，我們的談話經常是只用三分之一，或一個眼神、一種手勢，就已足夠互相溝通，並全然沐浴在那樣高度靈性的境界中，而興起無比的舒暢。那種感覺有時會使你覺得揉合著創造和欣賞，使我們同時沉緬在這種感應裏。

就像我不是賭徒，而能跟他這個天生是個賭徒的人相處並相知；以一個滴酒不飲的人，卻跟我這個碰到想創造，不管是詩、畫、小說，也在知友的談話聯誼所需要創造的藝術氣氛中，酒便成爲單純的我走往許多種典型的我之鴻溝的橋樑，因此酒在我的一生裏扮演了媒體作用，奇怪的是Long往往能在跟我對飲中，以一杯白開水、汽水、咖啡，就像喝酒般在跟我狂飲淺嚐中，進入我被酒精陶醉的境界。

正像日後他總有用不完的錢似的。他在當時委實也令我吃驚於和我一樣地總把付帳請人，當做一件遠比被請更舒服。跟我用的錢是由於推拿（十九歲先父逝世後，我即繼承了他的診所），和母親之處斷然不一樣的是，他的錢好像來自對於他頗有把握的任何賭法所得來的勝利品；和不管在哪裏他總會找到幾個銀行似的，可供他調債的他的錢主們。

可貴的是我從來沒有看到過他，跟他任何時期的債主們有過任何不愉快的事發生過，直到二十四年後，由於也許在他自以爲不是犯法，而藏匿了我的四弟因而被捕，終於宣告破產，才發生了非他能力所能奏效的財務糾紛。

因此對於這麼一個全然不像現實裏有過的角色的描繪，便只有由我這個經常被他在向他的朋友們，炫耀著說是包你在台灣很少能看到他這種人的我來擔當。

據說，他在就讀於全台灣數一、數二、數三的台南一中初一的時候，就曾在過年時跑到台南的花街神町，贏空整個小型賭場，而被衆多打手轟出門外。由於在二十八歲，我還沒跟我四弟、三弟被關以前，他總以獨來獨往的孤獨俠身分，行走於他很少對人提起過的江湖，他在敍述這段經過時總以幽默，和自滿的笑意，表現他豁達的性格之一面說：因爲當時年紀太小自知打不過他們，所以在抓雞似地被他們抓出去之前，裝滿他口袋裏的錢差一點便連本帶利被他們掏光，好在他以三兩句話提醒他們，別只會欺侮小孩得於令他們還了他的本錢，並賞了他本錢一倍的錢，做爲他不但沒哭也不怕的表演費……

至於他對拯救他大哥在一九四七年的動亂後被逮，因而促使被他們兄弟姐妹崇拜並曾經得到日據時代演講比賽冠軍的父親，賣掉一生勤勞獲得的數十甲田園，其父且爲救他大哥奔波過勞中暑身死，因此Long對這個觸發家道沒落的大哥有著奇怪的不滿。

雖然從他口裏，我經常聽到他讚美著大哥不僅擁有六尺以上的魁梧身材，和跟他可以媲美的英俊面貌，也讚歎著當時從台南往北的通學生，尊稱爲泰朽（日語：大將）的大哥，如何威風地，總有隨從跟在身邊，替他背書包，遞菸點火，並只要他一句話，就可以化解當時發生於台南的學生間任何糾紛。我想，這也許是當時使他大哥涉嫌的原因。

當然，在他大哥喪父獲救後，他的大哥也報銷了他的一生，從此隱居於他父親僅留的幾分田，和一座頗爲壯觀的古厝內，熱衷於各種各樣農產品的試驗，和栽培。對於這個隱於鄉間的知識分子的無奈，當然不能以Long經常說他屢試屢敗，並不因其沒賺到錢，而消失他生存的價值，也不能因爲Long常說他的大哥偶爾還要向他求急，就使他給予人們美好而完整的人格，以些許的瑕疵。

可是對於這個令我深覺頗有深邃思想，和稍遜Long一碼，卻更增其眞實性的他大哥的口才，在Long倨傲的跟前，好像總會失棄他在Long背後表演的精采，和自信。

聽說，Long在他大哥當著泰朽的時代，爲了不讓他大哥管束他抽菸，經常在常人只抽「新樂園」的時代，就買了整條「雙喜」香菸，並故意打開一、兩包，隨處放在他大哥明顯地可以拿到之處，以便讓他的大哥，可以由吸他的香菸，而閉緊可能開口不讓他吸菸的嘴巴。Long 買菸的錢，大約也是以他的方式贏來的吧！

終於服役於海軍的緊張生活，那三個月的入伍訓練結束了。隨之而來的是分科試驗，經過志願，和考試，我和 Long 與其他三個「五虎將」，由於才華的估計正確，一塊進入第一期的電訊班，接受無線電的發報，和修護無線電的整個教育，於是我們五虎將詩情畫意的生活，跟著優閒地展開。

我們拒絕蒼蠅似地看到我們愜意的生活，圍繞在我們四圍的羨慕者，雖然我們經常讓他們分享我們浪漫、虛無的情調，可是我們到底無法容忍庸俗氣質，像劣酒摻混攪濁了醇酒。

好景不常，爲了參加該一年度國慶閱兵分列式，優秀的電訊班五十個同學成爲最前面的區隊。而我們五個伙伴在經過精挑細選下，竟以英姿俊臉代表海軍士官學校，被排在第一列（班），我是那一列的列（班）長。

於是艱苦的分列式，那種把每個士兵錘鍊成鋼鐵似的機械人，那樣揮動筆直的，九十度的鐵臂，和鋼腿的踢正步，於焉開始。

爲了不至於妨害到上午的四堂課，和下午的兩堂課，甚至於犧牲我們可貴的午睡，和晚飯後，就寢前的一個小時，全被用來鎚打我們這些早已在入伍訓練裏，被強制由老百姓塑成軍人，而現在我們更精打細敲地，用更高的熱度，被我們的總隊長，那有點像包公的鐵面無私，所指揮、所敲打。對於這個令我們敬畏的長官，我們經常爲了博得他從未露笑的臉上，一絲絲似笑非笑的嘉許，我們咬著牙，彼此感染著身爲軍人的榮譽，而被塑、自塑成非情、冰冷、無色的鋼鐵。

對於甚把軍容儀表，看得勝於一切的 Long，總隊長那種類似德意志軍官的冷酷、淡漠，竟也使他這個走起美式水兵步伐來，經常在外出時，很會吸引美國水兵回頭再視，臉露親切笑容，以表示讚美的 Long，甚爲讚賞。爲了配合他那看上去遠比實際的高度一七八公分更高的長腿，所造成的修長俊姿，滑著一般地走著的輕快，和吊兒郎當得顯現出一種特殊的舞步似的帥勁，硬硬的水兵帽，在他手裏，被他整得柔軟，而服貼，正好跟他那套鬆鬆地掛在他不瘦也不胖的身上的白色水兵服，形成非常之浪漫、飄逸。本來軍紀頗嚴的海軍士校，因他的存在差點把軍艦最佳儀容典型模式的帥勁，帶到遵守硬繃繃的服飾，土土僵硬的新兵訓練中心來。

也許是由於長官們多少在私底下，也對他那種應該是屬於老水兵才能具有的帥勁暗地裏欣賞著，以至於沒有對他的這些表現，給予懲罰，但是等到硬繃繃的水兵帽的比率，逐漸被柔軟的帽形浸蝕後，有個長官在某一次非正式的閒聊中，當衆表示，這種帽形，可以等到離開訓練中心的士校，分發到服務單位的軍艦再使用會比較適當，要不然，很有被要求軍紀井然的總隊長糾正的可能，帽形變軟的危機，得於及時停止。

可是總隊長好像沒有糾正過 Long，反而在某一次操練分列式的指揮中，突然高喚，以許聰敏爲準，向他看齊。這一喚，竟使 Long 在好幾年裏，甚或每次當我們提到士校的生活，並多少跟這一段分列式的回憶有些關聯時，他總會因他能夠受到這個以要求峻嚴的軍紀，而總以他本身帶頭，做模範，使得全校向他看齊的總隊長，能認識根本沒機會直接接近 Long，竟也認識他，而在以後頗有幾次，在校園裏偶爾相遇時，總能得到總隊長特別的青睞，而深感榮幸。

而想之所以能夠如此的原因，大約跟他看到 Long 那可以使任何人因爲看到這麼帥的水兵，而興起羨慕水兵生活頗有關係。因此對於維護水兵的儀表，竟也成爲不是糾察隊的 Long 業餘的工作，我們經常可以看到他，在馬路上跑去糾正兩、三個手拉手的新兵，那種顯然會冒瀆水兵的帥勁的無害行爲。

不過在另一方面，Long 卻以他不關心這個面孔，或那個面孔的所有者，究竟是這種名字，或那種名字，卻以被衆人大多數都知道他叫許聰敏，並觀賞過他的傑出即興劇，而高票中選伙食委員。因此使他能夠搬到厨房去過他那種不必每堂上課、不必出操、不必接受點名，可以像風那樣優閒，並到處閒蕩，且更有資本可以通吃小資本的賭博。

在分列式的錘鍊中，我們享受到無比的苦出甜味的苦，除非做爲一個男人才能獲得的感受。這種感受，一部分也許是所有運動選手在集訓中，普遍可以獲得的，流盡汗水，精疲力盡，然後放鬆下來，當你洗過澡，優閒地溜出點過名，熄了燈的寢室，假裝著跑往厠所，然後一個個偷偷地溜往廚房Long的房間，去分享Long早已替我們五虎將準備的酒菜。所有的疲勞，馬上會在高度營養補給的酒菜，和無限虛無、浪漫的友情裏，消失殆盡。

午間，當我們爲了犧牲掉午睡，帶著來不及洗澡、換衣的滿身汗臭，排著隊，由一個老在我們五虎將旁邊徘徊，而不能眞正地被我們認同的電訊班班長王咬屏帶往一排排蓋在綠草如茵的鋁屋，去繼續上兩堂電訊課時，我們這五個人中，總會有三、五個，當王班長點過名，教官回頭背著我們，在黑板上抄下當天講解的標題和重點時，我們這幾個虛無主義者，便會輕捷，而無聲無息地，打從靠近門的最後排，神不知鬼不覺地，溜往厠所，去蹲在一個個半人高、沒頂、沒門的馬桶，掏出香菸，抽將起來。

南台灣盛暑的南風，像媽媽的手，也像情人的輕抱細柔，從四面通風的門窗，經由寬敞無比的室外，那零零落落的單層房的上下左右，灌進來，由於我們之中頗有經濟拮据者如喪了父，又有許多弟妹，只靠寡母一間雜貨店維持生活的墨西哥，這個忠厚到接近純樸，而又沉默到能夠只用最簡單的幾個字，畫龍點睛似地，出其不意地，概括了我們之中任誰所講的任何問題，這好像頗爲符合他入伍前，當過台灣最大漁船公司之一的，台豐汽水的前身，那以我們附近的日光旅社，和日月園歌舞劇團起家，並逐漸形成台灣有數財閥的會計能力有關。墨西哥，總是接著我或Long抽了幾口的香菸，好像他的胸膛是個無底洞那樣，可以在含了香菸之後，一直不斷地吸著它，同時迅速地看到香菸，好像能在吹著的風聲中，嗶叭作響地，看不到菸灰，只能看到整支香菸已有五分之二，甚或二分之一，已成微帶堇色的橘紅火柱。

這時Long總會再掏出另一根香菸，並半帶甜甜的譏笑說：「墨西哥，咔有人吮菸像瘦田抽水，按乳吮的，那支全給你。（國語：墨西哥，怎麼有人抽菸，像瘦田吸水，那樣抽的。）」

沉默終日，又不會使人覺得他的存在是多餘的墨西哥，總會用他那種裂唇不見齒的，圓瞪微凸的眼睛笑著。一點也不帶異樣地，笑著，這才把香菸叨離嘴唇不敢表現太舒服地，舒了一口長長的氣，滿足地看了誰一眼，又沉入他似沉思非沉思，似等非等，卻又使人不再多費一句半句，以提到抽菸之事。

就在這種頗富野趣的，女生禁地的無門羣廁所中，我們享受到我相信沒人享受到的男性羣體友情的融洽和優閒。甚至於當我們聽到擴音器的喇叭聲，準備站起來拉褲、穿褲之前，想擦的大便，已和肛門密切地貼在一起。因爲它已被不斷迭換蹲姿的時光消逝，和風吹屎乾中，印證了主人們，不必經由爭吵而能結合的見證。

因此經過犧牲我們一點也不必惋惜的課業，（我們不像某些被教官遊說得成功，並在退伍後，以此做爲職業的人那樣拚命攻讀，並純熟無線電的操作，大約是因爲我們的個性早已知道無法在海上，跟那些不可能跟我們志趣相同者，長久孤獨地相處，也不能由於看不順眼不與之相處，這種無法選擇空間與友伴，加上無意味的漫長時間的酷刑所致。）我們養精蓄銳地，在分列式的嚴格操練中，累獲總隊長稱心露笑的嘉許，並以此獲得全自由中國三軍閱兵大展的總冠軍。我們的閱兵官，是我們的最高統帥　蔣公。

不說艱辛的操練，時日漸近雙十國慶的半操半睡的深夜酷求，也不說爲了得到更大的視聽效果，舉國矚目的排演，更不必細說經由這種導演手法，我們這些無名英雄已爲台灣獲取多少友邦的支持。我只要說，由於我們午後的課業，已被用來操練，Long 的優閒，便也成爲跟我們絕對相左，而又幸運的寵兒。可是，對於這種幸運的獲得，他不但不感謝，反而由於我們必須參加晚餐後到就寢，那一個小時的操練，更甚的乃在我們，繼續地操練到已過當天的深夜，那凌晨才解散我們這批在操練中，早已渴望枕頭，遠比渴望醇酒、佳肴、如雲美女，更爲迫切，因之無法跟他表現他渴欲付給夥伴們多少慰勞的心意。當然不能說，由於他發現他的逸樂，竟是造成他深陷於孤寂，深感無趣。一如天堂裏只有一個人，而非神，當這個人獨享天堂的樂趣，而又深陷於人類具有的感情時，當他眼看脚下，無限深淵中，火勢熾熱的地獄，有著那麼多同伴，除非是神，我相信，他必定無法以人性，看到他的父母、子女、知友、同伴，被永恆之火燃燒，而他猶能永享極樂，而不會因其獨享永恆的特權，沉陷於毫無寧靜的懲罰裏。

基於這種原因，他寫了幾次辭職報告要辭掉，幾乎不管任誰都在嚮往的優閒差事，渴欲投入同伴的苦鬥，然而由於他是我們入伍訓練以來，從未碰到過，讓我吃得這麼富於營養，又這麼富有千變萬化之菜色的伙食委員，他被挽留，可是對於挽留這個聰明絕頂的人，除非有個令他信服的人，的確無法挽留他。

因此總隊長只好在 Long 使用消極的，故意不變菜色，以抗拒不讓他解除輕鬆的伙委職務的第三天，跑去向他打了一針強心劑，而挽留了他。並爲這批爭榮譽的鬥士，付出沒人比他更勝任的能力。

日後，他告訴我們（因爲絕對沒人聽到，也不可能有人看到），總隊長有一天突然闖入他的臥房，正好碰到他在惡補許久已經沒操練過的猛揮鐵手，猛踢鋼足那繪畫素描的原始基本動作。這是夥伴們，已經經由經時屢日，累週形月，早已震撼了他那從不自認輕易服人的、輸人的、客觀的評判能力，所看到的鋼鐵陣容，已結合在一個號令的指揮下，無時不以排山倒海之勢，可以走入萬丈深淵，也可以陷入沒頂流沙而無憾，而不停的非情、冷酷之美，而又無法以一己之力達到美之力學的極致，而氣餒，而振奮，因之形成他的自我猛追，自我惡補，企望以一己非凡的聰敏，濃縮一切，快速急起直追，以達到他遲來的參與感之發洩，和被認定。

據說，正當他在每脚可踢兩次正步的狹長臥房裏，背著門，右手夾腋，堅舉著翹起的右拇指，像似右肩背槍，右拇指緊緊抵著槍膛的皮帶，一如我們操練過那般，反覆不斷地操練後，漸漸心有所得，並因之全身亢奮時，總隊長冰冷的聲音從他背後傳來：

「許聰敏，你的任務，只有你能完成它，它就是要你給那些日夜操練的同學，更多的營養，更多的卡路利〔熱能〕並且還要能夠引誘他們食慾的菜色，我駁回你的辭職，乃是要你擔當起別人無法擔當的更爲重大的任務。你的同學全靠你出色的採買能力，和配合厨房伙夫的能力，如果你能夠完美地完成這件別人無法比你完成得更好的任務，你就是這一期分列式的海軍士校之光……」

從此，Long不再站高樓，看馬相踢，Long已用餵馬、壯馬，而感受到每一匹馬的踢力，正是他創造的傑出菜色所賦予，並因之獲得，且發揮出來那樣，他的存在正像風，那及時風，把分散的雲聚攏，並在聚攏中，給予重量，以至於讓聚攏的水氣，掉下來成爲雨，滋潤了我們這些看天田。

就像六年後的一九六一年，我二弟明和被銀鬚的陳副總統所震驚，當時他以脊椎長骨刺不敢開刀，又無法動彈，巨痛無比，被我二弟施明和醫好。從此至死和二弟成忘年的知己。

介紹二弟明和進入他這種自我經驗嘗試的人，乃是陳副總統當時的侍衛長韓××，經由我推給二弟治好的韓上校推薦，並引進大貝湖，而終於在穿著便服的他在進門之前，喚著報告聲，卻在踏進去治療時，想不到他是誰，卻又感到很面熟的這位被人類病痛所苦者，所驟然震驚，因爲二弟突然想起這位讓他治療的病患結果是，經常在電影院的新聞報導，和報紙上，看過的陳副總統。

我被震驚的卻是分列式的進行中，我的空槍帶，不知爲何，也許是神經過敏地，過分悸怕突發錯誤的小動作，或許會形成，無法彌補的後果，我在進入總統府的頭一個預備崗位的二至三秒間，抵住槍帶的右拇指和右肩的槍座，稍稍滑脫，偏離了原位，以至於使我這個絕對不喜歡我不能控制的意外事件發生的人，受到有生以來第一次虛驚，好在我能沉著地，仍以左右鋼鐵之支柱形成鋼鐵之塊，邁向圍繞在　蔣公身邊的文武百官，和外賓們，不露一丁點痕跡，以讓惡果突發，並竊得該年度三軍分列式的最大榮耀——總冠軍。

混雜在上述緊張、艱苦的操練生活的許多輕鬆的揷曲，不時地給予我們鬆弛神經的撫慰作用，它就像人們每週至少要有一天以上的時間，去放鬆、休息、玩樂，以保養這具可以創造，也可以毀滅；可以害人，也可以救人；可以愛人，也可以恨人；可以統治人，也可以被統治的肉身。

在幾乎已完成分列式操練之後，負責我們營養和體力的伙委 Long，雜在我們之中，從左營搭上開往台北的慢火車，在車廂裏，我們很像一羣興奮於旅行，或遠足的學生那樣，到處充滿青春的歡笑，雖然官長們不時提醒我們，別忘了我們代表著國家的形象，絕對不能帶著有失軍人氣概的老百姓習性，可是這些提醒已經變成多餘的，因爲我們這一羣水兵，爲了參加分列式，除了精挑細選，早已網盡該年度全國同年齡的役男菁英，更爲了這一目的，最後的一個月甚至於也犧牲了我們的專科訓練，當那些跟我們同期入伍的槍砲、輪機等二等兵們，在結束三個月的入伍訓練，和短促的槍砲輪機訓練後，早已根據畢業成績，分發到軍艦，或基地去服役，並時常跑回來渲染他們浪漫的、自由水兵生活，以加深我們意識到士校的嚴厲紀律，所造成的緊張，和艱苦，已使日夜企望著海洋的心，像膨脹著帆的船，急馳於士校和泊在碼頭的軍艦之間。因此我們這一批可以說是滯留在海軍士校，最長久的，加上參與分列式的酷刑般鍊鋼式的教育，所鍛鍊出來的我們，不管在哪一方面，都已深深地帶著濃郁的正統水兵，那種嚴守紀律，卻又不失瀟灑、浪漫氣息的水兵風度。

在車上，Long 離開他的座位，擠入我與另三個五虎將的座位裏，用他甜得幾乎帶著由於從小被包圍在兩個非常出色的美女姐姐，和兩個不算頂美，卻也充滿了女性嫵媚和他們家族那修長得，使我叫他 Long 的身材，把他薰染得如果沒有碰到我這瀰漫陽剛之氣的濃烈男性氣息的人，便很有可能變成 sister boy（帶娘兒腔的男孩）的腔調，唱起很少聽他歌唱的日本民謠，韻味十足地表現著戰前日本女性自甘垂首露出白頸依偎在男人寬濶胸前，抑或憑窗遙望被隔於黑夜、山巒、稻田、森林、海洋的丈夫，或情人。

對於受到被日本侵略過，並且造成那麼大浩劫的大陸官長們來說，他們雖然服從著蔣公在戰後不究既往，以德報怨，不收日本分文地表現了人類最偉大的德性，卻也無法衷心寬恕早已不是敵人的日本，因此他們正像絕大多數的大陸同胞那樣，經由史地的教育去回憶，並重溫，也加深加強著沒有遭受過浩劫的兒童們，共同感受，並牢記其實已沒有必要的仇恨，因之禁唱日本歌，在正式的公共場所，官員雖然可以揷入幾句英語，以表現他們的水準，卻不能以日語犯禁，弄到最後，連傑出的日本電影，那被日本視爲國寶，也被全人類愛好電影者視爲爲人類創造偉大藝術品的傑出導演的東西，竟也跟著無法被愛好電影的國人享受到。

在民國以前要不是像全面毀沒一個統治者遺留的紀念品，及徹底抹掉可能會使被其統治的人們，重溫舊夢，和斬草除根式的抄家滅族，那顯然違反人性，也違背天然習性，我們這一代的中國人，便不至於享受不到一如吸引無數遊客去歎賞，年代久遠的宮殿，並賺取無數外滙，宣揚人類創造的美物偉績。我想如果萬里長城，不是對於歷代開國之首，具有防禦塞外異族入侵的實用價值，和毀掉它必須花費太多的人力、物力，它的命運，會像那些無辜的被抄斬的九族和宮殿那樣，消失於那些威武、英明的開國元首得意，且有計畫的，爲他們的子子孫孫的統治權鋪路，而事實到底總以歷史經常重演似的，總會一再出現，必被以其人之道，反治其族類，重複著應該強扶弱，而非強欺弱的血淋淋慘劇。

就像大多數經常回憶愉快、幸福的童年生活的人那樣，十二歲喪父的Long，在二十八歲我坐牢以前，經常聽他敍述他父親如何以一個西裝設計，和裁剪師，經營數家西裝店，白手成家，並如何在義務勞動時，建造過有利於台灣建設的許多擔任工頭的工作中，表現了優異的統馭能力，和全台日語（當時竟也叫做國語）演講比賽中，屢獲冠軍，而在盟軍空襲台灣時，搬回他經商發跡，添置的幾十甲田園的故鄉——隆回（番仔田），過起甚被鄉里尊敬愛戴的鄉紳，和農夫的勤勉生活。以後，當我們非常明顯地佩服Long的生花妙舌時，他總會不屑於他自己，只擁有其父口才的百分之一、二，正如當我被心服於我的才能的人，高抬我時，我總會告訴他們，我的一切，抵不過我的四弟百分之一。由此可見崇拜他父親如我所崇拜父親似的Long，那種憧憬於父親賴於奮鬥，並成功的時代，和造成其父成功的許多令他嚮往的規矩、秩序，以及社會風氣。一如我們兄弟崇拜父親不屈服於異族統治，並反抗贈送他全台灣第一號中醫執照的日本政府，有著異曲同工之妙的奇怪傾向。

有鑑於 Long 口才的流利，和辯才的厲害，在某一次士校舉辦的演講辯論會前，大家在同樂晚會中，提議推他做代表。這一提議，不曉得爲何會讓他知道，以至於使他暗中說服不少人，同意他的惡作劇，竟靠他先發制人的凌厲辯才，把這一件差事，推給當時還甚被口吃所苦惱的我身上，使我面紅耳赤地站在半蹲坐於尺把高的矮櫈中看我出盡洋相的衆人頭上，由於深怕口吃，那顯然會破壞和我長相儀容絕對相反的可憐，又可笑的囁嚅，我遂在自認如能用筆，而不是用口，便很可能辯贏 Long 的情況下，背負了打從日據時代小學校的班長，往往是成績冠於全班的人，被老師委任，而我爲了悸怕成績太好當了班長，便要呼喚口令，然而喚口令卻是口吃者的我視爲畏途的，但是成績差又會被母親責打的矛盾裏，飽受啃嚙的口吃，又一次凌辱了我，卻奇異地以這次痛苦的經驗，使我戰勝了口吃，並得到以擔任結辯的角色，獲得冠軍，因爲我在無可奈何中，爲了不想出醜，遂研究出如何不讓心情過分緊張的有效方法，那就是預先跑往福利社喝下一瓶強烈的橘子酒，以解除心理障礙，並儘量不使用，對我來說，必定會造成說不出口的字句和音節，而且在萬一停了口，說不出下句時，突然立正大聲地喚出：　國父說，或是總統說，來製造全場的正坐，或立正，然後讓我在說順了口之後，再繞回剛才的題旨，以這種方法，我得到冠軍，並以這次的辯論比賽獲取的信心，做爲分水嶺，以後的日子，我不僅得於擺脫以前，爲了口吃，曾經好幾次興起自殺的念頭（如果我不是天主教徒，我想，我早已自殺掉了）。而且在最近以一席闡明　總統要求社會和諧，以及我的健全民主的獄政乃是全民的福祉，國家的榮耀，更是執法人員的榮譽等話，要訪問我與三弟的南警部某主任深談後，當我三弟送走他回來時，他笑著跟我說：×主任說你是個臭彈仙。

在台北等待閱兵時，我們住在暫時放假幾天的老松國小教室的地板上，白天我們在操場裏加緊操練，晚上卻跟其他三軍部隊，預演閱兵大展分列式的實地彩排，好幾次我們都在半睡半走中，捱過三更半夜的苦練。可是當這些苦練，替我們全校、全班帶來那麼大的榮譽，而回到士校，看到總隊長第一次面露興奮的笑容時，一切已成往事的痛苦，卻又成爲甜美的回憶。

遺憾的是本來答應，當我們拿到冠軍，回到士校，說過要放我們一個禮拜假的諾言，竟以每晚必須回營喚點名，使得早已盼望夜不歸營，以過通宵歡樂的我們，一聽到修改過的消息後，發出一陣明顯的，以衆多同樣表示內心失望的歎息聲，形成一團低沉的遠雷那樣的不滿之聲。

於是本來準備回台南的幾個五虎將，及擺脫不掉的準五虎將，便取銷回家過夜的初衷，臨時決定，要求我帶他們去見識，我在入伍前，跟現在擁有高雄今日歌廳，東南西北戲院，以及藍寶石歌廳的房東，老畫伯啓華仙，及畫家林天端等一塊去過的酒家。

記得聽到嚮往已久，卻遭變更，希望落空的消息，解散後到處竊竊私議著同樣一句話：今晚不歸營。

同學們在散開後，包括五虎將在內的我們，便急速爲了不浪費時間，邊走邊商議著，走出左營海軍軍區，寧可多花包車的費用，也不讓寶貴的假日時光，虛度於走路中，並從我往日敍述過如何陪伴那些畫家、畫伯到過的酒家裏，選擇一家比較經濟實惠的，驅車前往。

當兩部包車，載著我們八個水兵，直達鳳山的「鳳仙閣」酒家時，好像是上午九點多鐘。對過慣夜生活的酒家從業人員來講，整個上午，正像常人的凌晨，因此這段時間都還沉迷於夢鄉。不知是由於我以往都陪伴有錢老畫伯，或矮矮的林天端，並且我除了敬陪末座，儘管喝酒，描繪酒女的媚態，從沒叫過酒女，卻往往因爲有我的參與，全酒家最紅、最出色的酒女，幾乎除了頭一次被叫之外，往往會自動往我們席上跑來，並留連不去，而且大部分還半開玩笑地聲明著：絕對不是爲了「當番的小費」，或「陪座小費」。因此我的先輩畫家朋友，在深感有我在場，與沒我在座，待遇的懸殊中，幾乎總會邀我上陣，不必我破費一文錢，好讓他們分享，對我來講一點也不稀罕的，被酒女大獻殷勤，被酒女釣魚似地釣著，而總在她們自以爲釣到時，卻輕巧地吐出口香糖的殘渣般，摔掉魚釣上的餌，並且總要在愼重其事似地扮個疲倦的笑容，抑或要個變魔術的小技巧中，終於被我逃掉啦等等，不用排演，也不必多浪費我用來觀察，並繪畫的時間和精力。

由於我不曾像某些吃軟飯的人，佔有過她們任誰的便宜，頂多也只在她們看到我，便會喜匆匆地跑回房裏，特地拿來洋菸請客，而我也總會回報她平素吝於微笑的笑，或者吝於給人的從未簽名的素描。

因之我帶著六個水兵，一個海軍官校的高材生，突然闖入「鳳仙閣」酒女沉睡的香巢，並直驅一個非常熱情地三番兩次，總像她們高山族獵獸那樣，在我猛喝啤酒，猛跑廁所的途中，被其纏住，而被帶到她的香巢，卻在她解衣時，我總會開玩笑地告訴她，啤酒喝得太多，我又要跑廁所啦，因而得於安然無事地跳出她肉感的嘴唇，和大胸脯的擠壓。

當時，也許是基於一種表演慾的驅使，或者基於男性沙文主義自大狂的意識，並爲了印證我向同伴敍述過，並被他們老是以半信半疑的神態，不敢太相信，以免變成可能會被人視爲傻瓜蛋的保留態度，我賣力地藉著在上了包車，便輪流被車內每個人的嘴唇當做乳頭吸吮過的，橘子酒的瓶口，那甜甜黏黏，入了口便從喉嚨化成溫熱，直散全身的酒意，輕敲麗娜的門。

不知是由於八、九個月沒看到我，或是突然從擄她說，經常夢到我的夢裏，及夢外的當時見我帶來了這麼多水兵，她竟熱情到過了火似地，把我拉入房裏，關上門，吻起我來。

突遭如此可喜的可以證明我並沒吹牛的變故，我竟表現得頗為瀟灑地剝開章魚似地纏住我脖子腰圍的她，說明了我們今早的來意，並請她喚醒我心裏早已牢記著的酒女，以便匹配給我帶來的夥伴們。

料想不到我竟會帶著一批英姿調皮的小生型朋友，不僅不是來拔鹿角（台語：白吃），而且準備在花錢中，他帶給她們在她們的一生裏，絕難遭遇的浪漫氣氛。

於是乎好戲在酒家難得一見的上午九點餘，展開了序幕。我們擠在她特別把左右鄰房隔開的活動門板拉開，拆掉，匆促布置的長方形房間裏，坐在到處瀰漫脂粉味的榻榻米上，享受起當時的正當年輕人很少能夠享受到逛酒家，而持有的精力充沛，青春澎湃，和在酒家難於碰到的純樸氣息，因為除了我這個經常陪伴老畫家們跑遍上中下三流酒家，卻從未把酒家當做是個尋歡的場所的人之外，我的夥伴們個個都略帶羞赧，嫩嫩的過分彬彬有禮，好像對待良家淑女那樣地跟麗娜遵照我吩咐的名單叫來了面露沒睡飽，和未上脂粉，微顯蒼白臉容的酒女。

當她們打了一個照面，發現這批水兵竟有無限活力，而又溫文英俊，重要的是不帶一點地痞流氓的習氣，頗有幾個想去化妝以博得更多的青睞，卻被捨不得她們離開的同伴們婉留著，竟然在幾杯淡酒下喉後，飛揚起粉紅、嫵媚的天然美來。

其中最活躍的好像是被 Long 看上，也看上了 Long 的秀美，一個可能只有十六、七歲顯得清新、細嫩，卻借用二十歲的同胞姐姐跟她頗爲相似的身分證，取得服務生的資格，當起麗質天生、頗被上了年紀的濶老垂愛，而總是顯示著一種落落寡歡、不勝引人憐惜的文弱女孩的純眞，以走紅「鳳仙閣」。

那時不僅秀美，好像滴酒不沾的 Long，也飄浮在微醉的浪漫裏，在我來過不下十次，幾乎每到必見她被「走桌的」（台語：在酒家負責調度酒女、叫菜、應付鬧事的打手）頻頻從這桌，叫到另一桌，不到十分鐘，又被請到那一桌的勝況，可見她的人緣之佳。

可是我從來沒看到過秀美，像今天這樣浸迷在 Long，始則以拘謹，繼之以微笑；然後在入神地傾聽注視秀美姍姍地走入他爲她遍設的迷宮後，才施展他的娓娓口技、俊俏的表情，以及從他姐妹得來微乎其微的高貴，淳淳的女性味兒，以遮蔽男性的強烈吸力，有時在太急躁時，很有可能嚇走膽小的小鳥似的女孩。

就在秀美倦於老是看到「大肚仔」（台語：鼓著大腹的濶老）的巴結，和俗氣的醉態，並不勝其金錢的購買，因而深陷倦怠之下，Long 的出現和他的善體人意，竟在不到一個小時裏，促使他們躲入忘掉別人的存在，那透明，卻又看不到別人的，奇異的卿卿我我的世界。

值得一提的還有兩個人。

先提當時是海軍官校二年級高材生的福星仔。他是 Long 台南一中的同學，由於家境不好，考上海軍官校，經過這次的獵豔，並因之發現他的材質，毅然在往後的考試中，從頭幾名急降到最尾幾名，因而得以退學，重考×大，並留美得了數學博士，成爲台灣有數的微積分權威，教導過無數軍官將校。

福星仔是個身高一六八左右的中等身材，相貌平平的人，因爲常被幾乎沒有知友的Long，說成是個如何優秀的獵取學校考試成績的專家，而被納入我們五虎將的唯一貴賓。

那天他在感染到我們由於幾個月的分列式嚴酷操練，獲得無比的榮譽，突然鬆弛下來的，有節制的狂歡，和爲了失望於無法獲得盼望已久的諾言，所隱隱蠢動著的不滿，這混雜在一起，加上酒色，便會興起在我們這一羣人來說，頗易觸發的頹廢、虛無。於是他在同流合污中，從心裏開始遠離他的健康教育，嚴肅生活給予他的枷鎖。我想，當他淺嚐我們的生活之後，他已無法過慣，那種僅有一色的嚴厲生活。

參與這次的酒樂，其實在我們這羣追求心靈，重於形式的夥伴，像這次逛酒家的經驗，也只有一次，而在另一次退伍的半年前，和出獄的阿片林的酒宴，他不僅沒參加，我們五虎將也因之結束了這種浪費體力，與光陰的無聊行爲。

可是他藉這次的冒險行爲，確定了他的航線，而在其後的幾個週日的例假中，更深地發現我們據以感到生存之悅的，原來是那種無可比喻的，較之海濶天空，更爲浩瀚的時空交叉，無比渺遠、無限虛無的自由之嚮往，已被無意識地播種在這窄小的海島，經由偶然的從軍，湊巧集攏，因而形成的一羣憤怒的青年，透過天眞的，毫無城府的直覺之表現，所呈現的表象，吸引了他，然而當他無法被這羣總是具有非常敏銳的排他性，拒之於竟連這羣人自身也無法自知，並自爲糾正容納別人的情況下，他毅然離開了我們，並以一己之力，孤寂地步上獵取他被尊稱爲博士的道路。

如此這般的福星仔，在那天，他借助我們羣策羣力布置的迷宮，猴急地被引進坐在他身邊的酒女香巢，並在一個多小時，當他顯示赫然結成皮破肉開的許多被榻榻米擦傷的傷痕，一如蜂巢在他的雙膝時，這一笑話，遂營養了這羣人，當他們在往後的生存中，提供幾秒鐘的開懷，以沖淡屢被苦惱糾纏的生活——每當這些人聯想到當時的情景，必然會由衷地發出一個很有暫時驅逐憂思煩緒的妙用。

另一個值得一提者，是個在我們補完了，用爲參加分列式躭擱的分科教育，比如電訊、信號、雷達、聲納等等，而在等待分發服務單位時，突遭憲兵拘走，送到高雄地方監獄，並被老在五虎將之旁，徘徊著的王咬屏，這個在當時很少看到娶過自我意識頗強的大陸小姐爲妻，並由於她服務於監獄，而能蒙她照顧，因而被調到輕鬆的醫務室，去混到早我們半年，便出獄也不再服役的阿片林的。

這個人的實際年齡，跟他確實的心靈和意向，我相信無人能夠洞察。他被拘走的原因，衆說紛紜。不過可以由點點滴滴從其他五虎將的口裏，所反芻的他的自述，以及他在碰到什麼因而表現的言行，和聯想，歸納並印證了幾年後，當我們經過王咬屏得自其妻，從監獄的檔案間接傳聞的刑罰，確知他原來是個殺人未遂，替他頂罪的手下煞不住刑警的修理，好像透露了些什麼，以至於使他爲了逃避懲治流氓條例移送管訓，和避免地方法院的管轄權，正像他能以他廈門幫副首領的神通，刪改他實際的年齡，以逃過補充兵的入伍義務，卻在幾年後，從坐牢與入伍之間，兩相權衡取其舒服，而闖入我們五虎將的末座，以他濃重的廈門台語，和他可以呼風喚雨的黑社會之神通，披上我們四個熱愛文藝氣息深藍的水兵軍常服，得於擠入，除了參與我們，得於在嚴厲的操練中，分享到使他安然度過漫長的酷烈生活，並減輕他的幫派氣息，可能會帶給他的困擾。

上述最後一次五虎將酒宴，集會於台南××酒家，因爲盡覽他在他的嘍嘍們，和款待他們那一幫派的囂張行爲裏，我們離開了他，而他也結束了，在他可能會以爲用這一桌不必由他花錢的宴席，酬謝了他在生之旅途中，乘搭過我們五虎將號小舟那樣，登了岸，就此一去不回頭。不過據 Long 說，他曾在十年、二十年之後的不很多的境況裏，經由偶然的路邊相遇，和電話的邀請，拜託過 Long，替他找些賭錢的肥豬，以供他宰割，終被 Long 瀟灑而冷漠地推掉，並據此以評判他，也據此以回憶想當年的樂趣。

那天阿片林即在不露神色，不透一丁點兒熱衷於此道——花酒道的姿態，默默可又老練無比地，睜大細謎著，他那非常出色卻常顯黑暈的雙眼皮俊眼，這雙眼睛，包涵著台北建國中學高材生的先天智慧，和爲了姐夫服務於駐法×等秘書帶走姐姐，因而淪爲公子哥兒式的幫派副首領，屢戰累積的社會經驗，給予他的攝服力，他沉住氣地等到能夠發現跟他匹敵的牝獸出現爲止，他既能隱飾面對初次逛酒家，便幸運地被團隊魅力，編織的網網住的酒女和同伴，不成熟的、過分熱衷的、可笑地不自覺於自投羅網，並因之深喜的同伴，那幼稚的喜悅，和隨著時光的飛逝，愈陷愈深的狂態中，眞正有節制地喝著，並由等待中獵獲一個當他跟她上了床，便忘掉身處何方，拚命爭著，搶掉我由每個同伴，集資付過，並由愛上 Long 的秀美，拿回還給 Lo ng，再由 Long，還給我們的酒菜錢。並以老鳥那自由之身，以異於還被老鴇管制賣身錢，或屢向老闆透支，以便匯寄給貧困家人的錢，因之無法不賣力地被拘束於當地的酒女那樣，她欣然成爲衆女眼眸中的鵠的，在衆女嫉妒的眼色中，被衆箭之力，衝射到意猶未盡的，第三個五虎將控制大師涂的情人潮州的「××酒家」去。

從上午九點餘喝到華燈初上，涂的心裏老牽掛著潮州一個酒女。據說不曉得是否爲了自抬身價，她曾經向涂的表明，她有某種特殊身分，被派在酒家，而當時對於具有這種身分的神秘和恐懼感，竟也成爲入伍前，涂先生這個擁有助產士的母親，母系又是鄭成功的後裔，父親是個隱世的讀書人，所形成的沒落世家，那在骨底總會不時抬頭的，具備望族自覺意識的傲氣，卻也自知氣餒於早已身陷講究功利的社會，不會被重視的身分，因之急於參與追求功利以重整家聲的人那樣，他以服務於台南最大的西藥（ICI）總經銷商的外務員身分，用他的勤勉、誠實，彬彬有禮的風度，和從電影裏學到的優美氣質，加上溫順柔和的口才，不僅被老闆器重，且被當時猶在就讀高中的老闆千金（湊巧她竟是Long四妹的同學）所鍾情，因此後來成爲他太太的這個頗像奧斯卡金像獎影后費唐娜微的女學生（她愈成熟愈像那個女星）。每週總會寄來二、三封長長綿綿的情書，便成爲我們這羣人羨慕，也多少分享他們純潔愛情的氣氛。大約入伍三年的魚雁來往，對於凃的文學修養不無幫助，因爲面對氣質，風度、口才都已不管用的分離下，如何維持戀情，並進而更深地抓住女學生初戀之心，遂成爲凃的迫切需要加緊惡補的，因此對於這位功利的追逐者，之能從我們這無時不放射著文藝氣息頗濃的團隊裏，經由發酵所形成的氣息，並把這現成的產品，記述投郵，竟也成就了他追逐的目的。

潮州酒女的相識，無疑是西藥外務員司空見慣的職業外快之一，正像他們的另一種外快，好像是能夠認識並爲忙碌的醫生那寂寞的太太們，做些額外的，對於雙方都會頗感欣悅的服務，那是說，假如這位外務員具有獵豔的才能，並有推銷藥物之外，也能兼銷自己的話。

當我們在「鳳仙閣」離開了我們電訊班班長準五虎將王咬屏，和海官校的福星仔。

王班長一再聲明，他一定會像我們這幾個幾乎感染了參加分列式的所有同學，同樣的心理狀況，那就是酷欲以夜不歸營，來驅散這幾個月，經由嚴酷生活所造成的緊張和鬱悶。

不過當天如果沒有凃的老是心懷二意，爲了懷念潮州酒女纏綿的不用花錢的情慾，又能提供使他不能，也不敢輕易冒然侵犯的純潔女學生，那幾乎能夠決定他走往成功之路的捷徑。因此頗有耐性，頗能控制情緒、情慾、金錢地等著我們解決了我們的問題。加上我、Long和阿片林的對象，不僅不收費用，並且意料不到的還由Long及林的情人，爭付一整天狂飲猛吃的龐大費用的結果，遂落在林的及他的酒女，那互相以爲攫獲了對方，急欲另闢第二戰場，以繼續發展他們相見恨晚情意綿綿的話，我們這些已經發射了鬱結著我們的精液，心裏已無些許經由動物性的情慾，鬱悶成心理不滿的任何因素，我們之中除了凃的，和林的之外，我們很可帶著輕飄飄的心情返營，並以我們當天的戰績羨煞同學。

可是團隊的精神，使我們避悅趨難，在驅往潮州路上的包車裏，在到達目的地的酒家，適逢凃的對象，顯然被帶出場（台語叫：帶出局），我們還得在索然無趣中，爲了頗要面子的凃的湊合著打哈哈，互相傳遞著誰也知道，可又不得不無味地惡撐下去，以安慰這個如用明顯的安慰話，必會傷害到他，或者必會引起一場除了他，別人都已毫無興趣，毫無氣力去爭吵的話。

「這個時候，如果我們趕回去，大約還來得及參加晚點名。總隊長說，今晚他要親自點名。爲了要證明我們是否名副其實的，是海軍士校之光，不僅以分列式贏取榮耀，也以嚴守軍紀，獲取革命軍人無比的光榮。」不知是誰，也許是每個人，除了懷著憤怒之火的精液，猶未發洩者的涂的，和無可無不可的擁著帶自鳳山的酒女熱烈地低語什麼之外，每個人，好像好幾個人，你一句，我一句通順地說著，或者開頭的人只說了第一句，其他的那些話，是在每個人的心裏，反芻著感受到，或是如此這般順理成章地說出來的。

可是看到涂的猶能爲了等她，而一邊忙著布置不至於留不住我們的情勢，更不至於使他漏氣（台語：失掉面子）的掙扎中，獨自陷於忙亂，我遂幫著他，並以熱誠的態度，引起頗富團隊精神的夥伴們，同心協力，爲夥伴化解難關，正像衆人解囊相助個人；也像衆怒不犯個人那樣地，我們每人付出了無比的勇氣和犧牲，以促使團隊中的每一分子，也能享受到大家早已享受到的同樣需要，那福利。

在這種默契之下，異衆同心的行動，便急速地完成，該睡的睡，該等的等，要耍的要的作戰布署。

終於帶著外行人看不出絲毫酒意的涂先生的酒女，被涂的帶進涂先生入伍前經常帶她來的這間旅社的的房間來，而在我這頗能洞穿堅甲利兵的藉酒爲媒的酒性專家，和人性研習者的眼光來看，當涂先生在帶她進入我們房裏之前，必已使用過他能使用的一切方法，以促使她在醉中猶能表現其不醉，或把她的醉態引入醉之美姿的，凝結在稍增一分必趨狂亂之態的拘謹醉態，那多一分必會崩潰的美相裏。

因此我替大家給他們解了圍，僅只讓他帶著她，在亮了相之後，馬上釋放了他們。翌晨，在悔懼，經由昨夜將睡之前，睡夢之中，昏睡的夢裏，讓早起的賣力者所吵醒。

幾乎互不相讓地，沒有女伴的夥伴們全醒啦。憂形於色，噤若寒蟬地絕口不提「夜不歸營」之事，遂成爲這批人違反心意的控制者。

差不多相差不到五分鐘的時間裏，動作頗爲迅速的涂先生，及林的，相續在一、兩分鐘之內來到。

於是在看到涂的早已穿上全副白水兵外出服的水兵們，即刻趨向同一個著裝的動作，就在阿片林進來的前後，完成穿褲、左腋夾帽，手裏打領帶的動作。

看不到他們的女伴。也不必訊問他們。我不知道夥伴們的心裏是否了解「晚空鳥」似的酒女，必須睡到中午，以補足她們早已養成遲睡習性的睡眠。不過我知道，這批發洩了鬱悶，卻又背上更大的憂悶於恐懼的人，已因自覺不守軍令所形成的違規的擔憂中，迅速地準備跑回軍營，去面對軍紀的制裁。

回到士校。我們發現除了王班長，那個昨夜離開我們，即以電話向值日官請假。理由是太太生病必須照顧，因而不能歸營，直到現在還能無憂無慮地消遙於士校之外，沒參加昨夜晚點名的，就只有我們這批清早歸營的五虎將。

每個同學都以身不違萬事足的態度，優閒地瞧著我們這批確實屢行了共同意願的執著者，雖然不能說是勇者，不過幾乎可以說是誠實者，卻又因之違規，竟被這批小人似的，不會恥於食言，更不因其食言形成了這種可笑、可憫，卻又不知其可笑可憫，而以其無感覺的衆相，沉默而又直覺畏悸地瞧著我們，像似我們這些早先根據我們的才能迷惑過他們，也被他們所羨慕的人，是些傳染病的患者似地，他們三五成堆，堆堆怯視我們的懼相，形成了當我們，其實也只有我一個人，在這沒酒，又不能由於口帶酒味，而我又爲了海量，在幾個小時的睡前喝了頗多的酒，並在起床之後，也喝光了昨夜沒喝完的酒，觸怒執行官對我產生偏差的印象，據此以判我同伴，他們不應得之罰。

我們在參加早點名之後，又重複上述的感觸。然後確然的行動，在行政效率無以倫比的軍中構成。我們遂各別地被喚進值日官的房裏。

當許多人被單獨地喚進去，而又不見先前走進的人出來之後，衆議紛紛。可是等著被傳的我們，卻也以其不屑一顧鼠輩們的吱吱嗟嗟，經由頻頻回顧的行爲中，爲酷欲了解昨夜官長的怒態，以決定我們可能面臨的懲罰，在心底構思，擔憂著。

可是冷酷的事實，竟在紛紛準備享取一週假日的第二天的同學們，以其沒犯規的清澈之態，和由於沒犯規更增其有我們這些將受處罰的異類，可資印證其食言撕約，沒守共同心願竟已得到如此甘美的現況，深爲慶幸，並自滿著利己成羣的聰明，換取的利益，可爲一生的借鏡明鑒其行態，棄絕我們。以其透明的絕情、隔絕我們。

當我輪到被訊，因而走進衆人欣羨走進，卻又無法走進，而我由於身懷文藝、運動的才能隨時可以走進，而我又不願意爲了怕人說我，是個「抓爬仔」（台語：密告者）衷心拒絕被人誤解我是如此這般，專走這一去處的人之後，我以坦然之心，並以宿醉未醒之態，接受偵訊。

也許由於先前幾人，早已共同地述明了此行的可說之情，我遂在簡單的問訊，和答而不辯之中，被吩咐走往我的夥伴們，早先入室未准出房的行列裏，感受這一並不太嚴重的違規，並未被愛護我們如父母兄輩的執行官嚴重不齒。最後他以婉惜的口氣、莊重地做了他的判決：

「你們的夜不歸營，可能不像你們每個人所講的那樣單純，我也不準備追根究柢，以查明眞象，我不想證明什麼，也不要懷疑你們的行動是集體行爲，以免處罰時不得不用較重的刑罰處分你們，你們應該曉得那是可以送到軍法處的。可是你們要知道，你們昨夜的行爲，使我非常難過，幾乎一夜未睡，好在你們及時回來參加早點。昨夜如果不是總隊長親自點名，我爲你們這幾個月的克苦，和克守本分，並爲全軍爭取到的榮譽，我本來不想點名，雖然缺了我最引以自豪的頭一排的你們，我還是不想處罰你們。可是既然總隊長點了名，竟發現全校最好的電訊班的頭一排少了幾乎三分之一的人，好在他並沒有特別生氣，所以我現在只象徵性地，取銷你們這一週剩下的六天假期，罰你們在本中隊的營房內活動，不得離開，並隨時準備接受點名。」執行官一說完，並意味深長地瞄了他最賞識過，也的確在爭取文武競賽中替他贏得不少榮譽的我一眼，豎起的右掌像一扇門似地，由掌根把五指向外一撥，好像在說，可以走啦。

「立正。敬禮。」我感激地帶頭喚起口令，並用力地敬過禮，接著說：「起步走。」

走出執行官室，我們舒了一口氣，不屑地走過先前視我們如傳染病菌的同學面前，優閒地走進白棉被疊得比豆腐塊還要有稜有角的寢室，那裏空蕩蕩地，顯得頗爲清涼，同學們也許早已做鳥獸地離開了校門，走往放假的途中，並帶著慶幸自己守了規矩，終於能夠繼續享受我們無法享受的爲期一週的第二個假日。

不久 Long 從厨房帶來滷過的豬肝、牛肉等等菜饌，並替我們這羣被禁足的人，跑往福利社，帶來整箱的酒和汽水。因爲他睡在厨房，夜不歸營之事，沒被發覺，執行官也沒追究，大約也沒被密告，所以能在這六天裏，以其行動自由，和採購權利，不僅讓我們餐餐像過年那樣享受到無比美食的補償，也以他自願放棄的假期，當我們的手足，突破禁閉我們的空間，並與他的即興劇娛樂我們，使這禁足的六天，成爲五虎將獨特甘美的空間和時間，閃耀在有心人往後的記憶裏。

由於王班長小人的作風，雖然他卑鄙地躲過了官長的處罰，卻也終止了分享五虎將團隊的友誼，除了阿片林，和涂先生個人間，還跟他維持往來之外，如果不是大家的阻止，他早已被嫉惡如仇，視卑劣小人如蚊蚋、蒼蠅的 Long 修理過。而在繼續理他的兩人中，阿片林卻以受他外省太太之惠，入獄時嚐到被照顧的美果；涂先生卻在十年後，受王咬屏之害，替他背負了一大筆債務。

直到有一天當 Long 贏光廚房伙夫老兵的積蓄，因而犯了廚房的衆怒，被密告了一件芝麻蒜皮的小錯，因而被執行官叫去訊問，雖然無事地離開執行官室，卻也因之趕回廚房三拳兩足狠狠地修理過密告者之後，跑去向執行官辭掉伙委的重任，從此我們再也吃不到，在他當伙委的幾個月間，那麼出色的飯菜。

好在分列式的酷操已經過去，雖然電訊課業在加緊中進行，然而這個時期確是入伍以來，最優閒的生活步調的開始。因此過慣住在廚房，幾個月內身上總有一個銅質外出胸章，在任何時間全可以自由進出軍營的 Long，並沒有感受到失掉外出資格，給予他多少的不愉快。這也許是有了幾個知友，在他身邊給他的舒適感，抵銷了自由的喪失所致吧！

不久菲律賓回國觀光的僑生團，被安揷在我們這批參加過閱兵大典，奪得最高榮譽的營區，並由官長指派了幾個身高一七八以上的儀隊，身著白色外出服，全副裝荷槍，守衛女生們晾曬乳罩三角褲的曬衣桿（其他衣服好像都送到福利社的洗衣店去洗濯），和建造軍營時，從未想到有一天竟會住進這麼多女僑生，以至於沒有遮蔽物圍在一長排裝著水龍頭和水槽的水泥盥洗台。雖然冬天有個可容上百個人沐浴的浴室，好像也開放給她們使用，可是不曉得是離她們的住處較遠，或是爲了某些調皮的念頭使然，竟在這時用白被單圍起盥洗台，和一排排蹲下馬桶可以看到足踝的厠所的兩端，暫時當做女生沖浴場，從遠處可以看見她們邊唱著頗富異國情調的情歌，成羣裸露著頸子以上之處，和裸膝下面的赤足。

守衛這批活潑而大方的女僑生的任務，逐被 Long 專任了好幾天。在這被多少人羨慕的粉紅色差事中，他被一個馬尼拉市富商獨生女，名叫許燕燕的小姐愛上，並惹惱了官長們，在逮到他用就寢的時間，受燕燕之託，公然帶她前往福利社的途中，被入伍訓練時看不慣吊兒郞當的他卻也找不到 Long 的毛病，無法修理 Long 的一個老班長碰到。因而如獲至寶似地向我們的執行官告了密，逐在 Long 輕鬆無比地低吹著口哨，回房時，在他脫了半條外褲的當兒，被一道緊急命令，撤銷了守衛女生入浴及乳罩三角褲的粉紅任務，並當場被押往他早已住過的禁閉室，關起只准吃鹽水飯的重禁閉。

經過五虎將全體的匆忙奔波，十五分，我們執行官室傳來了燕燕稀罕的、女高音的哀嚎，和官長輕聲細語地安慰，所混雜的喧鬧聲。

爲了切實了解進行中的情況，當Long被衛兵押走，下一個衛兵在整裝準備站崗時，我代他站了一崗。於是我得於在衆人只准躺在鋪位，靜聽聲音的變化亂猜情況時，我卻可以走近執行官室，公然目擊這場在軍營難逢的好戲的演出。

「嗚嗚，嗚嗚嗚……如果要關人，不應該關他，你們應該關我。嗚嗚，是我跑來找他，拜託他帶我去福利社照相館，拍一些紀念溫暖祖國之行的照片，我不知道，這樣單純行動也會害了他，嗚嗚，嗚，你們關我吧！你們不放他，把我也抓去跟他關在一起。嗚嗚嗚，實在是我害了他，我怎麼想也想不到，我興沖沖地跑回嚮往已久的祖國，卻害了一個我敬愛的水兵，嗚嗚，你們不敢放他，我去見你們校長。嗚，嗚，嗚……」

燕燕邊哭邊談著，有時看起來頗像嚷著一樣地表演著，顯然她意識到五虎將中的我，她心愛的Long心目中的詩人藝術家，正在門外默默地凝視欣賞著她演出，因而使她不知不覺地更加賣力地唱著查某番的哭調仔（台語：女人歇斯底里的哭鬧）。

「請妳別哭，許聽敏違紀，所以被關起來，命令確然已經發出去，實在沒有辦法再收回來，妳忍耐一點，我們再想辦法，找找看他有沒有什麼功勞可以抵銷他違紀，早一點把他放出來。現在這個時候，大家都睡覺，妳這樣大聲叫嚷，實在不好。請妳先回去睡吧！這麼晚，校長也不在學校裏。妳去找，也找不到人。」

執行官以一種我們從來沒有看過的溫柔和藹，像似很會打動女孩心絃的俊逸，娓娓地開導她。

「我不管，我害了他，我怎麼睡得著。」平常看起來蠻溫順的燕燕，耍起賴，確也叫人頭痛。「你不放人，你也別想睡，我整夜在這裏哭，看你怎麼辦，最好把我也抓去跟他關在一塊。嗚，嗚……」

眼看這位平素頗得我們敬畏的執行官，深陷於顯然無能突圍的困境，我禁不住替他擔心起來，雖然燕燕是被我們通知邀來解救 Long 的，卻想不到因把這位頗得人緣的執行官，給困陷於窘境，實在不是我們樂於看到的。可是知友在禁閉室裏，一想到關人的那種地方，從小即看到先父被莫名其妙地，被一個追不到我家養女的密告者無證無據地密告，說什麼先父在家裏的地下室舉行政治性集會，被抓去訊問，查無實據，折騰了好幾天才被釋回；另一次是在這次之前，光復不久的一九四七年的不幸事件裏，如果不是先父醫好過的大陸官長，及時趕來解救，高雄火車站前，每家一個戶長被抓出去，排在廣場，那種分秒必爭的恐怖，必也使我的下意識，興起爲了迴避被關的事件絕對不做種種可能會被關的行爲。

「實在告訴妳，許聰敏這個人，雖然他在當伙委時，立了不少了不起的功勞，可是我們也很清楚，他大過不犯小過不斷的做法，不斷使我們感到困擾，為了他，我們開過不少次會，結果都因為他的那些小過失，總被他伙委任內的許多改善伙食、清潔廚房、講究衛生的認眞作風遮蓋住，因此雖然有很多老班長看不慣他的作風，我們當官長的卻有不少人，不能說不欣賞他，可是這次，實在沒有辦法，報告他違規的人，已經報告過好幾次，都因為沒有被受理，那位老班長剛才就很惱怒地說，如果這次再不嚴辦，他可要越級報告校長啦。妳看，如果我再不辦他，連我都會受到難堪的責問。因為我也是欣賞他的人之一。因此請妳多體諒，我剛才說過的一切。請回去吧！我一定不會使妳帶著難受的回憶回到僑居地。請妳信任我。」

燕燕被感動似地，經由十六、七歲的少女，那充滿純情，很想多了解她一見鍾情的英俊情人的資料中，被誠懇的執行官也褒既貶的說詞所說服。於是她把帶著淚眼的視線，看向門外的衛兵——我。當我迅速地向她點一下頭，希望她不再困擾執行官，並趕快環顧左右時，我感受到執行官敏捷的回頭，帶著嚴厲無以倫比的審視的張大的巨眼，他看到我，這個被他所寵愛，也替他爭過不少榮譽，從壁報、跳高、足球賽，以至僥倖獲得辯論賽，和分列式的最高榮譽，幾乎沒有一樣本隊榮獲的殊榮中沒有這個人參與的我，因而軟化下來的表情，再度回過頭去，並站起來，做了一個像要結束談話姿勢，響起他那頗富磁性的男性低沉聲音說：

「回去吧！我一定想辦法放他出來，絕對不會讓他關滿命令中，判他一個禮拜的重禁閉，不過如果連今天都不關的話，他在士校的日子，便會因爲許多看不慣他的人，因爲我們剛關了他而又馬上放掉他，羣起而攻他，到那個時候，反而會使他更難度過不久就要畢業離開的士校，搞不好，在他那種絕對不理別人怎麼想他看他的我行我素的作風和情況下，他說不定會被人，用陷阱……」

執行官也許突然意識到自己在一個傾聽他出色的遊說裏，發現自己的辯才，竟會這麼有效地左右了一個嚎啕大哭的少女的意願，不知不覺地說漏了嘴，而這種洩漏他職責的言詞，絕非自我意識頗強的優秀軍官所容許，並加上意識到本來以爲有我的在場，更能使他感受到驕傲，卻驟然感受了竟在過分費力的演出中，演過了火，而頓然停住嘴，然後回過頭來，命令我：

「施明正，帶這位小姐回寢室。」跟著向她點著頭說：「回去好好睡，請妳記得我跟妳一樣喜歡許聰敏，不過我跟妳想救他出來，剛好相反的是，我正好用關他，來愛他、救他。我相信，不用我多說，妳應該早已從我剛才的話裏，知道我說得多麼實在。晚安。」

燕燕含著淚，逼視了執行官最後一眼，走出房外，走近荷槍立正等著她的我跟前，隨著我走向通往必然會遺留在她這有限生命的初戀之始，即已命定無法開花結果的，短暫戀情的波折裏，絕對睡不著的夜空，那充滿繁星似的雜思碎想，而當我目送她進入，男生止步的禁地，頗令男生遐思的寢室時，她回過頭來，以一種在當時我從來從未從少女看我的眼中，不露些許對於美男總會移送的那種無言卻與刹那的逼視相類似的致意的眼色，看我。僅有感激她，幫助她，在追求另一個已佔據她整個心房的男人，而深受到的挫折裏，有我在場，確也替她解決了她強烈的被挫敗裏，使她安然地暫時擺平心中的激怒，和無奈，所興起的複雜心情的眼神。

在走回寢室的途中，上一班的衛兵張××，把 Long 押到禁閉室的人，趁機跑了一趟福利社的小吃部，已經回來，並在他活動的範圍內，跑到最遠的崗位邊緣，著急地告訴我：

「執行官，我們的代中隊長，問過我下面的衛兵是誰，我不知道你替柯××代站，所以告訴他是柯××。然後代中隊長，馬上叫我去叫柯××，好在何××告訴代中隊長，因爲拉肚子，所以跟你換班。執行官也就沒有再說什麼，不過我看得出他好像在懷疑什麼。雖然嘴裏沒說什麼，可是態度很怪。你要小心一點。你去睡吧！柯××說已經吃過正露丸，跑了三次厠所後，已經止住啦。我的班才站了四十五分。柯××說他再休息個把小時，應該已經可以自己站崗，用不著你無條件替他站，你去睡吧！」

經過一番同學間頗爲感人的互讓，我終於拗不過張××的誠摯，跑去向執行官報告我已完成的使命，回了房，低聲向柯××道了謝，反而得到他頗感慶幸自己已在無意中，參與演出一場頗爲精采的浪漫喜劇而欣慰著。

翌日 Long 還關在禁閉室。燕燕好像爲此跑了幾趟校長室，和總隊長室，終於在傍晚，據說，他在拒絕未關滿被判的一週禁閉，不肯走出禁閉室時，如果不是總值日官非常地生氣告訴 Long：

「你別不識抬舉，敬酒不吃想吃罰酒，我馬上再加你幾天的重禁閉，理由是違抗釋放命令，你不信，再過五分鐘，我回來時，如果還看到你在籠子裏，有你好看的……」

說完倖倖地走開。

此時興奮的五虎將，及許多蒼蠅似的追隨者們，帶著怯怯的心情，堆在五虎將及準五虎將，和隨著燕燕來的女僑生的外圍，看著狗熊似地苦笑著沒有皺紋的苦笑，走出禁閉室的 Long，瀟灑地從黑襪的鬆緊帶裏，每脚掏出兩包雙喜香菸，拋了兩包給蒼蠅似的外圍的欣羡者，然後拋了一包給我，當我滿意地接下又順手遞給墨西哥，把我早已準備好的，撕開像歡笑的那樣的大嘴，露出大笑中露齒而笑的香菸，一包包地遞給附近的同學，並隨口說道：

「讓我們爲燕燕小姐的美人救煙投囝仔（台語：英俊小伙子）抽一根……」

「施的、墨西哥，我們請燕燕她們到福利社去吃個痛快。」Long 邊說邊從口袋裏，掏出好像掏不完似的牛肉乾、口香糖、小魚乾、海藻片，像似變戲法的魔術師，遞給燕燕帶來的女僑生們，並幽默地自嘲著：「台灣水兵，沒輸美國水兵吧！」

一陣頗具異國情調的浪漫風波，遂在寧靜中經由五虎將刻意答謝，宣慰祖國革命軍人的回國女僑生，感觸自由中國水兵們無限誠摯，在寧為美女坐牢，並以身試法，毫無怨言的服務中，我們為了不做無謂的刺激妒恨我們並遍布在視力內外的，每個角落，那愈收愈緊，由無形逐漸顯露，浮現的，由點成線，由線結網，所造成的密告者的樂園，那猶大交響曲所震憾，我們在許多人的提案下，選擇了老於世故的阿片林的建議，走向可以聽到晚點名的播音號，並能在最短的時間裏，悠然地走往自己的營隊，接受晚點名，以免再次惹來麻煩的草地。

在那逐漸被幽黯的夜幕垂蓋的草地上，正有一個缺席的五虎將，守護著我們樂捐購買的酒菜，等著我們帶回任誰在失棄任意自由的入伍期間，絕對邀請不到這麼多出色的女僑生，參與如此非正式，卻瀰漫了媲美世界名片的編劇家所安排，並由傑出導演執導的浪漫場景。

為了避免過分刺激嫉妒他的人，我們再三勸告 Long 儘量減少在公開場所，即使是在合法的時間裏陪伴燕燕出入人前，可是誰又能阻止兩廂情願的一見鍾情者，那僅有幾天相處的戀情，一如許多類似他們稍縱即逝，一去不返的戀情的「旅戀」，或者將赴戰場未知生死的軍人，和愛戀他們的人，不是爲了金錢而深愛他們的女人那急切互趨擁抱，並酷欲彼此奉獻一己短暫相聚的無限情意，於狹小空間和短促時間似地，他們竟也不顧我們善意的規勸，其實任誰只要變成他們之中的任何一人，不也會像他們那樣地執迷不悟嗎？

終於命定分開的日子來臨了，誰能不分開，時間的長短，不也不是絕對性的因素。誰能說他們幾天前偶然的相逢和互悅，和因之形成的執著於離情的痛苦，比不上七、八十的壯漢愛戀一點一滴建設並霸據世界一角的名利，那不願撒手西去的痛苦。

我們列隊圍繞著巨大操場的外圍，在整齊清潔的水泥道上，歡送這批必定把自由祖國的溫馨和熱愛，帶回僑居地的女僑生。而獨獨只有 Long 一個人被強制命令不得列隊歡送，也許下達這道命令的長官，深懂離愁的難忍，不想在歡送的悅快途中，目睹悲愁離情的場面，才把 Long 禁足於我們的寢室，然而卻因沒有禁止他爬上屋頂遙送燕燕，並由我們通知含淚黯然離去的燕燕，大鵬似地伸展兩手像翼羽的 Long，站在屋頂的一角，那遙遠看幾乎有點像似白天看不到的藍色蝙蝠似的身影，而引起燕燕怎麼也禁不住，一直想要往回衝向遙遠的天空下 Long 的形象，並激發出無比凄情的哀嚎，竟使這一平凡已極的歡送，突變而爲深刻無比的難忘場面，最後在代中隊長苦勸燕燕，同時吩咐我們之一的任誰，而由我快跑叫來早已淚水滿眶的 Long，揮手並答應寫信給她後，得於完滿結束了這種在最可能沒有劇味之處，因爲有了幾個戲劇性的人物，竟因之發生如此濃厚戲劇味的一幕戲劇場面。

也許由於在不久之前，當我們從酷操分列式的奪標中鬆下來，並被引導我們走後，以另一次緊張的準備和鍛鍊體能的鍛鍊中，摻雜些許娛樂性地發掘每個人的體育潛能，以做多層次效能之使用的官長們健康的意願。當然不能說沒有混入消耗體能，磨損可能積存多餘的精力，在年輕人的心志，和意願裏的調皮搗蛋之舉的原動力。

在建國中學求學中頗爲該校奪過錦標撐竿跳健將，阿片林在不知可能會有運動大會舉行之前，好幾個月的五虎將交換每人才能時，曾經透露過這種不必隱藏見不得和告不得人之事，因而早被五虎將，這總把奪得榮譽爲己任的傻孩子，牢記在心頭，並在全校提到舉辦校慶運動大會時，正像整我的夥伴們的 Long，推我出來讓我獻醜，卻已得到辯論錦標的行爲似地，不知由誰，也許是我，或者 Long，不然就是別人，總而言之，我們自做主張地替阿片林推薦，並報了名。

就在選手集訓時，總隱沒其才能，隱於軍中的阿片林，斷然拒絕參與選手的訓練，眼光雪亮，幾乎可以看透掌握在他手中的每個充員戰士的代中隊長，在經過幾個小幹部命令阿片林，總被他經驗老到的推託下，無法完成他以往的命令，必能辦到的自負受損中，親自遊說阿片林，然而竟在很會柔拳的阿片林，推東撥西的躲閃下惹火了耿直的代中隊長，竟然在盛怒中動手打起絕對無法犯上的阿片林八個巴掌，可是當揮掌的人碰到這個混在台北，並以廈門幫副首領的資格，殺過人，仍能躲過通緝，而閃避了他幾乎象徵性的巴掌後，眼看阿片林以本能顯現的架式，在防禦中頗有迅變防禦爲攻擊的，連綿態勢裏，激怒了代中隊長，使他全然忘記當時正在風雷推行的「不做體罰」的要求，純然以一個打不到人的攻擊者的身分，攻擊起這個也許早在審核個人資料時惹惱了他，卻又因其狡猾，逮不到他的毛病，以修理這個既不多用一分力，以爲團體爭光；也不少一分力，以減少破壞團體紀律的人，給予惱怒的攻擊。

之後，還是阿片林厲害，他在閃躲過無數狠狠的攻擊後，也許意識到如果不被拳頭修理，必然會在激怒對他這個早把利害關係，視爲經典和安命符的幫派首領級的人，早已洞察的經驗那樣，突然以一種豁出去的態度，出其不意地，全然違反躲閃態勢地，用他厚重的胸肌，那可以發出巨響，卻又有著鼓滿氣，憋住氣息，以屈低守勢，收攏全身肌肉的細胞，承受巨力衝擊似地，連續挨受三、四個左右憤恨的直拳，並在對方第五道，飛起的右小腿，可能會擊中袴下脆弱的小物時，順著腿風抱住小東西，速退半步，再以另一種可躍前後，可滾向左右之勢，右膝蹲坐豎起，左膝著地脛骨拖地，仰視著攻了老半晌，卻也使得整個中隊的官長、士兵啞然瞠目，驚訝在原處，沒發一聲地，等待著不幸事件，趕快結束，以便進行，本來早已等待著的，再爲全中隊奪得更多錦標的分配，羣策羣力地盼望，和熱衷的隊勢裏。

「把他押去關起來。」

代中隊長怒吼著，多少也由連擊不中，竟也擊中的，出過氣，還沒想到他也已犯了規的，人的通性中，以大吼一句，連帶舒了一口悶氣。好像突然從狂怒中清醒過來的人似地，以一種既不是他穩健的平靜聲調，也不是他在盛怒中，突擊敵人的軍人氣概，他環視著他頗以爲榮地自負於佩服他的管理，正像他一向爲了同樣出色的他的兄弟們，代理過和推薦過一般，他環視他的夥伴們，這羣被他從犧牲了假日、幽會，以及人類最起碼的休閒活動於不顧的，執著於追求職責的完美要求裏，被職責所淹沒的可敬的人，卻在這個時候，突然由他聰敏無比的自視力頗強的自覺犯了錯，也在自我了然於壯烈的自我欣賞，和自我譴責中，不做任何虛飾地，以一種令人歎爲觀止的不亞於日本自殺飛機的飛行員那樣，悲壯地，沒喝酒，卻頗有喝過酒，未到狂亂之境的酒後般，瀟灑地說：

「爲了我從未帶過的這羣優秀良駒，我不容許不爲全隊付出全力的害馬，我修理了他……」

這時我想到，可能他會說出，他推崇賞罰分明，因此他自判、自責，可是這個令我非常佩服的人，卻突然停口不再多做任何詮釋他的行爲之舉，因爲他了然眼前大多數沒感觸，或者有著感觸的人，只想以三年的入伍，平和地混過這段時期那樣，也像更多的人混過他們有限的生命，那可以經由生存態度的如何，也可以蔑視這有限生命的各種可貴的變形、變體，諸如由水結冰，由岩，從山嶺滾下河道，磨損成小小的卵石般，甚或，細沙本是巨岩的一個分子似地默認，並聽天由命地承受命運加諸以人們的擺布。

很會見風轉舵的阿片林，在被押往禁閉室的途中，向押送他的班長表明是爲怕拿不到錦標，替團隊丟臉，才拒絕參與比賽，因此在班長向代中隊長，說明之後，他終於在觀光了禁閉十幾二十分鐘後，恢復了自由。並以撐竿跳在運動大會出盡風頭。

一個準五虎將，他是Long幕後錢主的台南人，矮壯忠厚、濃眉大眼的嵋肋，也在田徑賽方面囊括了不少錦標。可是有趣的是這麼一位田徑場上的怪傑，竟會是海軍中極少數不會游泳的人。

Long在運動會中，當然又以採購西瓜、汽水等等，慰勞選手的拿手工作，提供他的貢獻。

運動會結束之後，我們的分科教育也已接近尾聲。就在我們接受過結業考試，等待以成績的優劣分發服務單位時，Long竟在每月舉行一次的榮譽座談會裏，被政治戰士所圍攻。導演好像是我們的代中隊長。其實這也是司空見慣的檢討行爲。可是在嫉妒Long的種種瀟灑行爲，和他樹敵太多（一部分是賭輸他的人；另一部分是辯輸他的）的情況下，平常能言善辯的Long，竟像孤雞陷於蟻堆般，無助地瞧著我和其他五虎將，以及經常追隨在他周遭聽他臭彈的人，然而由於明顯的圍攻，乃是早已研究並排練過的，因此幾乎沒有人敢於拯救這個被喚起來，遭受羣蟻螫蝕的相打雞（台語：鬥雞）。

也許是眼看落湯雞的狼狽，和羣蟻無情的圍攻，刺激並喚起人類原始的捨身救人的本能，那顯然會惹火上身，吃力不討好的，有點像似自殺行爲那樣，我出其不意地舉手，並在政治戰士那些演員，無法跟編劇和導演聯絡，以修改，預排如何應付新劇時，我站起來化莊嚴爲輕鬆地發言：

「我不知道剛才發言的諸位是不是，因爲享受不到運動選手吃過的西瓜，和汽水，才那麼熱衷於圍攻，這位在分列式，也在這次運動會裏，以他優秀採購的才能，爲我們全體的榮譽奪標，出盡全力的同學。對於剛才有人盡提女僑生許燕燕的事件來非難他，我認爲它已經過去，不必再提它出來重溫，我如果隨便提幾個我看到，也有別人可以作證的人，老是偷偷摸摸，鬼鬼祟祟地，經常徘徊在女僑生宿舍附近的同學，大家心裏有數，我指的是哪幾個，因爲這幾個人現在已經面紅耳赤，何必再爲難他們呢！比起這幾個人的行爲，我覺得被你們圍攻的人，之所以能夠獲得回國觀光的女僑生的愛慕，豈不是我們自由中國水兵們共同的榮譽，我們何必因爲被愛的人，不是你、我，而妒忌，因而圍攻他。如果眞想追究一些問題，我記得運動會結束之後，許同學和我，及幾個選手，把吃剩的五、六個大西瓜寄存在値日官室，可是第二天我們去找時，已經不翼而飛，這件事，我們一直都沒提起，因爲誰吃了它，都是自己人吃的，我們何必像小孩子那樣天眞地斤斤計較，是不是自己吃的。」

我的一席話，出乎意料之外地沖淡了圍攻的熱潮，當我把話題引到爲了一生中難得相聚在這麼同心合力地爲團體的榮譽，每個同學全付出過他們的心力，這些一定會在有生之年牢牢地被記住，說不定我們還會告訴自己的孩子，我們這幾個月如何爲奪取團體的最高榮譽，不辭艱苦的團結奮鬥過，誰還會記得早已忘記的艱苦，因此何必盡提一些可能會損濁美好記憶的窩囊事時，一場火藥味頗濃的辯論危機，竟然過去。

可是針對 Long 所發的危機，雖然好像過去，卻在當天的三更半夜，降臨我的頭上。當我被衛兵喚醒，並被叫進代中隊長室，因而使我感受到有生以來，第一次被莫名地戴上可怕的帽子所興起的恐怖。好在由於心存坦然的人類愛，和一向崇尚友愛的高貴情操，用這些早已結合在我心靈的東西，我終於促使代中隊長感受到以人類愛和友愛爲出發點，所做的救難行爲，並沒有他想像和擔心的那麼可怕。

不過這些資料，輾轉地如影隨形，並被參考，做爲八年後決定逮捕施家三兄弟，由於四弟施明德的同學的同學們的出賣和亂咬，判我五年政治性的懲罰不無關係。

海軍士校充滿溫馨友情的回憶，像層彌久猶新的翡翠透明的碧綠，當時也許有過不少遺憾之事發生過，然而我們如能在短暫的人生旅途裏，以豁達的寬宏心境，注視它們在和諧的碧綠色調中，呈現著一幅幅壁畫般的形影，雖然有時腦膜裏難免會閃現些許荊棘，可是這些荊棘，必然也會像似救世主耶穌頭上的荊棘那樣，成爲人世間神爲救人，出自愚昧所做的救贖行爲之象徵。

——原載一九八〇年十月《台灣文藝》第六十九期

政治與文學之間

——論施明正《島上愛與死》

黃娟

一、前言

以短篇小說集《島上愛與死》揚名於台灣文壇的作家施明正，於一九八八年八月二十二日因肺衰竭而死於醫院。

導致他死亡的眞正原因是他在四月二十二日（八八年）開始的絕食行動，旨在陪他的四弟——美麗島事件唯一尚在獄中的施明德——以絕食進行長期的抗議。所不同的是他一聲不吭，既沒有「聲明」，也不發表「宣言」，一個人悄悄地、一步一步地走向了「殉道」之旅。因此他的「死亡」消息，見於報端之後，引起了許多人的震驚。「震驚」來自事先幾乎無人知情，也來自他的「烈士」行爲，不像是自稱「懦夫」，也被他四弟認爲「懦夫」的施明正所能做得到的。

年輕時英俊瀟灑的施明正，會心甘情願地把「懦夫」的商標往自己的臉上貼，是由於一九六一年，他莫名其妙地被捕，並且在刑求下變成了叛亂犯，被判處五年的徒刑。在那場逼使他承認上面指派的罪名而施加的酷刑、拷打和監禁之後，施明正自認是個「天生怕死」的傢伙。尤其是在風聲鶴唳的「美麗島」時代（其弟施明德再度被捕），他更爲了減少特務的威脅，不得不在他賴以謀生的「施明正推拿中心」診所內，恭敬地張掛台灣統治者的相片，對陌生人（可能是便衣特務）說些言不由衷的話，據稱他也常說：「嘿嘿，我怕被抓去關，我還想多活幾年。」

誰不想多活幾年呢？「避凶趨吉」原是人類的智慧本能，何況了解了台灣特務那「寧可錯殺一百，絕不錯放一個」的心態之後，縱使「委曲求全」也應算爲恰當的行爲。

不幸的是給台灣文壇留下了《魔鬼的自畫像》、《島上愛與死》、《施明正傑作選》等三本短篇小說集，和《施明正詩畫集》的詩、畫、小說三棲的怪傑施明正，竟在心底慚愧自己是個「貪生怕死」的人。

他爲什麼不以「才華横溢」的藝術家而自傲呢？他爲什麼不因自己「得天獨厚」，詩、畫、小說、雕塑樣樣精通而特別自愛呢？

答案是因爲我們生存的是「政治掛帥」的社會，在這樣的地方，掌握人民「生殺大權」的統治者，得到了最大的敬畏，而膽敢向統治者挑戰，爲人民爭取民權和福利的民主鬥士，也得了相當程度的敬佩。可惜作家對社會的貢獻和影響，却很少受人注意（只有經常查禁書籍和報章，拘捕文人的獨裁者是例外）。

須知作家的貢獻和影響，原是需要長期的奮鬥才能見效的。因此在文化荒蕪的台灣社會，作家的地位和作家的工作不受重視，也就不值得大驚小怪了。由於受到社會冷暖的影響，許多作家難免會妄自菲薄，不幸施明正竟也是其中的一個（雖然他有時候也很自負）。

一九八八年四月，他的四弟施明德因爲長久絕食而被以強制灌食方式延長生命，施明正面對四弟的「強者」形象，感到「自慚形穢」，施明德的光芒，又使他自覺相對地「幽暗」。他可能忘記了自己寫出的小說是光芒四射的傑作，也可能忘記了繼續寫出他在腦子裡構想好的許許多多作品，就是他在有生之年，對他熱愛的島嶼所能做的最大貢獻……絕不遜於爲台灣的民主前途，獻出自己生命的四弟施明德。

我們很遺憾台灣的社會和人民，沒有認清這一點，而始終把施明德放在施明正之上，其實這兩位兄弟各有所長，各盡其職，都是寶島最難得的才俊。

二、震撼人心的監獄小說

施明正早在少年時期就涉獵世界文學名著，並在青春期就決心爲藝術和文學奉獻自己的生命。照他自己戲劇性的敍述：「窮我十生，逃也逃不出地深陷於如此迷人的文學藝術酒池那般，樂此不疲……」。他又說他父親去世時，十八歲的他「正在發狂似地狼吞虎嚥著人類最偉大的遺產——詩、畫、小說、電影……並犯著熱病也似地學習創造著上述諸種文學藝術……」。對他來說「政治」絕不是他所關心的問題。可是他對「政治」沒有興趣，「政治」卻對他有興趣。因爲：「民國三十八年大陸淪陷的慘痛經驗，這血肉橫飛的新鮮傷痕所得的教訓，所擬定而訓練出來，鞏固基地淸除赤禍，因此過度敏感地視文藝爲蛇腹蠍手，加於本能的排斥；抑或利用其爲宣揚政令，視異己爲魔鬼，加於無情的猛擊的工具……」，於是擁有幾箱文藝書籍的文學青年施明正，便給製造「安全資料」的指導官，添加了許多的資料。使得他的第一篇小說（他自稱爲處男小說）〈大衣與淚〉，是在台灣泰源監獄寫成。他的文學生涯似乎與無孔不入的「政治」，有了糾纏不淸的孽緣。

施明正在〈指導官與我〉中，以他有名的長句這樣寫：「想到要是沒有這些遭遇（指刑訊及坐牢），也許我還保有很健美的身材，和公子哥兒的逸樂習性，因此我的作品，說不定會因爲我沒有嘗試過人世間的極度艱苦、恐怖、悲哀、怨恨、屈辱、無奈……等等有話無處講的苦楚，對於同情人類的錯失；憐憫同胞的哀怨；體諒異己的狂妄……等等人類崇高的情操，就不至於那麼執著熱衷地推舉它們，因而忙煞了繼續在建立必須爲了維持社會秩序、國家安全所必須的個人安全資料的各路英雄好漢，以至於還像到處可見，遍地皆是的文藝家們，自私、苟且地躲在安全地帶躭樂於空靈、美色、甜膩的官能之追求；不顧同胞與人類良知，格調的喪失帶給人類最大的死對頭，那可怕的、巨大的、無形的、無所不在的，應該面對面而不是逃避，因之愈躲愈糟，愈怕愈是助紂為虐的極權之迷信等等追逐與歌頌。

這樣說來，我委實要感謝贈送給我那被關五年再教育的洗腦，目睹同胞的苦難，以及身受折磨試煉——如天主教徒堅信除了殉道者、嬰兒、聖人，任誰都必須經過煉獄之火消毒、提煉才能昇天進入天國那樣，我要感謝牛爺馬爺等獵人以及從未現形的創造它們給我的賞賜者——這些無名功臣；以及害人害己，害我由美男變成很性格的鐘樓怪人的陳三興等共同被告的受難者，願大家為廿一世紀世界的和平，人類大家庭的和睦相處……」算是詼諧地點出了「坐牢」的正面影響。

《島上愛與死》於一九八三年十月，由前衛出版社出版，出版不久即遭當局查禁。由於施明正曾經是個政治犯，小說內容也牽涉了監牢的反人性管理和冤獄，以當時的環境來說，這樣的結果，並不算意外。施明正為了避免更大的痲煩，還自動地封了三年的筆。一個作家不但不能暢所欲言，還不得不為了「安全問題」，被迫保持沉默，不能不說是一件痛苦的事。

〈渴死者〉和〈喝尿者〉這兩篇傑出的監獄小說，可以說是使《島上愛與死》這本小說集，遭遇查禁的主要原因。兩文都在《台灣文藝》刊登過，並各得「吳濁流文學獎」的小說佳作獎和正獎，足見刊出當時，就已經轟動一時。

這兩篇小說震懾人心的力量，從題目就可以看出。蓋「貪生怕死」是人的本性，這兒偏有個反人性的「渴死者」；再說「山珍海味」人皆愛嚐，這兒偏有個不可思議的「喝尿者」（尿怎可入口？）——其中隱藏的駭人故事，無可置疑地吊足了讀者的胃口。

施明正敍述這兩個不平凡的故事，採取的是相當平淡的手法，唯其平淡，更能襯出其內容的驚人，增加了震撼力。

〈渴死者〉的主角是外省人，青年時投筆從戎，在抗日戰爭中打過硬仗，戰後隨軍來台，派在中學當教官。他的罪名必是「匪諜」，因爲他喊了不該喊的口號而被捕。六十年代，以「匪諜」入罪的思想犯特多，而且以外省人佔多數。此人在監牢裡不斷地尋死，因爲沒有自殺的自由，也沒有自殺的工具，他使用的方法是可怖而可悲的：

小說裡描寫他以鐵柵敲腦袋：「雙手緊抓住鐵柵，像拉單槓，又像鬥牛場的牛，猛烈地撞了起來……」「從光頭流下的血，爬滿整個臉龐，人靜靜地笑著……」

此人有一天被人發現肚子像氣球一般愈漲愈大，原來他竟會想到用發霉變硬的十幾個饅頭和不知幾加侖的水，希圖結束一條卑微的生命。

最後他「有志竟成」地把自己吊死……達到目的的方法是脫掉沒褲帶的藍色囚褲，

用褲管套在脖子上，結在常人肚臍那麼高的鐵門的把手中，如蹲如坐，雙腿伸直，屁股離地幾寸，執著而堅毅地把自己吊死。

這個作賤自己、粉碎自己，不到「死」不肯罷休的人，聽說也寫過詩。他沒有親人接濟，手邊所有僅是監牢裡分給他的一雙筷子、一個鋁碗、一支湯匙、一條毯子和一套藍色的囚衣。

但是他那種絕對的孤獨，和爲國盡了一生汗馬功勞，却終於難逃牢獄之災的遭遇，帶給他的絕望感，仍然不能解釋他那種熬得起非人的痛苦而達到「死亡」的執拗。

是什麼樣的時代，什麼樣的環境，和什麼樣的政府，創造了這樣的悲劇人物？

施明正對於這個他親眼見到的悲劇人物，做了這樣的推論：「他的行爲好像都集中在尋找死路上，不斷地嘗試、力行，而終於完成了他的宏願。也許死的魅力，一直深深地誘惑著他；可是我不了解，要找死，不是應該留在監獄外？在那裡，你要怎麼死，不是頂容易的？然後我又想到我們中國人，是一個絕不流行自殺的民族。因此他的尋死，說不定是在喊了不應該喊的口號之後，落了網，才慢慢形成的。或者他的死，也是三島由紀夫式的一種行動美學之追求；但是他死於三島由紀夫之前好幾年，因此不能說他模仿了三島由紀夫……」

到此讀者那顆被「渴死者」震懾住的心靈，便也隨著作者去思考「渴死者」尋死的原意……而這篇作品也因此而提高了它的境界。

〈喝尿者〉的主角是姓陳的金門人，中等身材，四十七、八歲，因匪諜罪被捕，面對槍斃的威脅。

「槍斃？我是有功於黨國的，你不知道我領過多少獎金，檢舉過多少被槍斃的匪諜？」不知廉恥的他，大言不慚地辯護。

想不到的是最後他自己也被送進監獄來；密告他的人說，他是為了要掩護自己的匪諜身份，才把那些人給出賣的。他卑鄙的行為，竟為「害人者害己」這句話，做了有力的證明。他不了解那是個人人可以陷害別人的混亂時代！

金門陳的行為，被人厭惡，令人唾棄，更叫人疑懼。而此人最怪異的行為是每晨以「撒尿入杯」的尿聲，和「喝尿入喉」的咕嚕咕嚕聲，吵醒同房的獄友。

他解釋他每天喝尿的理由是：用以治療受刑時造成的內傷，但是大家認為那必也是出於一種自責，象徵著對於被他整死的人們的贖罪行為。

這篇小說以「喝尿者」為中心，非常成功地描繪了監獄的一角，給讀者的色彩是鮮明而強烈的。施明正這樣自述：

「要不是自從與起碼的自由世界斷絕關係四個月以來，日夕被迫靜觀同房十三、四個人赤裸裸的人性表露，和深沉的隱藏，我的人生，也許不至於這麼了解人性既可以摧廢可貴的互信、互助、互愛;更可以在了解人性的低劣、惡臭下,意識到如要提昇人類的素質,便有待人們放棄鄙視和仇視,摧廢可貴情操的人們,像耶穌那樣地,必須具備寬恕他們、庇愛他們,以待他們從苦難的生活中,得到自省和自愛,且在建立自助,以達互助,自信以臻互信,並進而發揮互愛的博愛精神。」

可見他本人在承受一場「無妄之災」以後,仍沒有對「人性」的積極面,失去了信心。小說裡的獄中難友,沒有人理睬那個出賣同胞的「金門陳」,可是鑑於同為階下囚,還有叫王老的,願意幫他把「答辯書」寫好,以期獲得較輕的判刑。而被「喝尿者」密告,但沒有被判死刑的所謂從犯們,也未曾有人找過他麻煩,這使得施明正說:

「這證明了我們所處之處人性的可愛,這是我們身處無可奈何的情狀裡,最值得驕傲的,因此也使我感受了五年的囚牢生活,充滿了發揮人性光輝的一個令人可懷念的地方……」

做為一個讀者,我們不得不感歎在監牢那樣的環境下,依然有生活,依然有哲學,依然有人類愛……

令人驚愕,哀歎的是「冤獄何其多!」,未曾公開其數目,却令人意識到為數不少的所謂「政治犯」裡,究有多少人是眞正的「匪諜」,抑或「台獨」?

如施明正的同監難友魯老:「具有正統國軍將校出身,曾在大陸的抗戰時期,抵抗過入侵的日軍，並自認在剿匪時痛擊過匪軍的鐵漢。

由於三十八年山河變色得太快，與周老（他以一個大約管過一大半個台灣省那麼大剿匪地區的軍警首長身分，扶助過當地行政首長的魯老）等被認爲自首不清的幾個同案者，來不及跟隨政府轉進台灣省——因之不得不棄械，以資助共匪（這一條罪名，是他們賴以被正式判罪的原因）。」

一個付不起理髮費，而理著光頭的莊稼人：「本省籍的山裡草地人，因被某些大陸同胞，帶來本省的紅色分子所污染的朋友的朋友，當他們中的某一個人，在被通緝的逃亡中，投宿過某家一宵，因此他出示：古今中外農人普遍的美德，好意收留的遠親疏朋，有一天被逮捕所牽連，糊里糊塗地登上政治犯的龍門，被判無期徒刑。」

上述那兩個例子：一爲外省，一爲本省，大約是相當普遍的「政治犯」製造方式。對被捕的人來說，帶來的是偵訊、酷刑和長期的監禁（也有喪失了生命的）；但是對看到或聽到這樣故事的人，却不禁要仰天長歎「荒唐」了。這眞正是個「荒謬的年代！」

三、施明正的自畫像

施明正寫小說，總是用第一人稱（只有〈煉之序〉是例外），主角不但是他本人，而且還以眞實姓名登場，因此要了解他，最好的方法是從他的作品裡尋找他的自畫像。《島上愛與死》裡收的六篇小說裡，除了前章討論過的〈渴死者〉與〈喝尿者〉，可以說全部是自傳小說。其中〈遲來的初戀及其聯想〉，對於他的身世著墨甚多，我們就先從他的身世去了解他吧：

父親——農夫，木匠出身，從小勤習各家拳術，後得帝師私傳的拳術及醫術，成為南台灣首屈一指的拳師、接骨師，兼全科中醫師。後來從事地皮投資而致富，是高雄的首富之一。

因結髮夫人未育子，為了中國傳統「無後為大」的觀念，而興起「叛逆」天主教規不能納妾生子的戒律，於五十歲時，娶貌美體健的二十歲女子為妾，生了施明正為首的五男一女。

其父又是不屈不撓的抗日領袖，一生未學日語，曾被日本政府抓去嚴刑酷打。

母親——八歲就負起燒飯洗衣的家務，身高五尺四．五，在當時營養普遍不好的時代，誠屬難得的體型。是高雄繁華區鹽埕出名的美人。經過了可以寫成厚厚傳奇性傳記的變遷後（施明正語），嫁給比她大三十歲的高雄名中醫，兼名拳師施闊嘴為妾。

成長的環境——母親在懷孕時期，即不斷吃藥補身，並為了胎教，傾聽西洋古典音樂和台灣民謠（施明正認為他被困於文藝，就是胚胎時期形成）。

生為長子而受寵，新衣堆積如丘。兄弟每人生下就各有乳媽照顧，但是母教甚嚴，七歲就跟父親學拳，學推拿，之後母親還要親執其手，督其練字。他在母親基於愛意，高度加壓的情況下，忍嘴不說童稚的怒言，只能埋頭苦幹。

天主教家庭——施家自從祖父母那一代，就信天主。施明正把他自己信仰的強弱依年齡而分述其變化：

十六歲以前——虔誠的天主教徒。

十六歲以後——由於追求文學藝術，慢慢遠離了天主，投入詩神謬斯的懷抱。但仍隨其父做飯前、睡前的禱告，每個禮拜天上教堂看彌撒。心中因表裡不一而深感痛苦。

父親去世以後（十八歲）——遠離教堂，只留下飯前畫十字的習慣性動作和默念禱文。

出獄後的落魄時期（三十二歲）——不再在形式上劃聖號和禱告，但是每逢內心痛苦時，隨時隨地呼喚著天主。

四十歲以後——推拿有點成就，並爲了醫好病人，邊推拿邊禱告。於是在力行先父的遺教中，又回到先父期望的使命，完成做爲一個天主教徒的身分。但已不重視形式，而更重視創始天主教的耶穌那偉大的精神。

列舉到此，我們可以說施明正的身世頗富傳奇性。他有富家子弟的任性和浪漫，但是由於從小受到嚴厲的家教和天主教規的影響，性格中在豪爽之外，也有拘謹的成分。

他在生命史上嚐到的第一個苦果，必是「父親的死」。他在處男小說〈大衣與淚〉中寫出「痛失親父」的無依感，和「未盡孝道」的懺悔。但是在〈我・紅大衣與零零〉（收在《島上愛與死》）中，有這樣一段話：

「我從小過慣舒適而不必用錢的生活，自然不把錢看在眼中，也因此才愛上無法賺錢的現代詩、現代畫等等。加上喪父以來，家計全操在頗有專制意味的母親手中，即使我想負起長子的職責，也熬不過母親的反對，我這個不敢反抗媽媽的懦夫，只好樂得不聞不問，整天繪畫、雕刻、寫詩，沉醉於追求心靈世界的耽美與逸樂。」

想來必也是他早年生活的寫照。

施明正生命史上最大的悲劇，發生在一九六一年，包括他自己在內的施家三兄弟，爲了有人虛構的案件而被捕，他和三弟施明雄判了五年，四弟施明德則判了無期徒刑。

他在〈遲來的初戀及其聯想〉中，這樣描寫出獄之後的自己：「意識到獄中五年被磨光了的英俊瀟灑，自覺如不隨便說兩句無害的話，並嚴守沉默是金的鐵則，便有傾出滿腹酸水的可能，而又怕禍從口出，怒由憶起，便只好仍以沉默，沉沉厚厚的沉默，把這幾年來深深地滲入骨髓，浮在肌膚的落魄壓縮，並確實覺悟到自己已非五、六年前走過百貨公司，總會引起無數小姐欽慕投視的悲哀，因此縮著頭，把自己龜縮到一種正配合我這家破人亡、妻離子散的出獄者的身分來。」

接著在與女主角的對話裡，他這樣說：

「比起我的四弟從二十一歲被判無期徒刑，到蔣公仙逝而減刑爲十五年，我和三弟算很幸運的。

雖然我的背駝了，三弟的脚跛了，四弟的脊椎骨也壞了……」

平淡的敍述，道盡了坐牢期間慘極人寰的遭遇。雖然施明正坐的只是五年牢，但是由於四弟施明德坐了十五年，在他的心中必也是受了十五年的煎熬。因此施明德出獄之後，一直不懈地爲政治犯請命，接著又投入政治運動時，施明正這樣哀歎：

「就因爲他那舉世無雙的勇氣，我很痛心地跟他疏遠了……我不曉得我這個當大哥的爲什麼會爲了怕抓、怕疲勞訊問、怕關，而疏遠這麼一個比我聰明無數倍，一生刻苦自己，專爲別人設想的人。」

這是多麼痛苦的自白，他身上那如影隨形的憂鬱，和借酒澆愁的生活，就是這樣形成的吧!?

終於不該發生的，又發生了……

「施明德我的四弟，終於又被關進去了。」

〈遲來的初戀及其聯想〉的最後一章是這樣開始的。施明正不但爲了四弟再度坐牢而痛心，還因爲坐牢的不是他自己而慚愧不已。這種雙重的煎熬，對一顆熱愛文學、藝術的纖細心靈，和經歷了牢獄之災而損毀了健康的身體，必是難以承受的負擔。

施明正的小說，除了敍述自己（如青少年的回憶、經歷、見聞和戀愛等），他總是喜歡解剖「作品裡的我」。尤其是寫坐牢以前的自己，而又以描寫人的「愛慾」爲主題的小說（如〈魔鬼的自畫像〉，〈我．紅大衣與零零〉），他還常把那個「我」描繪成一個可怕，矛盾、複雜的人，也經常使用「魔性」兩個字。

在〈我．紅大衣與零零〉中，有這樣的一段：

「也許由於我的性格中，魔性遠比神性多了三分之一，而據說大部分的女人，是喜歡魔性較濃的男人，所以我老是在讚美她一兩句之後，又要惡作劇地狠刺她三五句……」

「有時我也會懷疑我追求文藝，只是中了電影裡的藝術家能夠被許多高級的女人所愛的毒而悲哀……我發現她愛的是我這個魔鬼似的男人，能動用藝術的魔咒迷惑她、娛樂她、使她得到別的男人無法給她的情趣、刺激與魅力。」

但是在同一篇小說裡，他又這樣說：

「我不以爲誰的生產能比我創作一幅畫、一首詩，更痛苦、更眞誠。誰說沒賺過一文錢的人就沒有價值。」

「令人啼笑皆非的是當我出賣了良心，丟掉了靈魂，絞死了人格之後，才被擇婿甚嚴的父老看上。由此可見具有純眞的靈魂，高貴人格的藝術家，往往比不上一個滿身銅臭的色鬼。」

這是出自藝術家肺腑的眞實感覺，一語道破世人的庸俗和愚蠢。

在〈魔鬼的自畫像〉裡，「我」眞的去扮演了「魔鬼」的角色，誘人盜吃禁果。對於人類心底的「獸性」和「偷情」的欲望，施明正有這樣一段一針見血的敍述：

「儘有許多男人在背後批評那個女人多壞、多騷，可是在他們的心底，却會暗暗地想入非非，甚至於如果有個機會可以碰到被他們批評過的所謂壞女人，他們一定比誰都更熱衷於拜倒在她們的石榴裙下；正像有些女人在口頭上儘罵著她們的同類怎麼壞、怎麼風騷，一旦碰到有個叫她們變壞、風騷起來的魔鬼似的男人，她們也會陷入人類共有的獸性的狂亂裡。」

施明正看人性裡的「愛慾」非常坦率，絕不認爲有刻意隱藏的必要。他（或者說是小說裡的「我」）不受虛僞的道德觀念束縛，可是也不輕易使用強迫或欺詐的不人道手段，他強調的是使用人的智慧，在兩廂情願的狀況下，自然地坐上「慾望街車」。他可以說是個相當浪漫的人！

除了解剖自己，施明正也喜歡吹噓自己的外表，他常在小說裡提到自己年輕時的瀟洒，說他有東方人少見的希臘鼻子，一七二公分高的身材，經過拳術和健美操鍛鍊出來的身體（語氣率眞得可愛）。〈箭流的鯉魚〉（《島上愛與死》最後一篇）裡的他，正是這個樣子。這篇描寫他在海軍士校（入伍爲海軍常備兵）時代的生活，十分生動有趣。號稱有「鐵的紀律」的軍中生活，似乎並沒有阻止「五虎將」尋找調劑呆板生活的冒險心。不幸的是施明正在結訓前，以人類愛和友愛所做的救難行爲，卻在他的安全資料上，留下了不良的記錄。使人意識到生活在特務政治下，善良與無辜，不過是「俎上之肉」而已。

施明正的小說，給我們留下很豐富的資料去了解他，但是他的自畫像，到了最後怕只剩下這幾個字可以充當畫題：

「孤獨、憂鬱和深深的寂寞……」

在〈遲來的初戀及其聯想〉裡，他向女主角這樣介紹自己的畫像：

「是三年前幾乎在無眠無休地治療病人，又要當母親，當修士時，照鏡子畫出來的孤獨、憂鬱和深深的寂寞……」

那就是三十二歲以後的他——一個經歷了政治困厄，而永遠沒有復原的藝術家……那也就是爲什麼留在朋友們的記憶裡，他總是緊緊地握住酒瓶——酒是他重要的糧食，只有酒才能使他繼續生存在這不公、不義而充滿恐懼與痛苦的世界。

又是詩人，又是畫家，又是小說家的施明正是個難以歸類的藝術家。不過他的作品裡，造詣最高、影響最大的該算是小說。

四、結語

他的小說也是難以歸類的，他的作品都具有特殊的風格，總是坦率地流露著率直、眞誠的個性。他寫了具有魔性魅力的愛情小說，震撼人心的監獄小說，也寫了不少使用獨特文體的自傳體小說。但是一般人都願意稱他爲人權作家，稱他的小說爲人權小說（或政治小說），更有人說他開了「監獄小說」的先河。

其所以拿「政治」概括了他的「文學」，是因爲在戒嚴長達四十年的台灣，冤獄之多，令人髮指，而尤以「良心犯」爲最。一般作家既不敢以身試法（暴露政治黑暗面，可以因「散佈不利政府消息」而入罪，變成「叛亂犯」）；又無第一手資料可供創作這種題材的小說（八十年代以前，人們不敢與出獄的政治犯來往，怕被治安當局誤會，以至受到干擾），台灣文壇因而幾無「人權小說」的存在。

施明正以政治犯身分，透過親身經驗，以他敏銳的觀察和客觀的描寫，經營出來的震懾人心的監獄小說，傳頌一時，因而被視爲「人權作家」也是很恰當的事。

事實上施明正由於不幸的經驗，使他對「政治」抱著「恐懼」的心理。聽說他每發

表一篇小說，總要緊張不安地渡過一兩個月的時間。但是他認爲所有的詩人、小說家、藝術家，都有責任與義務來關心「政治犯」的問題，好讓「冤獄」不會爲了政治情勢的緊張而繼續存在……他對自己寫作的態度，這樣說明：「要視當時的政治氣候而定，每當風吹草動的時候，我會警惕自己，只能寫到這種程度。總歸一句，就是『求生』吧！」

這是一句多麼悲哀的話！在極權政治下，「文學」是要受到「政治」的閹割的。

施明正在〈鼻子的故事——成長〉一篇裡有這樣一段話：「我記得在二十八歲被捕之前，我幾乎除了天主、父母、老師之外，什麼都不怕的。想到與高彩烈地盼望著的光復後，充滿那麼多我目擊嗅聞、體驗過的時代血腥風味，由於怕關、怕被暗殺，怕每次坐牢很有可能死在牢中，只好有限度地挫鈍我的利筆，甚或乖乖地接受善意的恐嚇，寫些無害而次要的；把那主要的、有力的，讓到更爲祥和、和諧，更爲開明的年代的來臨，再執筆。」

也許可以說，這個年代的台灣作家，都是在寫些無害而次要的題材的吧!?

誰知施明正並沒有等到那祥和、和諧，更爲開明的年代的來臨，却獨自個兒悄悄地不告而別地走了。

我們已無機會讀到他的〈放鶴者〉、〈釀酒者〉、〈闖入者〉和許多以〈××與我〉爲題的小說。他那篇只寫了序的長篇小說〈煉〉（寫台灣在太平洋戰爭結束前後的故事，以日本戰敗軍人的觀點來寫，後因書中需要處理二二八事變，有所顧忌而停筆。已完成部份題爲〈煉之序〉，收在《施明正傑作選》）將無法完成，而他預告過的「鼻子的故事下篇——破相」），也無法推出，只好失信於讀者了。

我們不得不很沉痛地說「施明正的死」，對台灣文壇的損失是多麼地大！

想到他對文學的狂熱，和對文學的使命感，很不能了解他會自動地、執拗地走上了「死亡之路」，正如他小說裡的主角「渴死者」。

顯然「文學」未能安慰他那顆痛苦的心靈，而戰戰兢兢地執筆，也未能滿足他對文學所負的使命感。於是在盼望已久的「自由民主」未見芳影，而四弟施明德的生命危在旦夕時，他似乎看到了有奉獻自己生命的必要……

悲哉！「專制政治」又奪走了一個「文學家」的生命和才華！

——一九八九年七月

參考資料

施明正著《魔鬼的自畫像》

施明正著《施明正傑作選》

施明正小說評論引得

方美芬
許素蘭　編

說明：

1. 本引得，依發表或出版日期先後順序排列，以一九九一年十二月卅一日以前國內發表者爲限
2. 若有遺漏或舛誤，容後補正。

篇名	作者	刊(書)名	卷期(出版者)	出版日期
1.「魔鬼派小說家」試探——簡評〈渴死者〉	彭瑞金	民衆日報		一九八一年六月四日
2.施明正的〈喝尿者〉	彭瑞金	自立晚報		一九八三年五月廿一日
3.以血、以淚編織的文學——〈喝尿者〉簡介	彭瑞金	一九八三台灣小說選	前衛	一九八四年四月

4.〈指導官與我〉評介	宋澤萊	一九八五台灣小說選	前衛	一九八六年二月
5.詛咒與夢魘——台灣小說中的告密者	高天生	自立晚報		一九八七年九月一日
6.時代啓示錄——推介《施明正短篇小說精選集》	李敏勇	民衆日報		一九八七年十月十二日
7.施明正小說作品討論會	李　喬 李魁賢等	台灣文藝	一一四	一九八八年十二月
8.政治與文學之間——論施明正《島上愛與死》	黃　娟	自立晚報		一九八九年十月廿二～廿三日
9.困厄歷史的生命形象——悲壯典型：施明正、施明德	李敏勇	首都早報		一九八九年十一月二～十九日
10.讀〈渴死者〉和〈喝尿者〉——紀念施明正去逝兩週年	黃　娟	台灣時報		一九九〇年九月卅日
11.他用生命揮灑了最亮麗的畫	施明德	民衆日報		一九九一年四月十四日
12.相互撕裂的魔鬼與天才——施明正的文學與繪畫	陳昭如 採訪	自立晚報		一九九一年四月十八、十九日

13.施明正的印象及其作品閱讀	沈　提	民衆日報		一九九一年四月廿四日
14.在奮戰與放逐之間　斯人已遠——悼施明正	彭瑞金	台灣時報		一九九一年九月廿日
15.純粹的藝術家——施明正	鄭烱明	民衆日報		一九九一年九月廿二日
16.被時代輾碎的面孔——施明正	吳錦發	民衆日報		一九九一年九月廿二日
17.另一種格式的「渴死者」——人間無明正，心中有明正	王昶雄	自立晚報		一九九一年九月廿二日
18.談施明正	葉石濤	台灣新聞報		一九九一年十月五日

施明正生平寫作年表

方美芬　編

一九三五年　1歲　出生，高雄市人。

一九四三年　8歲　就讀高雄鹽埕小學。

一九五二年　17歲　高雄中學畢業後，因躲空襲之故，沒再唸書。

一九五五年　20歲　入左營海軍任報務通信兵。

一九五八年　23歲　自軍中退役。

一九五九年　24歲　與蔡淑女女士結婚，育有二女。

一九六〇年　25歲　在高雄火車站前建國南路開設推拿中心，其間也畫畫兼寫詩。

一九六一年　26歲　因「亞細亞聯盟」案被關，先是關在台北青島東路（即現今中正紀念堂原址），後轉往台東泰源監獄；在獄中開始嘗試寫作，並投稿鍾肇政主編的《台灣文藝》。

一九六五年　30歲　出獄。從事繪畫及創作，並藉骨科醫術謀生。拜訪鍾肇政，「住在那裏的三天三夜，隨時隨刻總在嗅聞著許多……在獄中無法看到的日文譯本冷門世界名著，並確定了終身投入《台灣文藝》，成爲《台灣文藝》最尖端的小兵……」（〈鼻子的故事〉（中）——遭遇）。

一九六七年　32歲　七月，處男小說〈大衣與淚〉發表於《台灣文藝》十六期。

一九六八年　33歲　與鄭瑪琍女士結婚，生施越騰。

一九六九年　34歲　十月，短篇小說〈白線〉發表於《台灣文藝》二十五期。

一九七〇年　35歲　短篇小說〈我．紅大衣與零零〉發表於《台灣文藝》二十六、二十七期。
二月，短篇小說〈魔鬼的自畫像〉發表於《野馬雜誌》二期。

一九七九年　44歲　在台北忠孝東路主持施明正推拿中心。

一九八〇年　45歲　六月，短篇小說〈遲來的初戀及其聯想〉發表於《台灣文藝》六十七期。
十月，短篇小說〈島上的蟹〉以「施明秀」名字發表於《台灣文藝》六十九期。
十二月，詩作〈色彩的葬禮〉、短篇小說〈渴死者〉(署名「施明秀」)發表於《台灣文藝》七十期。

一九八一年　46歲　小說〈渴死者〉獲吳濁流文學獎佳作。
九月，論評〈評述林天瑞畫展兼及其他聯想〉發表於《台灣文藝》七十四期。

一九八二年　47歲　五月，詩作〈潑婦的面貌〉、短篇小說〈煉之序〉發表於《台灣文藝》七十五期。
十二月，短篇小說〈喝尿者〉發表於《台灣文藝》七十八、七十九之合刊。

一九八三年　48歲　小說〈喝尿者〉獲吳濁流文學獎正獎。短篇小說集《島上愛與死》由前衛出版社出版。

一九八四年　49歲　二月二十二日，小說集《島上愛與死》遭警總查禁。
九月，詩作〈隱刃者〉(意指林義雄)發表於《台灣文藝》九十期。

一九八五年　50歲　一月，短篇小說〈指導官與我〉發表於《台灣文藝》九十二期。

一九八六年 51歲 五月，論評〈創造文學藝術的世界花園〉發表於《台灣文藝》一〇〇期。
七月，器官系列小說〈鼻子的故事(上)──成長〉發表於《台灣文藝》一〇一期。
十一月，〈鼻子的故事(中)──遭遇(一)〉發表於《台灣文藝》一〇三期。

一九八七年 52歲 八月，《施明正小說精選集》(宋澤萊編選)由前衛出版社出版。

一九八八年 53歲 因絕食聲援其弟施明德而去世。

一九八九年 遺作〈一個美術的殉道者──哀畫伯潤作大師之死〉刊登於《台灣文藝》一一五期。

一九九一年 畫展

台灣宗教大觀

作者：董芳苑
書號：J163
定價：500元

透析台灣八大宗教的起源、教義、歷史以及在台發展現況！

原住民宗教／民間信仰／儒教／道教／佛教／基督教／伊斯蘭教／新興宗教！

蓬勃多元的宗教活動，不僅是台灣文化的重要特徵，更是欲掌握台灣文化精髓者無法迴避的研究對象。董芳苑教授深知這點，因此長期研究台灣宗教各個面向，冀望能更了解這塊他所熱愛的土地。原住民宗教、民間信仰、儒教、道教、佛教、基督教、伊斯蘭教、新興宗教，這八類在台灣生根發芽的宗教，其起源、基本教義、內部派別、教義演變，以及在台灣的發展狀況如何呢？它們究竟是如何影響台灣人日常的一舉一動以至於生命的終極關懷呢？這些重要的議題，不是亟需條理分明、深入淺出的解說，讓台灣人得以窺見自身文化的奧秘嗎？現在這部以數十年學力完成的著作，就是作者爲探究上述議題立下的一個里程碑，相信也是當代台灣人難得的機緣。願讀者能經此領會台灣文化的寬廣與深邃。

作者簡介

董芳苑　神學博士

1937年生，台灣台南市人。

學歷：台灣神學院神學士、東南亞神學研究院神學碩士、香港中文大學崇基學院研究、東南亞神學研究院神學博士。

經歷：前台灣神學院宗教學教授、教務長，前教育部本土教育委員，前輔仁大學宗教研究所兼任教授，前東海大學宗教學研究所兼任教授，台灣教授協會會員，長榮大學台灣研究所兼任教授。

著作：除《台灣宗教大觀》《台灣人的神明》《台灣宗教論集》（以上皆爲前衛出版）外，尚有宗教學與民間信仰等專著三十餘部。

近代台灣慘史檔案

作者：邱國禎
書號：J154
定價：500元

台灣在政黨輪替之前的歷史，是一頁又一頁的慘痛，台灣住民屈辱於外來政權統治下的命運，當然也是悲哀的。可是，把這種慘痛和悲哀以具體案例呈現的書並不多，以致漸漸流於空泛的吶喊。

本書是作者在民眾日報擔任主筆期間，以將近一年的時間蒐集資料，完成二百八十餘個代表性案例的記述，串起台灣從日治時期至蔣家王朝專制獨裁統治期間的慘痛史具象。

透過這些個案，我們可以看到時代的荒謬、逆流及統治者對待台灣住民的冷血、殘酷，提供我們很多椎心的省思，台灣住民應該從歷史的慘痛與悲哀中覺醒、站起來。

作者在1998年將這些個案逐日發表在民眾日報上，獲得非常廣泛的迴響，九年後在千催萬喚下才結集出版，實感於外來政權復辟勢力囂張，往昔是湮滅台灣悲痛歷史，近年則竭盡所能變本加厲地竄改史實，持續其洗腦台灣住民的黨國卑劣伎倆，台灣住民不容他們奸計得逞。

慘痛、悲哀已經過去，我們要把它銘刻在歷史的扉頁上，並且把它傳承給新的一代，讓他們記取教訓，努力地活出尊嚴偉大的台灣人。

作者簡介

邱國禎，資深媒體人（筆名：馬非白）。

從事新聞工作之前開設心影出版社，進入新聞界後，歷任民眾日報記者、專欄記者、新聞研究員、巡迴特派員、資訊組主任、採訪組主任、民眾電子報召集人、民眾日報社史館館長、編輯部總分稿、核稿、言論部主筆，以及短暫在民眾日報留職停薪去環球日報、中國晨晚報擔任副總編輯及主筆。民眾日報在1999年10月易手給「全球統一集團」，人事異動前即主動離去。

自2000年起專職經營南方快報（www.southnews.com.tw）。

談景美軍法看守所

作者：謝聰敏
書號：J155
定價：350元

瀕臨瓦解的獨裁政權，當它環顧四旁時，只會看到敵人。民意代表、學校教官、報社人員、民主人士、以及許許多多的平民老百姓，因為獨裁者心中的恐懼而被判罪下獄，受盡折磨。

本書除記載這些被禁錮的政治良心犯外，還特別著重於特務機構內部的鬥爭。今朝橫行的特務可能明朝就被軍法法庭宣判為匪諜治罪。透過這些前特務被刑求時的陣陣哀號，我們聽到了那個時代的黑暗與荒謬。

作者簡介

謝聰敏

1934年出生在彰化二林，當時日治下二林事件的餘波還影響著這個小鄉鎮，謝聰敏自不例外。之後目睹國民政府的種種作為，讓謝聰敏自覺地效法林肯以法律為受壓迫者辯護的理念。後來，經由更深刻的思考，發現台灣的基本問題在於極權統治。因此，在1964年與彭明敏、魏廷朝共同發表〈台灣人民自救宣言〉，宣言未及發送就被扣押判刑。出獄不久又被誣陷涉及花旗銀行爆炸案再度入獄。前後入獄計有11年又6個月。本書就是基於這些怵目驚心的獄中經歷所寫成的。

解嚴後，謝聰敏曾當選第二、三屆立委，政黨輪替後被聘為國策顧問。除本書外，重要著作還包括《出外人談台灣政治》（1991）、《黑道治天下》（1995）、《誰動搖國本——剖析尹清楓與拉法葉弊案盲點》（2001）等。

高玉樹回憶錄

作者：林忠勝撰述、吳君瑩紀錄
書號：J156
定價：350元

高玉樹（1913-2005）是台灣政壇的傳奇人物，台北市人，曾任台北市長、交通部長、政務委員、總統府資政。

戒嚴時期以無黨籍台灣人身份當選並連任台北市長，長達十一年，無畏權貴，大刀闊斧，政壇所罕見。故有「開路市長」之稱，爲台北市民留下幾條美麗道路：羅斯福路、敦化南北路、仁愛路。蔣經國延攬入閣當交通部長，是第一個非國民黨籍出任要職的台灣人。

本書記述高玉樹家世、童年、母親，東瀛讀書、工作，三十八歲開始參選從政，宦海半世紀的精彩人生。在恐怖獨裁時代，爲台灣勤奮打拚，並與外來政權鬥爭，有血有淚，有挫折有勝利的忠實記錄，也是一部傑出的口述歷史著作。

作者簡介

林忠勝

台灣宜蘭人，1941年生，台灣師範大學歷史系畢業，曾任中學、專科、大學及補習班教職二十年，學生逾五萬人。現爲宜蘭慧燈中學創辦人，曾獲頒「十大傑出教育事業家」。

1969-71年間，於中研院近史所追隨史學家沈雲龍從事「口述歷史」訪問工作，完成《齊世英先生訪問紀錄》。1990年，與李正三等人向美國政府申請成立非營利的「台灣口述歷史研究室」，從事訪問台灣耆老、保存台灣人活動足跡的工作。

吳君瑩

林忠勝的同鄉和牽手，台北師專畢業。她支持丈夫做台灣歷史的義工，陪伴訪問、攝影和整理錄音成爲文字記錄的工作。

打造亮麗人生：邱家洪回憶錄

作者：邱家洪
書號：J157
定價：450元

邱家洪，艱苦人出身，沒有顯赫家世、學歷，完全以苦學、苦修、考試出脫，躋身地方官場三十餘年，毅然急流勇退，恢復自由身，矢志爲自己的志趣而活，爲自己的理想而存在。他的人生，全靠自己親手淬鍊打造，有甘有苦、有血有淚，樸實拙然，閃著親切又綺麗的溫馨亮光。

第一階段（1933-1960）乃流浪到台北，備嚐失學、失業的苦楚，只得回鄉，做少年鐵路工人，但又不願一隻活活馬被綁在死樹頭，乃再北上尋夢，巧任報社特約記者，結婚後，被徵召入伍到金門戰地，是「恨命莫怨天」的生涯。

第二階段（1960-1975）因緣際會「吃黨飯」十五年，擔任國民黨基層黨工，每日勞碌奔波、周旋民間，因是第一線與民眾及地方派系近身接觸，使他對台灣地方政壇見多識廣、閱歷豐富，對他而言，民眾服務站的歷練，無異是一所「公費的社會大學」。

第三階段（1975-1993）是轉職政界、流落江湖、宦海浮沉十八年的公務員生涯，歷任省政府秘書、台中市社會局長、台中市政府主任秘書，是他一生的黃金歲月。

第四階段（1993起）自公職退休，無官一身輕，「回到心織筆耕的原路上」，有如脫韁野馬，馳騁文學園地，自在快意，十餘年間寫下九本著作，尤其新大河小說《台灣大風雲》二百三十萬字一氣呵成，是台灣自1940-2000年一甲子的歷史見證，獲巫永福文學獎，文壇刮目相看。

出版有《落英》（長篇小說），《暗房政治》、《市長的天堂》、《大審判》（以上三書是台中政壇新官場現形錄）、《謝東閔傳》、《縱橫官場》、《中國望春風》、《走過彩虹世界》、《台灣大風雲》（新大河小說）、《打造亮麗人生：邱家洪回憶錄》等書，著作豐富。

台灣：恫嚇下的民主進展

作者：布魯斯．賀森松（Bruce Herschensohn）
書號：J158
定價：300元

「賀森松對台灣將來命運的觀察，不但冷靜審慎，而且正確。此書具有高度的可讀性。」— Hugh Hewitt，美國脫口秀 The Hugh Hewitt Show 主持人。

「每頁都充滿重要的見識。賀森松所知道的中國和台灣，比得上任何人，而他對兩者的見識，則比他們更明智。」— D. Prager，美國新聞專欄作家及脫口秀主持人

中國有了核子飛彈可以射達美國本土，使一個中國將軍即時問道：「美國會犧牲洛杉磯來防禦台灣嗎？」。卡特總統背叛了台灣，與台灣斷交而與中國建交。雖然美國和台灣至今保持良好關係，好戰的北京卻視台灣為叛逆的一省。過去五年中，備有核武的中國，舉行了十一次軍事演習，模擬侵略台灣。在這同時，台灣關係法保證美國國會保衛台灣，這使美國是否會犧牲洛杉磯來保衛台灣，成了諸多政治情勢之一。 以賀森松常年在美國和台灣之間的公務關係，他在書中敘述為何台灣會成為美國在二十一世紀外交政策決定性的舞台。

作者簡介

布魯斯．賀森松，一九六九年，他被選為聯邦政府十大傑出青年，獲頒過國家次高的平民獎，以及其他的優異服務勛章，後來受聘為尼克森總統代理特別助理。賀森松在Maryland大學教過 「美國的國際形象」，在Whittier學院榮任尼克森講座，講授 「美國外交和內政政策」。1980 年，他受聘加入雷根總統交接團隊。賀森松 1992 年由共和黨提名，競選加州美國參議員，贏得四百萬票，光榮落選，比加州居民投給共和黨總統候選人的票數高出一百萬票。

賀森松是 「尼克森中心」外聘的副研究員，並且是「個人自由中心」（Center for Individual Freedom）的理事。

國家圖書館出版品預行編目資料

施明正集 / 施明正作. 林瑞明、陳萬益編. --
初版. -- 台北市：前衛, 1993 [民82]
343面；15×21公分. --（台灣作家全集.
短篇小說卷, 戰後第二代：4）
ISBN 978-957-8994-57-7（精裝）

857.63 83000085

施明正集

台灣作家全集・短篇小說卷／戰後第二代④

作　　者　施明正
編　　者　林瑞明、陳萬益
出 版 者　前衛出版社
10468 台北市中山區農安街153號4F之3
Tel: 02-25865708　Fax: 02-25863758
郵撥帳號：05625551
E-mail: a4791@ms15.hinet.net
http://www.avanguard.com.tw
出版總監　林文欽
法律顧問　南國春秋法律事務所 林峰正律師
出版日期　1993年12月初版第1刷
2009年01月初版第5刷
總 經 銷　紅螞蟻圖書有限公司
台北市內湖舊宗路二段121巷28.32號4樓
Tel: 02-27953656　Fax: 02-27954100

Printed in Taiwan　ISBN 978-957-8994-57-7
定　　價　新台幣310元

3 名家的導讀

首冊有總召集人鍾肇政撰述總序，精扼鈎畫出台灣新文學發展的歷程、脈絡與精神；各集由編選人寫序導讀，簡要介紹作家生平及作品特色，提供讀者一把與作家心靈對話的鑰匙。

4 深度的賞析

每集正文之後，附有研析性質的作家論或作品論，及作家生平、寫作年表、評論引得，能提供詳細的參考。

5 精美的裝幀

全套50鉅冊，25開精裝加封套及書盒護框，美觀典雅。